Christoph Scheuring
Echt

Christoph Scheuring, geboren 1957, hat in seinem Leben schon viel gesehen. Als Journalist für DER SPIEGEL, stern und DIE ZEIT hat er mit den Mächtigsten am Tisch gesessen und mit den Machtlosen auf der Straße gelebt. Seine Leidenschaft gehört besonders den Jugendlichen in den Randgebieten unserer Gesellschaft. Als Autor schreibt er über das Leben dort, wo es brüchig ist, wo es ausfranst, wo es wehtut. Dort, wo es interessant wird.

CHRISTOPH SCHEURING

1 Das erste Mal, dass ich mit der Polizei was zu tun bekam, ist jetzt ziemlich genau vier Monate her. Bis dahin hatte ich in meinem ganzen Leben noch nicht einmal einen Lutscher geklaut. Keine Schlägerei, keine Klingelstreiche, und wenn ich doch mal bestraft wurde, war es höchstens ein Missverständnis. »Ich« und »was anstellen« waren absolut inkompatible Begriffe. Ich glaube, ich war so ziemlich der anständigste Junge, den man am Hamburger Hauptbahnhof finden konnte, und deshalb bekam ich wahrscheinlich auch so einen Schreck, als ich dann zum ersten Mal verhaftet wurde. Es war an einem Freitagnachmittag, auf Gleis 12, neben der Treppe.

Wie immer um diese Zeit war der Bahnsteig vollgepackt mit Studenten und Soldaten der Bundeswehr, und dann hatten auch noch ein paar Züge Verspätung, sodass zwischen den Gleisen ein echtes Geschiebe war. Von allen Seiten drückten die Leute und pausenlos hatte man irgendwelche Ellenbogen zwischen den Rippen, und deshalb merkte ich anfangs gar nicht, als mich jemand von hinten berührte. Es war eine kräftige Hand, die meinen Arm festhielt und die dann immer härter zudrückte, bis ich vor Schmerz fast in die Knie ging. »Mitkommen, Freundchen«, sagte eine Stimme, und dann wurde ich die Bahnsteigkante entlanggezerrt, dass ich überhaupt keine Chance hatte, mich zu wehren.

Mein erster Gedanke war, dass das jetzt eine Entführung war, und deshalb brüllte ich ziemlich laut und schlug um mich und trat dem Entführer gegen das Schienbein, aber der Typ ließ überhaupt nicht locker. Stattdessen fasste er mit der freien Hand in seine Jacke und hielt irgendein Papier in die Höhe.

»Bitte machen Sie Platz, das ist ein polizeilicher Einsatz«, rief er, und dann schleifte er mich die Rolltreppe hoch und durch die Wandelhalle. Ungefähr wie Moses durch das Rote Meer. Vor uns teilte sich die Menge und hinter uns floss sie wieder zusammen, und alle schauten mich an, als wäre ich ein biblisches Wunder. Kein einziger Mensch rührte einen Finger für mich.

Und ich alleine hatte ehrlich überhaupt keine Chance gegen den Typen. Er war mindestens einen Kopf größer als ich und hatte doppelt so viele Muskeln und zehnmal so viel Fett. Richtig so ein Mensch-Massiv, das ich im Leben nicht umschmeißen könnte. Also stolperte ich hinter ihm her, am Reisezentrum vorbei, raus auf den Vorplatz, Richtung U-Bahn und dann die erste Rolltreppe wieder runter. Dort war dann ein ewig langer Gang mit weißen und blauen Kacheln. Wir kamen an den Fahrkartenautomaten vorbei, und gegenüber war auf der rechten Seite eine Glastür und ein riesiges verspiegeltes Fenster, hinter dem wahrscheinlich irgendwelche Ermittler saßen und den Platz kontrollierten. Über dem Fenster stand »HVV-Wache«. Daneben war noch eine silberne Stahltür ohne Klinke. Für die hatte der Menschen-Berg einen Schlüssel.

Hinter der Tür war ein fensterloses Büro mit lauter Bildschirmen, auf denen man offenbar alles sehen konnte, was im Bahnhof passierte. Im Moment waren vielleicht eine Handvoll Typen hier, die auf die Bildschirme starrten. Alles Männer, glaube ich, eine Frau konnte ich nicht entdecken.

Der Menschen-Berg drückte mich auf einen Stuhl, der vor

einem zugewucherten Schreibtisch stand, und setzte sich selbst auf die gegenüberliegende Seite. Er faltete die Hände hinter dem Kopf und lehnte sich zufrieden zurück. Sein Gesicht hatte so eine rotviolette Farbe wegen der geplatzten Äderchen überall, und darüber hatte er ganz dichtes schwarzes Haar, das bestimmt eine Perücke war, weil man überhaupt keinen Haaransatz sehen konnte. Und die Augenbrauen waren auch nicht so tiefschwarz, sondern eher graubraun, würde ich sagen. Er schaute mich an, ohne den Mund aufzumachen. Das ging bestimmt eine Viertelstunde so. Wahrscheinlich war das irgendeine Masche von ihm, damit ich mich durchschaut fühlte und Angst bekam.

Hat leider auch ziemlich gut funktioniert, weil ich mir nämlich die ganze Zeit das Hirn zermarterte, was er eigentlich von mir wollte. Ich hatte absolut überhaupt nichts angestellt. Also jedenfalls nicht bewusst. Und wenn ich trotzdem verhaftet wurde, konnte das Ganze ja nichts Gutes bedeuten.

»Ich will einen Anwalt«, sagte ich irgendwann, weil ich das Schweigen nicht mehr aushielt und weil das im Fernsehen ja immer alle sagen, aber der Rotgesichtige lachte nur, als hätte ich gerade einen ganz tollen Witz gemacht. Dann wurde er – ganz plötzlich, von einem Moment auf den anderen – so richtig übellaunig.

»Wo ist dein Handy?«, bellte er.

»Hab ich ... also ... vor zwei Tagen ... hab ich es in der Schule verloren«, stotterte ich, was jetzt nicht ganz der Wahrheit entsprach, weil es nämlich so war, dass die beiden größten Hohlköpfe in meiner Klasse das Teil so lange auf der Toilette hin- und hergeworfen hatten, bis es in einer Kloschüssel gelandet war. Seitdem trocknete es zu Hause auf unserer Heizung und funktionierte nicht mehr.

»Ja klar«, sagte der Typ, »verloren ... ganz zufällig«, und dann musste ich alle Taschen ausleeren und der Typ tastete

7

meine Hose und die Jacke ab, ohne etwas zu finden. Logischerweise.

»Name?«, fragte er schließlich. »Alter? Adresse? Eltern?«

»Albert ...«, murmelte ich.

»Junge, verarsch mich nicht. Kein Mensch heißt heute noch Albert.«

»Ich würde auch lieber anders heißen.«

»Und weiter?«

»Cramer«, sagte ich.

»Mit C oder mit K?«

»Wie man's nimmt«, sagte ich, weil es nämlich so ist, dass mein Vater eigentlich Kramer mit K heißt, wie sein Vater und dessen Vater und überhaupt die ganze Verwandtschaft. Meine Mutter aber fand, dass Kramer irgendwie nach Krämerladen und Provinz aussieht und dass Cramer besser zu ihrem künstlerischen Profil passen würde, und deshalb hatte sie den Namen sofort nach der Hochzeit ändern lassen. Seitdem stehen bei uns zwei Namen am Klingelschild. Kramer für meinen Vater. Und Cramer für mich. Die ersten Jahre stand das C natürlich auch noch für meine Mutter. Aber irgendwann hatte sie wohl realisiert, dass nicht nur das K provinziell war an meinem Vater. Schätze ich mal. Jetzt ist sie mit irgendeinem wichtigen Theatermenschen zusammen. Auch wenn ich persönlich finde, dass es praktisch nichts gibt, was noch unwichtiger ist als das Theater.

»Na prima ... auch noch 'ne Intellektuellenfamilie«, meinte das Rotgesicht dazu und blickte zur Decke. Dann stand er auf und walzte durch den Raum zu einem Monitor, der den Eingang eines Andenkenladens in der nördlichen Halle zeigte. Davor schienen sich zwei Frauen zu streiten.

Ich schaute mich um. Keiner von den Männern beachtete mich. Genau genommen hätte ich einfach so verschwinden können aus diesem Raum. Aber leider war es wie immer bei mir: nicht genug Mut, um auch mal was zu riskieren.

Irgendwann kam der Typ dann wieder zurück an den Schreibtisch. »Du bist in ernsthaften Schwierigkeiten, mein Freund«, sagte er und deutete auf die vielen Bildschirme im Raum. »Wir beobachten dich schon eine ganze Weile. Wir wissen, was du hier treibst. Wir wissen auch, wie du es treibst. Wir wissen nur noch nicht, wer alles zu dir gehört. Deine Hintermänner. Bosse. Komplizen.«
»Was denn für Komplizen?«, fragte ich.
Dann war es erst mal wieder eine Weile still. Irgendwann kam er hinter seinem Schreibtisch hervor, schob einen Stuhl neben mich und legte seinen Arm buddymäßig auf meine Schulter. »Jetzt pass mal auf, mein Freund«, sagte er, »ich versteh dich ja, ich meine, dass man seine Kollegen nicht verrät, und als ich so alt war wie du, hab ich auch noch an Ehre und Treue und den ganzen Quatsch geglaubt. Aber soll ich dir was verraten? Deinen Kollegen sind Ehre und Treue ziemlich egal. Was schätzt du, wie viele Menschen hier schon gesessen sind? Auf diesem Stuhl? Fünfzig? Hundert? Ich will es dir sagen. Es waren mehr als tausend! Und keiner war dabei, der am Ende nicht für den eigenen Vorteil seinen Kumpel verpfiffen hätte. Sie kaufen sich alle frei. Alle, wie sie da sitzen. Die Großen wie die Kleinen. Diebe, Dealer, Fixer. Gibt keine Ausnahme. Also überleg dir genau, ob du wirklich nicht weißt, von was ich hier rede. Du steckst noch nicht so tief drin, soweit ich das sehe. Und deshalb bekommst du hier noch einmal die Chance, dass du relativ unbeschadet rauskommst aus dieser Nummer.«
»Aus welcher Nummer denn, ich weiß es echt nicht«, sagte ich, und die Wahrheit ist, dass ich ihm alles erzählt hätte, wenn ich nur gewusst hätte, was. Ich schaute ihn an und er schaute mich an und irgendwann latschte er wieder zurück zu seinem Stuhl hinter seinem Schreibtisch.
»Wie du meinst«, sagte er und rückte seinen Stuhl an den Schreibtisch und knipste die Lampe an, und ich dachte,

jetzt kommt bestimmt diese Blendnummer mit der Lampe, die einem direkt in die Augen leuchtet, sodass man sich gar nicht mehr konzentrieren kann und alles verrät, aber der Typ machte dann doch nur eine Schublade auf und holte einen Block und einen Stift heraus.

»Alter?«, fragte er, und ich sagte: »Sechzehn«, was die Wahrheit war, auch wenn ich im letzten Jahr meinen Schülerausweis vorzeigen musste, als ich mir den Film »Hangover« anschauen wollte. Und der ist freigegeben ab zwölf.

»Sechzehn ... das's ja schön«, meinte der Typ und verzog sein Gesicht zu einem breiten, triumphierenden Grinsen, dass sein bretthartes Toupet wie ein Helm nach vorne rutschte. »Du weißt schon, warum mich das freut? Mit sechzehn bist du fällig, mein Freund. Mit sechzehn darfst du bezahlen für den Blödsinn, den du gemacht hast.«

»Aber ich hab doch gar nichts gemacht«, antwortete ich, und er sagte: »Klar«, und dann wollte er wissen, wo ich mit meinen Eltern wohne. Ich nannte ihm die Adresse von meinem Vater, und dann knipste er seine Lampe aus und zerrte mich wieder raus auf den gekachelten Gang, zurück bis zur Rolltreppe und hoch auf den Bahnhofsvorplatz. Dort parkten vielleicht zehn Polizeiautos hinter einer Schranke und ein paar zivile Wagen standen auch noch herum. Er schob mich auf die Rückbank von einem dieser blau-silbernen Astras und dann zuckelten wir durch Hamburg. An jeder Ampel glotzten die Menschen rein und manche tuschelten sogar miteinander, sodass ich mich in dem Auto echt wie ein ertappter Schwerverbrecher fühlte. Auf direktem Weg ins Gefängnis.

Besser wurde es erst, als wir langsam in unser Viertel kamen. Da gibt es nämlich praktisch keine Ampeln, weil wir in so einer total gediegenen Gegend wohnen, in der die Häuser Klappläden und Erker haben und die Bäume in den Gärten mindestens zweihundert Jahre alt sind. Von außen sieht das total idyllisch aus, und deshalb gibt es auch jede Menge Leute, die sonntags in ihren wattierten Mänteln durch unsere Straße laufen und davon schwärmen, wie romantisch das alles ist.

Meine Mutter sah das früher natürlich anders. Mit Chance konnte man sie im Herbst immer hören, wenn sie kniehoch im Laubhaufen stand und unseren Baum beschimpfte. Der war eine riesige Buche.

»Du gehst mir so auf die Eier«, pöbelte sie dann, »du inkontinenter Holzkopf, jedes Jahr wieder die gleiche Scheiße mit deinen Mistblättern, ich mach dich fertig, ich schwör's. Nächstes Jahr ist hier Rübe ab, kannste dich drauf verlassen, du Wichser.«

Meine Mutter konnte echt derbe sein bei diesem Thema. Das war jedes Jahr wieder ein beeindruckendes Schauspiel. Meistens blieben dann draußen auf der Straße die wattierten Spaziergänger stehen und versuchten, in unseren Garten zu schauen. War aber nicht so einfach, weil unsere Hecke aus irgendeinem Nadelholz ist und keine Blätter verliert.

Ich schätze, dieser Baum war auch einer der Gründe, warum meine Mutter irgendwann genug hatte von meinem Vater, weil der nämlich keinen Handschlag rührte für diesen Baum. »Ist doch Natur, mein Herz«, murmelte er in solchen Momenten, und dabei merkte er gar nicht, wie meine Mutter innerlich überkochte, und dann war sie vor sechs Jahren plötzlich verschwunden. Ende September, bevor die ersten Blätter gefallen waren.

Mein Vater hockte danach ungefähr einen Monat lang am Fenster und starrte hinauf in die Krone, und dann wandte er sich wieder seinen mathematischen Gleichungen zu, mit denen er von morgens bis abends sein Geld verdient. Er arbeitet nämlich von zu Hause aus als Mathematiker für irgendein statistisches Institut. Davor war er Professor an der Uni und dort hat er irgendeine Behauptung von Carl Friedrich Gauß erweitert, und deshalb wollte mein Vater wahrscheinlich auch, dass ich Carl Friedrich heiße, aber da hat meine Mutter nicht mitgemacht. Am Ende haben sie sich auf Albert geeinigt, weil Albert Einstein für meinen Vater auch ein Held ist und weil meine Mutter so ziemlich alles liebt, was Albert Camus jemals gedacht und geschrieben hat. Leider hat sie mich dann auch immer so französisch beknackt »Albeeeer« gerufen. Selbst im Schwimmbad, als meine Mutter mal ein paar Jahre lang glaubte, ich würde als Schwimmer Karriere machen.

Mein Vater hat das übrigens nie geglaubt, weil er meinte, dass meine Hände zu klein wären dafür und es deshalb rein physikalisch nicht möglich wäre. Aber damit konnte er bei meiner Mutter natürlich nicht landen. Die Welt immer nur naturwissenschaftlich zu analysieren, dafür hatte sie kein Verständnis.

Der Polizist hatte das Verständnis auch nicht. Noch bevor mein Vater überhaupt protestieren konnte, hatte er mich aus dem Auto, durch den Garten, die Treppe hoch in die Wohnung geschleift.

»Ich muss Sie leider davon in Kenntnis setzen, dass Ihr Sohn in eine ganze Reihe von Straftaten verwickelt ist«, sagte er.

»Das halte ich in Kenntnis seines Charakters für unwahrscheinlich«, antwortete mein Vater ziemlich abwesend und wollte sich wieder umdrehen und zurück an die Arbeit gehen, aber der Fleischberg hatte sich schon erstaunlich geschmeidig an ihm vorbei in den Flur geschlängelt.

»Selbstverständlich kann ich Ihnen das auch beweisen«, sagte er, und mein Vater meinte: »Wenn es unbedingt sein muss, eigentlich bin ich beschäftigt«, und dann saßen sie zusammen um den Küchentisch und der Polizist pulte aus seiner Aktentasche einen ganzen Stapel Fotos heraus. Es waren lauter Standbilder von den Überwachungskameras auf dem Bahnhof.

»Ihr Sohn«, sagte der Dicke und legte ein Foto nach dem anderen auf den Tisch, »hier, sehen Sie, um 15.12 Uhr macht er ein Foto mit seiner Kamera. Und hier, eine Minute später, verschickt er die Nachricht mit seinem Handy. Und dann noch mal vier Minuten später. Schauen Sie sich das Foto ganz genau an. Ist nicht so deutlich zu sehen. Dort zieht jemand derselben Person die Geldbörse aus der Tasche. Oder hier, drei Tage später. Dieselbe Masche. Wir können Ihnen zig solcher Sequenzen zeigen. Immer ist Ihr Sohn daran beteiligt. Er kundschaftet die Opfer aus und benachrichtigt seine Komplizen.«

»Was machst du denn auf dem Bahnhof?«, fragte mein Vater, »davon weiß ich ja gar nichts ... dass du dich da herumtreibst.«

»Ich fotografiere«, antwortete ich.

»Das sehe ich. Und was fotografierst du?«

»Abschiede«, sagte ich.

»Abschiede? Das verstehe ich nicht. Was willst du denn mit Fotos von Leuten, die du nicht kennst?«

»Weiß nicht, interessieren mich halt«, antwortete ich, weil ich sowieso nicht glaubte, dass das irgendjemand verstehen konnte. Nicht einmal ich verstand mich so richtig. Wie sollte es dann erst Erwachsenen gehen? Oder noch schlimmer, Polizisten? Da hatte ich keine Hoffnung. Es ist nämlich so, dass ich finde, dass es keinen intensiveren Augenblick gibt als einen Abschied. Also, ich meine, so einen Abschied von einem Menschen, der einem alles bedeutet, und wo sich das Herz schon verklemmt, wenn man nur daran denkt, dass er vielleicht irgendwann nicht mehr da ist. So stelle ich mir das jedenfalls vor, weil ich selbst ehrlich gesagt noch nie Abschied nehmen musste von jemandem, der mir etwas bedeutet hat. Außer von meiner Mutter vielleicht, als sie

13

auszog, aber das war auch kein richtiger Abschied, weil sie schon nach zwei Stunden wieder am Telefon hockte und mich zuschwallte mit ihren Muttergefühlen. Trotzdem ist absolut klar, dass es stimmt, was ich sage. Da muss man sich nur mal eine halbe Stunde auf einen Bahnhof stellen, um das zu verstehen. Abschiede sind eigentlich immer tiefe, ehrliche Augenblicke. Natürlich gibt es auch Menschen, die bei einer Ankunft umgeblasen werden von ihrer eigenen Freude. Aber die meisten sind dann nur hölzerne Marionetten und wissen nicht, wohin sie mit ihren Armen und Augen sollen. Und überhaupt am peinlichsten ist, wenn sie sich auch noch so richtig viel Mühe geben mit Transparenten und Girlanden und Willkommen-zu-Hause-Shirts. Ist alles gelogen. Jetzt nicht im Sinne, dass die T-Shirts gelogen sind und sie sich gar nicht freuen. Sondern weil sie ihre Gefühle in dem Moment gar nicht zeigen können und sich deshalb nur so verhalten, wie sie glauben, dass man sich verhalten muss, wenn man sich freut. Da ist nichts Echtes in den Gesichtern. Und das ist bei den Abschieden eben anders. Abschiede sind ganz oft perfekte Momente. Und darum geht es ja beim Fotografieren und deshalb bin ich auch so oft am Bahnhof.

»Blödsinn«, sagte der Dicke, »totaler Bullshit. Warum schickst du dann nach jedem Foto eine SMS an deine Komplizen?«

»Ich verschicke keine SMS«, antwortete ich. »Ich schreibe mir Notizen zu den Motiven und sortiere die Bilder.«

»Natürlich«, sagte der Polizist, »würde ich jetzt auch behaupten ...«

»Darf ich Sie kurz unterbrechen«, meinte mein Vater. »Wir wollen doch hier keine vorschnellen Urteile fällen. Ich gebe zu, dass dies ein wenig exzentrisch klingt, was mein Sohn erzählt. Aber unmöglich ist es nicht, und es lässt sich ja nun auch kurzfristig klären, ob er die Wahrheit sagt. Wenn er tatsächlich Abschiede sammelt, muss es ja irgendwo eine Sammlung geben, die er uns zeigen kann. Vielleicht schauen wir uns die einfach mal an. Bevor wir über unbewiesene Vorwürfe diskutieren.«

Das war natürlich der Supergau. Meine Fotos hatte noch kein Mensch zu sehen bekommen. Die waren mein absolutes Geheimnis. Noch viel persönlicher als mein Facebook-Account. In ihnen war quasi alles von mir, und da musste schon ganz viel passieren, dass ich erlaubt hätte, dass jemand Fremdes sie anschauen durfte. Und ganz bestimmt wollte ich nicht, dass mein Vater darin herumschnüffelte und dieser Polizist schon mal gar nicht. Also tat ich am Küchentisch erst einmal so, als hätte ich nichts gehört, aber dann ging mein Vater ungefragt los und holte den Laptop aus meinem Zimmer.

Zusammen mit dem Polizisten klickte er sich durch den Computer, aber sie fanden darauf kein einziges Foto. Konnten sie auch nicht, weil ich Fotos auf meinen beiden externen Festplatten ablege, immer schön als Doublette, damit die Motive niemals verloren gehen. Da bin ich echt diszipliniert. Im Unterschied zu meinem übrigen Leben, würde ich sagen.

Die ganze Suche dauerte vielleicht zehn Minuten, in denen ich schweigend danebensaß und das Grinsen des Polizisten immer feister wurde und mein Vater immer mehr in sich zusammenfiel. Irgendwann tat er mir echt leid, weil er das nicht verdient hatte, dass dieser Arsch von Polizist so über ihn triumphierte. Ich muss nämlich sagen, dass ich meinen Vater schon irgendwie bewundere, auch wenn er sich manchmal so verhält, als wäre er nicht von dieser Welt.

Damit meine ich nicht das Klischee vom zerstreuten Professor, der nichts auf die Reihe kriegt, weil er so überhaupt nicht ist. Mein Vater ist nicht zerstreut. Er geht auch nicht zum Einkaufen und merkt dann auf halbem Weg, dass er noch seinen Schlafanzug trägt, oder so ein Zeug. Mein Vater kriegt das praktische Leben schon ganz gut geregelt. Aber er schaut die Welt auf so eine vernünftig-weltfremde Weise an, dass ich bei ihm manchmal echt meine Zweifel habe.

Zum Beispiel als ich das letzte Mal mit ihm zusammen U-Bahn gefahren bin. Da kamen wir nach der Fahrt am Rathausmarkt die Treppe hoch, und vor dem Eingang saßen zwei rasierte Typen auf der Straße, die vielleicht zwanzig oder so waren, und um sich herum hatten sie einen Wall von Bierdosen aufgeschichtet. Wie so eine Sandburg am Strand. Mindestens hundert Dosen, und vor den Wall hatten sie ein Pappschild gestellt, auf dem nichts weiter stand als »HUNGER«. In Großbuchstaben und mit ziemlich wackliger Schrift. Eigentlich konnte jeder Blinde sehen, dass die beiden total betrunken waren. Mein Vater hat ihnen trotzdem zwei Euro in die Schale gelegt und freundlich gelacht und gesagt: »Wohl eher Durst, Freunde«, und dabei ist er gegen den Wall gestoßen und der ist scheppernd zusammengefallen.

Einer von diesen Typen hat sich dann nach oben gestemmt und ist zu meinen Vater getorkelt und hat ihm ansatzlos auf die Nase gehauen. So, dass mein Vater Kopf voran die Treppe zur U-Bahn wieder runtergeschlittert ist.

Jeder andere Mensch hätte an dieser Stelle die Polizei gerufen. Oder sich wenigstens still und heimlich aus dem Staub gemacht. Aber mein Vater versteht irgendwie nicht, dass es Arschlöcher gibt, um die man lieber einen Bogen macht, und wollte »das Missverständnis« klären, weil er eben immer an die Vernunft im Menschen glaubt.

Der Besoffene hat dann nur »Fresse, Alter« gesagt und ihm ein zweites Mal auf die Nase gehauen.

So ist mein Vater, und das kann ich echt nicht mit ansehen, wenn jemand ihn schlecht behandelt. »Die Fotos sind auf meiner externen Festplatte«, erklärte ich, holte den kleinen silbernen Kasten aus dem Versteck hinter meiner Gardine und stöpselte ihn an den Laptop.

Der Polizist warf aber nur einen flüchtigen Blick darauf und sagte: »Beschlagnahmt«, und dann schnappte er sich auch noch das kaputte Telefon von der Heizung.

Zu mir meinte er: »Ich krieg dich, mein Freund, verlass dich drauf.«

»Ich bin nicht Ihr Freund«, antwortete ich. »Vorher kotz ich in meine Stiefel.«

Ich schätze, das war dann der Anfang unserer Freundschaft.

2 Dass sich durch die Verhaftung alles verändert hatte, wusste ich natürlich noch nicht zu diesem Zeitpunkt. Am Anfang dachte ich wirklich, dass jetzt alles wieder wie vorher würde, weil die Polizei auf meiner Festplatte sehen würde, dass ich die Wahrheit erzählt hatte, und danach könnte ich weiter am Bahnhof fotografieren und niemand würde sich um mich kümmern. War aber nicht so, als ich nach ein paar Tagen zum ersten Mal wieder am Bahnhof war. Aber das lag nicht an diesem Fettkloß, sondern an mir. Und vielleicht an den anderen Leuten.

Früher war es nämlich so, dass ich irgendwie unsichtbar war, wenn ich am Bahnhof fotografierte. Das war wie ein Zauber. Ich stand mitten in dem Gewimmel und konnte alles beobachten, aber keiner beachtete mich. Ungefähr so wie in diesen superbescheuerten Filmen, in denen irgendwelche Engel unter uns sind, die wir nicht sehen können, aber sie sehen alles, und wenn sie über die Straße gehen, rauschen Lkws durch sie durch, ohne dass ihnen etwas passiert. So war mein Gefühl immer beim Fotografieren, und dieser Zauber war plötzlich verschwunden, als ich zum ersten Mal nach der Verhaftung wieder zum Bahnhof kam.

Die Leute sahen mich an. Oder ich bildete mir ein, dass sie mich ansahen, das kommt ja im Endeffekt auf dasselbe raus. Ich war nicht mehr bloß der Beobachter, sondern gehörte selber dazu. Und da merkte ich dann, wie bescheuert das ist: irgendwelchen fremden Menschen in einem innigen Moment mit der Kamera ins Gesicht zu kriechen. Konnte ich plötzlich nicht mehr tun, weil ich mir selbst dabei zuschaute, und dann erwischt man auch den perfekten Moment nicht mehr.

Das Problem ist nämlich, dass ein perfektes Foto irgendwie unperfekt sein muss, damit es perfekt ist. Sonst könnte man einfach zwei tolle Menschen mit einer perfekten Pose in eine perfekte Kulisse stellen und dann mit perfektem Licht abfotografieren und schon hätte man das perfekte Bild. Hat man aber nicht. Weil es nämlich so ist, dass dann der Augenblick fehlt. Also irgendwie das wirkliche Leben. So was sieht man nicht auf den ersten Blick. Ich meine, ob es gelogen ist oder wahr und ob es zu einem spricht und ob es von einem echten, intensiven Augenblick erzählt. Darum geht es. Und genau das taten meine Fotos jetzt nicht mehr. Ich meine, sie waren auch technisch nie wirklich perfekt, aber jetzt war es so, dass ich den Augenblick einfach nicht mehr erwischte. Keine Ahnung, entweder war ich zu früh oder ich war zu spät oder ich wartete auf etwas, was überhaupt nicht passierte. Da fehlte irgendeine Verbindung. Ich glotzte nur noch wie ein Idiot auf jede Szene.

Mein erster Gedanke war, dass mich die Leute nach der Aktion mit der Verhaftung plötzlich erkannten, aber das konnte natürlich nicht sein, weil am Bahnhof mindestens alle halbe Stunde komplett andere Menschen sind. Und ganz besonders ist das auf den Bahnsteigen 11 bis 14 so, wo die Fernzüge halten und keine Pendler stehen.

Danach dachte ich, dass ich selbst schuld daran war, weil ich bei jedem Foto plötzlich überlegte, was die anderen von mir dachten und ob sie vielleicht Angst hatten, dass ich sie danach ausrauben würde oder so. Deshalb versuchte ich es mit dem superlangen Tele, das mir meine Mutter geschenkt hatte. Damit merkten die Leute nicht, dass ich sie fotografierte, aber das funktionierte auch nicht, weil die Leute dann fünfzig Meter weg standen und auf diesen fünfzig Metern garantiert immer irgendein Idiot durch das Bild lief. Also stellte ich mich oben auf die Treppe, die runter zum Bahnsteig führt, und versuchte, von dort zu fotografieren, aber das ging auch nicht, weil Bilder von oben ja nicht die normale Perspektive sind und deshalb irgendwie distanziert aussehen. Außerdem holt das Tele immer den Hintergrund ran und verkürzt die Entfernungen, sodass man gar keinen vernünftigen Bildaufbau hat, weil es keinen richtigen Vordergrund und keinen Hintergrund gibt und alles irgendwie gleich wichtig wirkt.

Ich muss zugeben, dass ich nach den ersten Tagen ziemlich verzweifelt war und schon überlegte, ob ich lieber anfangen sollte zu schreiben, was meine Mutter immer von mir gewollt hat, aber dann gab es doch noch einen perfekten Moment. Ganz plötzlich, aus heiterem Himmel.

Es war, als ich mein Tele längst wieder weggepackt hatte und ratlos auf einer Bank auf dem Bahnsteig hockte. Vor mir stand der ICE aus München, die Leute waren schon alle ausgestiegen und auch der Bahnsteig hatte sich mittlerweile geleert. Irgendwann ruckte der Zug wieder an, und als der letzte Wagen vorüber war, saß quasi auf der gleichen Bank, nur einen Bahnsteig weiter, dieses Mädchen. Also direkt gegenüber. Sie war ungefähr siebzehn, schätze ich mal, und so brutal schön, dass ich mich gar nicht traute, sie überhaupt anzusehen. Jedenfalls nicht länger als eine Zehntelsekunde. Wobei ich sagen muss: So richtig brutal schön war sie doch nicht, aber sie hätte es sein können, wenn sie gewollt hätte. Wollte sie aber wahrscheinlich nicht. Das konnte man an dem völlig ausgeleierten T-Shirt sehen, das von einem Supermarkt war. »Real – alles drin« stand auf der Brust. Allerdings schon ziemlich verwaschen. Dazu trug sie eine graue, superweite Jogginghose und schwarze Stiefel mit Stahlkappen, auf die sie weiße Herzen gemalt hatte, wie ein Punk, nur dass Punks keine Herzen auf ihre Schuhe malen, sondern Kleckse oder Sterne oder das Wort »Anarchie«.

Das Mädchen war garantiert kein Punk, weil sie auch keine Piercings in den Lippen hatte oder tausend Sicherheitsnadeln im Ohr oder einen zur Hälfte rasierten Schädel. Stattdessen hatte sie ihre Haare mit einem Einmachgummi zu einem Zopf verknotet, aber so nachlässig, dass ihr jede Menge Fransen über die Augen hingen. Ich schätze, es war ihr einfach egal, wie sie aussah. Sie hatte auch keine gezupften Augenbrauen und kein Make-up und so 'n Zeug wie die Mädchen in meiner Klasse. Dafür war sie braun gebrannt, aber nicht diese Kack-Lebkuchen-Bräune von den Leuten, die immer ins Sonnenstudio gehen. Sondern wie jemand, der einfach den Tag über draußen ist. Sie saß ein bisschen nach vorne gebeugt auf der Bank und hatte ihre Handflächen unter die Oberschenkel geschoben. Ihre Pupillen waren fast schwarz und um die Augen hatte sie schwarze Farbe gemalt, sodass sie aussah wie eine Eule. Sie schaute mich die ganze Zeit an.

Dabei lag neben ihr irgendein Typ und schlief. Er war nicht so braun wie sie, eher sogar ziemlich bleich, und er hatte ein wurstenges T-Shirt an, dass man seinen Sixpack darunter sah, der sich in einem affenartigen Tempo hob und senkte. Als hätte der Typ gerade einen Vierhundertmetersprint hinter sich. Aber es waren ziemlich beeindruckende Muskeln, die er da hatte, muss ich mal sagen, auf jeden Fall viel athletischer als meine. Mit seinem Kopf berührte er ihren Schenkel. Aber nicht so, dass der Kopf auf ihrem Schoß lag, wie bei einem Paar, sondern eher so, als würde sie nur auf ihn aufpassen, während er schlief.

Das war schon ein seltsames Gefühl, so angestarrt zu werden von einem Mädchen. Besonders wenn man selbst dasitzt wie ein Idiot und nichts hat, mit dem man sich gerade beschäftigt. Also holte ich meine Kamera raus und machte ein paar Aufnahmen in ihre Richtung. Es schien sie überhaupt nicht zu stören. Sie schaute direkt in die Linse, ohne verlegen zu sein, ohne irgendeine Grimasse. Nur manchmal pustete sie die Strähnen vor ihren Augen weg, aber die fielen immer wieder zurück.

Irgendwann fuhr dann auf meinem Bahnsteig der nächste ICE ein und versperrte die Sicht. Er kam aus Frankfurt, und weil an diesem Tag der HSV gegen die Eintracht spielte, quetschten sich aus den Türen tausend Kuttenträger, die einen Adler auf ihrem Rücken hatten und pausenlos »Sieg« brüllten und zwischen jedem »Sieg« dreimal klatschten. Wie Nazideutschland, dachte ich, nur halt nicht so militärisch geordnet. Wobei ich gar nicht weiß, wie militärisch geordnet Deutschland früher so war. Auf jeden Fall war es unglaublich, wie viele Menschen in einen einzigen Zug passen. Der Bahnsteig war praktisch voll und trotzdem quollen immer noch mehr Leute heraus und dann stampften auch noch von den Seiten Polizisten heran und kesselten die Fans mit ihren Schilden und Schlagstöcken ein und schoben den ganzen Pulk irgendwann aus dem Bahnhof.

Das Ganze hatte vielleicht eine halbe Stunde gedauert. Dann rollte der ICE wieder weiter und natürlich war die Bank dahinter jetzt leer. Keine Spur von den beiden. Ich schaute mich um. Die Rolltreppen zum Bahnsteig. Der gläserne Fahrstuhl. Oben die Galerie mit den Geschäften. Als hätten sich die beiden in Luft aufgelöst. Vielleicht waren sie vom Bahnsteig direkt runter zur U-Bahn gegangen.

»Suchst du jemand?«, fragte plötzlich eine Stimme in meinem Nacken. Dann kletterte das Mädchen von hinten über die Bank und setzte sich neben mich. So nah, dass ihr Bein mein Knie berührte. Dabei war auf der Bank noch mindestens zwei Meter Platz.

»Ich kenn dich«, sagte das Mädchen nach einer Weile. »Dich hat der dicke Polizist vor ein paar Tagen verhaftet.«
»War aber nur ein Missverständnis«, antwortete ich.
»Wieso, was wollte er denn?«
»Er hat gedacht, dass ich zu einer Bande gehöre, die Leute ausraubt.«
»Hat er dir geglaubt?«
»Ich weiß nicht ... Er hat gemeint, er behält mich im Auge.«
»Dann würd ich aber aufpassen, dass du nicht zusammen mit mir gesehen wirst«, sagte sie und lachte, und dann rückte sie ein Stückchen weg und für einen kurzen Moment legte sie ihre Hände neben sich, bevor sie sie wieder unter die Beine schob. Sie hatte echt grobe Finger. Mit Narben und dicken Knöcheln, wie man sie kriegt, wenn man sich öfter prügelt. Hooliganhände, würde ich sagen, die hatten im Leben noch keine Maniküre gesehen.

Eine Weile schauten wir beide geradeaus. Dorthin, wo sie vorhin gesessen hatte, auch wenn da jetzt gar nichts zu sehen war.

»Du fotografierst«, sagte sie schließlich.

Ich nickte.

»Und was?«

»Weiß nicht ... also ... ehrlich gesagt ... ich fotografier Abschiede ... irgendwie Menschen, die sich trennen ... von denen einer wegfährt.«

»Das's ja krass«, meinte sie. »Echt jetzt, Abschiede? Verdienst du damit Geld oder so was?«

»Nein. Wieso? Wie kommst du denn da drauf?«

»Dann ist es nur Zeitvertreib?«

»Ich weiß nicht ... ich vertreib nicht die Zeit ... Eigentlich ist es das, was ich am allerliebsten mache.«

»Aber Abschiede sind doch das Traurigste von der Welt.«

»Schon ... aber sie sind auch das Schönste ... finde ich.«

Da drehte sie sich zur Seite und sah mich an, und ich schätze mal, das war dann der Moment, der bei mir alles geändert hat. Auch wenn ich gar nicht weiß, wie ich das jetzt beschreiben soll. Ein bisschen so wie in dieser Waschmittelwerbung, die zurzeit im Fernsehen überall läuft. Da ist eine Frau in bunten Klamotten zu sehen, und man denkt, okay, Frau, bunte Klamotten, nix Besonderes, aber dann sagt jemand »Schluss mit verblassten Farben« oder so 'n Quatsch und die Frau greift quasi von innen in den Fernseher und zieht einen Grauschleier weg und da merkt man erst, dass die Farben und alles vorher ganz dumpf waren und dass das Leben eigentlich viel strahlender ist.

So war das auch bei ihr. Wobei »strahlender« jetzt das falsche Wort dafür ist. Eher intensiver. Dunkler. Eigentlich war ihr Gesicht wie ein See bei einem Sturm, der voller Wellen war, und dann wurde er plötzlich spiegelglatt, und das Wasser war ganz klar, sodass man bis runter zum Grund sehen konnte, und dort war dann alles algenmäßig überwachsen von Trauer. Also, sie weinte nicht oder so. Sie war einfach nur monstertraurig.

So schaute sie mich regungslos an und diesmal schaute ich auch nicht weg, und da waren ihre Augen doch nicht schwarz, sondern blau, aber nicht so strahlend wie bei Megan Fox zum Beispiel, sondern eher dunkel wie blaue Tinte.

»Weißt du, was das Allerschlimmste im Leben ist?«, fragte sie schließlich.

»Der Tod?«, sagte ich.

»Noch schlimmer als der Tod ist, wenn man sich nicht verabschieden kann.«

»Woher weißt du das?«

»Denk ich mir halt.«

»Echt? So was denkst du?«

»So was denke ich ...«, sagte sie, und dann schwieg sie, und ich wusste auch nicht, was ich darauf noch antworten sollte. Irgendwann meinte sie: »Ich glaube, wenn man Abschied nehmen kann, ist das wie ein Chirurg, der die Wunde zunäht. Und ohne Abschied hört es eben nie auf zu bluten ... Oder die Narbe wuchert ganz übel und man bleibt ein Leben lang verwachsen und hässlich.«

»Also, verwachsen ist bei dir aber nichts«, sagte ich und dachte, das wäre jetzt mal ein geschmeidiges Kompliment, aber da lag ich komplett daneben. Als hätte sie den Schleier wieder nach oben gezogen.

»Wie viele Abschiede hast du schon fotografiert?«, fragte sie nach einer ganzen Weile.

»Keine Ahnung«, antwortete ich. »Vielleicht dreihundert Gigabyte auf meinem Computer.«

»Und seit wann machst du das?«

»Bestimmt schon zwei Jahre.«

»Zeigst du mir deine Bilder mal?«

»Klar«, sagte ich, obwohl es ja eigentlich gar nicht klar war, dass sie jemand anschauen durfte.

»Jetzt gleich?«, fragte sie.

»Von mir aus auch gleich.«

Da griff sie nach meiner Hand und zog mich von der Bank, und wir gingen rüber zum Gleis, von dem meine S-Bahn fuhr.

3

Eigentlich hätte mein Vater komplett irritiert sein müssen von mir. Da hatte ich praktisch zehn Jahre lang so gut wie keinen Menschen mit nach Hause gebracht und das totale nerdmäßige Maulwurfsleben geführt und dann kam ich plötzlich zuerst mit einem Polizisten-Fleischberg an und ein paar Tage später auch noch mit der hübschesten Eule des Universums.

Ich hätte wetten können, dass es in seinem Hirn anfing zu rattern, aber dass er dann kein einziges Wort herausbringen würde, sondern höchstens »He ... he« stammeln würde und danach wieder verschwinden würde zu seinen Formeln.

War dann aber ganz anders. Er schob seine Brille nach vorne zur Nasenspitze und betrachtete meinen Gast über die Ränder der Gläser von oben nach unten, einmal runter und wieder rauf.

»Ich bin der Vater dieses Genies«, sagte er und gab ihr die Hand.

»Kati«, sagte das Mädchen.

»Wie Katharina?«

»Wie Einfach-nur-von-Geburt-an-Kati.«

»Na, dann setz dich mal, Kati«, sagte mein Vater und deutete auf den Tisch, und das war natürlich das Letzte, was ich gebrauchen konnte, dass mein Vater Konversation machen wollte mit ihr, weil so was nur im Fremdschämen enden konnte.

Und genauso lief es dann auch, weil mein Vater natürlich das ganze blödsinnige Zeug wissen wollte, von dem Eltern immer glauben, dass es wichtig ist, das aber überhaupt nichts erzählt über den Menschen: woher man kommt und was die Eltern beruflich machen und auf welche Schule man geht und welche Noten man hat und so weiter.

Kati erzählte trotzdem wie ein Wasserfall, und mein Vater sah sie dabei an mit seinem einfühlenden Therapeutenblick, den ich schon an ihm kannte, weil er auch meine Mutter immer so angeschaut hatte. Mit zur Seite gelegtem Kopf und immer am Nicken, aber eigentlich hörte er dabei gar nicht zu, sondern das Gespräch war nur ein kosmisches Hintergrundrauschen, während er die ganze Zeit an andere Sachen dachte. Hab ich mir bei ihm jedenfalls immer so vorgestellt.

Allerdings muss ich zugeben, dass meine Mutter diesen Verdacht auch schon hatte und manchmal nach ihrem letzten Satz fragte, und den konnte er dann immer absolut exakt wiederholen. Aber auch nur diesen einen Satz. Als ob da so ein kleiner Zwischenspeicher bei ihm eingebaut war, in dem er einen Satz ablegte und der dann vom nächsten überschrieben wurde. Und der Hauptrechner beschäftigte sich währenddessen mit den wirklich wichtigen Dingen. Ich schätze mal, er hat da einfach zwei völlig getrennte Stromkreise in seinem Kopf. Für Kati hat er sich aber trotzdem echt interessiert.

Umgekehrt war ich mir nicht so sicher, weil das meiste von ihr garantiert gelogen war. Zum Beispiel, dass ihre Mutter ein Nagelstudio in Wandsbek hätte mit Pediküre und medizinischer Fußpflege und so was und dass sie selbst aber lieber Friseurin lernen würde, weil sie überhaupt kein Bock darauf hätte, alten Menschen die verpilzte

Hornhaut vom Fuß zu raspeln. Deshalb hätte sie sich jetzt um einen Ausbildungsplatz beworben bei einem Friseur in der Innenstadt.

»Da kommen lauter berühmte Leute hin«, sagte Kati, »das ist voll interessant, weil die einem ja beim Haareschneiden immer alles erzählen.«

Ganz ehrlich, wenn man sich für Frisuren interessiert, läuft man nicht mit so einem Haarschnitt herum wie Kati. Und dass sie sich was aus dem Gerede von Prominenten macht, passte eigentlich auch nicht zu ihr. Fand ich.

Auf der anderen Seite sind Nagelstudio und Friseur jetzt nicht unbedingt Berufe, mit denen man eine Welle macht, und deshalb konnte es natürlich sein, dass es doch nicht gelogen war, weil es schon bescheuert wäre, wenn man ausgerechnet so was erfindet. Ich meine, wenn ich mir an ihrer Stelle etwas ausgedacht hätte, dann Meeresbiologin oder Model oder Olympiateilnehmerin oder irgendwas anderes Cooles.

Auf jeden Fall redeten die beiden eine halbe Ewigkeit miteinander und ich stand überflüssig wie ein Schirmständer in der Ecke, bis wir endlich raufgehen konnten zu mir ins Zimmer. Wobei ich zugeben muss, dass ich das mit dem Raufgehen auch nicht so eilig hatte, weil man mit meinem Zimmer auch keine Welle machte.

In meinem Zimmer sieht es nämlich immer noch so aus wie in einer Krabbelgruppe. Das liegt daran, dass Wohnen mir bisher eigentlich ziemlich egal war und ich quasi noch nie was verändert hatte in meinem Zimmer. Immer noch lag dieser Teppich mit den aufgemalten Straßen vor meinem Bett, auf dem ich früher mit meinen Hot-Wheels-Autos herumgekurvt war. Und auf dem Schreibtisch verstaubte seit Jahren eine halb fertige Lego-Rakete, und daneben standen die beiden Stoffhasen, die meine Mutter genäht hatte, als ich vier Jahre alt war. Dem einen hatte sie den Namen »Al« auf seine Latzhose gestickt. Der andere hieß »Bert«. Fand meine Mutter damals wahnsinnig originell. Mir selbst waren die beiden seit zwölf Jahren nicht mehr ins Auge gefallen. Aber wenn man das Zimmer mit fremdem Blick anschaut, bohrt sich so was natürlich sofort ins Bewusstsein. Genauso wie das Buchstaben-Tier-Plakat, das meine Eltern pädagogisch wertvoll zur Einschulung über das Bett geklebt hatten, weil man damit angeblich leichter lesen lernt: A wie Affe und G wie Giraffe und K wie Kakadu. Den hatte ich als Kind allerdings immer für einen Papageien gehalten, weshalb es bei mir echt »Kakke« aussah, wenn ich versuchte, »Pappe« zu schreiben. Aber das war nur im ersten Schuljahr so.

Am schlimmsten in meinem Zimmer waren aber die gerahmten Fotos, die meine Mutter neben die Tür genagelt hatte. Ich mit Blockflöte an Weihnachten wie so ein Frosch mit aufgeblasenen Backen. Oder beim Vorlesewettbewerb, was jetzt nicht so ein schlimmes Foto war, nur die Erinnerung daran war ziemlich übel, weil ich damals auf einer Bühne saß und bestimmt fünfmal an dem Wort »Prophylaxe« gescheitert bin, bis ungefähr hundert Eltern unten im Saal angefangen haben, rhythmisch zu klatschen. Wahrscheinlich sollte mich das aufmuntern. Ich wurde aber nicht aufgemuntert, sondern rot wie eine Tomate. Ist allerdings ein Schwarz-Weiß-Bild in meinem Zimmer. Und dann gibt es natürlich noch das Foto von den Hamburger Schwimmmeisterschaften, das überhaupt das schlimmste Bild ist, das von mir existiert: Ich auf dem Podium, gegen die Sonne, mit zusammengekniffenen Augen, in einer bescheuerten, viel zu großen Slipbadehose, die wie ein Beutel auf den Hüften saß und bis rauf zum Bauchnabel reichte. Und über dem Gummizug kam dann eine Brust, die so mickrig war, dass man mich quer durch einen Briefkastenschlitz hätte schieben können. Tolle Wurst.

Kati schaute von mir zum Foto und wieder zurück. Das

mit der Brust hatte sich zum Glück mittlerweile ein bisschen gebessert.

»Ich hab jetzt 'ne coolere Badehose«, sagte ich. »Willst du sie sehen? ... Vielleicht?«

»Lass mal«, antwortete sie. »Wo sind denn die Fotos vom Bahnhof?«

Also stöpselte ich meine Back-up-Platte ein und dann klickten wir uns durch die verschiedenen Alben, und an der Stelle muss ich mir mal ein Lob aussprechen, weil der Schreibtisch auf meinem Computer echt immer blitzeblank sauber ist, was man von meinem echten Schreibtisch jetzt nicht so behaupten kann. Auf dem stammen die untersten Schichten noch aus derselben Epoche wie Al und Bert. Meinem Computer hatte ich aber eine ziemlich aufgeräumte Architektur verpasst. Vor allem, was meine Fotos betraf. Die wurden zuerst wochenweise sortiert und die Besseren bekamen dann einen Namen und wanderten in den Ordner »Passabel«. Das sind zurzeit vielleicht dreihundert Stück. Und einige wenige schafften es sogar in den Ordner »Passt«, und dann gab es noch den Ordner »Perfekt«, in dem ich nur ganz selten ein Bild ablegte, wenn ich mal so richtig besoffen war von einem Motiv. Der Zustand hielt dann aber meistens nur wenige Tage, bis ich das Foto wieder nüchterner sah und es zurückstufen musste in den tieferen Ordner.

Das ist ungefähr so wie bei meiner Lieblingsmusik. Die läuft am Anfang bei mir auch immer als Endlosschleife, aber jedes Mal Hören nimmt ein Stückchen weg von dem Zauber und irgendwann ist alles Gefühl verschwunden, und dann versteht man gar nicht mehr, was an dem Stück jemals so toll war. So geht das auch bei den Fotos. Mit dem Unterschied, dass ich meine Fotos nicht einfach so abhaken kann, weil ich ja derjenige bin, der sie gemacht hat, und wenn dann jemand die Bilder langweilig und belanglos findet, fühlt sich das ungefähr so an, als würde ich mir selbst in die Fresse hauen. Da gibt's praktisch keinen Unterschied mehr.

Deshalb ist es echt nicht so einfach für mich, jemand anderem meine Fotos zu zeigen. Nicht einmal diejenigen Fotos, die ich früher gemacht hatte, mit zwölf oder dreizehn Jahren, als perfekte Momente für mich noch Sonnenuntergänge oder Wolken oder spiegelblanke Seen und so was waren und noch nicht die Abschiede auf dem Bahnhof.

»Wo muss ich drücken?«, fragte Kati und nahm mir die Maus aus der Hand, ohne dass ich eine Chance hatte, etwas dagegen zu sagen. Dann klickte sie sich durch meine Bilder. Wobei das mit dem Durchklicken jetzt nicht so ganz stimmte, weil sie eher in jedes einzelne Bild hineinkroch.

Das war fast so, als wäre ich gar nicht da und sie würde alleine an meinem Schreibtisch hocken. Sie hatte ein Bein unter ihren Hintern geschoben, sodass sie ein bisschen höher saß, und die Augen waren vielleicht zehn Zentimeter vom Bildschirm entfernt und sie biss sich pausenlos auf den Lippen herum und manchmal zog sie auch die Nase nach oben.

Ich hatte ehrlich noch nie jemanden erlebt, der sich so lange mit einem Foto beschäftigen konnte. Als ob sie ein Profiler oder so was wäre und in den Bildern irgendwelche Hinweise versteckt wären für einen Mord oder so was. Manchmal vergrößerte sie sogar einzelne Teile der Fotos. Immer weiter, auch wenn das überhaupt keinen Sinn machte, weil die Ausschnitte am Ende nur noch ein Haufen von quadratischen Pixeln waren.

Am Anfang war ich natürlich ziemlich geschmeichelt, dass jemand so gefixt war von meinen Fotos. Aber ein bisschen seltsam fand ich es auch, weil sie die Bilder irgendwie noch ernster nahm als ich selbst und weil sie einmal sogar echt übertrieben reagierte. Das war, als sie mein aktuelles

Lieblingsbild öffnete. Ich hatte es vor ungefähr einem halben Jahr gemacht, und es war auch vorerst das letzte Bild, das es mal geschafft hatte, in meinem »Perfekt«-Ordner ein paar Tage zu übernachten.

Entstanden war die Aufnahme im Winter, weit draußen außerhalb der Bahnhofshalle. Damals hatte der Wind große Schneeflocken waagrecht über die Schienen gejagt und das schmale Dach über dem Bahnsteig war praktisch überhaupt kein Schutz dagegen gewesen. Trotzdem hatte das Mädchen auf dem Bild nur Strumpfhose und Minirock an und ein Paar löchrige Ballerinas und darüber eine mickrige Sweatshirt-Jacke gegen die Kälte. So eine mit Reißverschluss, bei der auf der einen Hälfte »Ham« stand und auf der anderen »burg«. Schätze ich mal. Das »Ham« konnte man aber nicht sehen, weil die Arme des Mädchens um den Körper des Jungen geschlungen waren. Ihren Kopf hatte sie in seine Schulter gegraben. Die Augen waren geschlossen. Und um ihren Mund war so ein leises, glückliches Mona-Lisa-Lächeln, als ob ihr klar war, dass da ein Junge war, der sie immer beschützte, und dass ihr deshalb nie was passierte.

Das heißt, eigentlich war es gar kein Junge mehr, sondern eher ein Mann, der ein breites Kreuz hatte und einen seriösen Anzug trug. Bestimmt fünf oder zehn Jahre älter als sie. Er hatte den Arm um ihre Schulter gelegt und seine blauen Augen schauten irgendwohin in die Ferne, und wahrscheinlich hatte er sich eine ganze Weile nicht mehr bewegt, weil schon ein paar Schneeflocken in seinen Brauen und Wimpern hingen. Wie so ein Leuchtturm, der der eiskalten Brandung trotzt und der den Weg in den sicheren Hafen weist. Hart und ungebeugt und stärker als jede Welle. Hinter ihm zeigte die verschwommene Bahnhofsuhr fünfzehn vor drei. Alles andere hatte der Sturm weggefegt von dem Bahnsteig. Kein Mensch zu sehen, kein Gepäck, kein Abfall. Dafür hatte der Wind vor jedem Pfeiler einen kleinen Schneekeil geschichtet.

Bei diesem Bild war es dann so, dass Kati quasi versteinerte, als sie es sah. Das heißt, »versteinert« ist jetzt nicht ganz das richtige Wort. Eher war es so, dass sie zwar erstarrte, aber dass sie gleichzeitig anfing zu zittern, wie ein Zitteraal oder so was: unfähig, sich zu bewegen, aber total unter Strom, und das konnte jetzt nicht bloß daran liegen, dass sie geflasht war von meinem Bild.

»Kann ich das Foto haben?«, fragte sie, als sie sich einigermaßen wieder gefangen hatte.

»Ich gebe meine Bilder nicht weg«, antwortete ich. »Ist nichts gegen dich ... aber das geht nicht ... echt nicht, niemals.«

»Bitte ...«, sagte sie.

»Für was brauchst du es denn?«

»So halt«, sagte sie und schaute mich an mit ihren dunklen, traurigen Augen, ohne noch etwas zu sagen, und ich sagte auch nichts mehr, bis sie irgendwann aufstand und langsam das Zimmer verließ. An der Tür drehte sie sich aber noch einmal um zu mir und sagte: »Bitte ... warum denn nicht«, aber da kam ich nicht mehr runter von meinem Nein. Obwohl ich es schon gewollt hätte. Glaube ich.

»Sehen wir uns morgen?«, fragte sie vorsichtig.

»Um vier«, antwortete ich, »auf derselben Bank, ganz sicher.«

4 Am nächsten Tag war ich nach der Schule natürlich sofort nach Hause gerannt und hatte ein paar Vergrößerungen gemacht und das Ganze mit Photoshop nachgeschärft und die Farben ein bisschen rausgedreht, sodass alles echt noch mal kälter und verlassener und heldenhafter wirkte. Ich steckte das Bild in meine Tasche und lief zu Hause den Flur entlang und die Treppe runter, an der geschlossenen Tür meines Vaters vorbei, der wie immer dahinter saß und rechnete.

»Ich geh noch mal weg«, rief ich durch die Tür, und normalerweise kam immer so ein abwesendes »Is' okay«-Gemurmel zurück, aber diesmal riss er schon nach einer gefühlten Zehntelsekunde die Türe auf und dabei hatte er so einen besorgt-wichtigen Blick, und da war schon klar, dass es jetzt mal wieder so ein Vater-Sohn-Gespräch geben würde.

Die hatte er mir in meinem Leben zweimal aufs Ohr gedrückt. Das eine Mal war, als meine Mutter uns verlassen hatte und er mir verkaufen wollte, wie toll jetzt die Zeit werden würde. Nur wir zwei, alleine im Haus, ohne Frauen. Obwohl er vorher einen Monat lang deprimiert seinen Baum angestarrt hatte. Und das andere Mal saß er am Küchentisch und starrte die eigenen Füße an und redete von Aids und Verhütung und »Du weißt schon, also mit Mann und Frau ...«, dabei kennt heute jedes achtjährige Kind die

Tatsachen aus dem Internet. Auf die wichtigen Fragen hatte mein Vater natürlich dann auch keine Antwort: ob Mädchen eher auf »cool« oder auf »nett« stehen, und woran man erkennt, dass man sie küssen darf, und was überhaupt »gut küssen« heißt, weil das gerade das Thema war bei den Mädchen in unserer Klasse, wer gut küssen kann und wer schlecht, und ich konnte da logischerweise überhaupt nicht mitreden, auch wenn Küssen von meiner Warte aus jetzt nicht so besonders schwierig aussah. Also, nicht schwieriger als Schnürsenkelbinden oder Fahrradfahren.

Natürlich konnte mein Vater mir auch nicht helfen bei dieser Frage. »Dafür gibt es keine Formel«, sagte er, und ich meinte: »Na toll, das ist genau die Antwort, die ich hören will«, aber eigentlich war es ja auch klar, dass mein Vater kein Experte war auf diesem Gebiet.

Diesmal sagte er: »Albert, komm mal ins Zimmer und setz dich.«

Ich blieb aber lieber stehen. »Nicht jetzt, Papa«, antwortete ich, »bitte, ich hab's echt eilig.«

»Woher kennst du eigentlich diese Kati?«

»Ist das wichtig?«

»Vielleicht auch vom Bahnhof?«

»Und wenn?«

»Ein bisschen viel Bahnhof in der letzten Zeit, findest du nicht?«

»Wieso, das ist doch ein ganz normaler Ort.«

»Nun ja ... das finde ich zum Beispiel nicht.«

»Du warst ja auch das letzte Mal vor zehn Jahren dort.«

»Die Zeiten sind seitdem nicht besser geworden.«

»Das sagen alle scheintoten Rentner.«

»Deshalb ist es wahrscheinlich auch richtig. Rentner reden deutlich weniger Blödsinn als sechzehnjährige Jungs. Statistisch gesehen.«

»Bitte, Papa«, antwortete ich und schob mich schon mal

wieder in Richtung Tür. »Wenn ich jetzt zu spät komme, ist sie vielleicht schon weg und ich finde sie nie mehr wieder.«
»Das heißt, du hast keine Adresse? Du hast keine Telefonnummer? Keinen Nachnamen? Kein gar nichts?«
»Was kann ich denn dafür?«
»Eben, deshalb will ich mit dir hier reden, mein Junge. Bevor man irgendwas macht, was man später bereut, sollte man wissen, auf was man sich einlässt.«
»Und wie soll ich das rausfinden, wenn du mich aufhältst?«
»Ich bitte dich doch nur, dass du deinen Verstand einschaltest.«
»Ich weiß noch nicht mal, wie ich meinen Verstand ausschalten kann«, antwortete ich, und mein Vater sagte: »Ich mein ja nur«, und dann beeilte ich mich, aus dem Haus zu kommen.

Ich rannte die Straße hoch, zur S-Bahn, aber natürlich ratterte die Bahn schon aus der Station, noch bevor ich die Treppe zum Gleis erreicht hatte. Zwanzig Minuten Wartezeit. Verdammte Hölle. Ich meine, wenn Kati sich verspätet hätte, hätte ich wahrscheinlich sogar noch länger gewartet. Aber ich stand ja verabredungstechnisch auch ganz am unteren Ende der Nahrungskette.

Auf unserem Bahnsteig im Hauptbahnhof war dann natürlich keine Kati zu sehen. Bestimmt kannte sie tausend Leute, mit denen sie ihre Zeit genauso verbringen konnte, und ich hatte überhaupt keinen Plan, wo ich sie suchen sollte. Bei McDonald's im zweiten Stock saß nur ein Schwarm kichernder Mädchen, die nicht älter waren als zwölf. Im Bahnhofsbuchhandel blätterte sich kein einziges junges Gesicht durch die Regale. In den Boutiquen war sie ganz sicher auch nicht. So wie sie sich anzog. Und überhaupt war der Bahnhof so voll, dass man kaum zehn Meter weit schauen konnte. Ich pirschte bestimmt eine halbe Stunde lang durch die Wandelhalle. Dann ging ich raus auf den Bahnhofsplatz, Ostseite, wo immer das größte Gedränge ist. Hier stehen normalerweise die Obdachlosen unter dem Vordach und eine Abteilung Schwarzafrikaner treibt sich meistens auch noch herum. Heute hatten zwei ältere Männer ein Schachbrett auf einen Papierkorb gestellt. Von irgendwoher kam mozartmäßige Einschlafmusik. Die dudelt hier Tag und Nacht, wahrscheinlich damit die Punks und die Dealer verschwinden, weil sie genervt sind von dieser Musik. Schätze ich mal. Aus reiner Freundlichkeit macht die Bahn so was nicht. Sonst hätten sie die Bänke hier draußen nicht abgeschraubt. Und auf die Poller nicht diese spitzen Kappen gemauert, damit sich auch ja kein Mensch mehr hinsetzen kann auf die Dinger.

Ich lehnte mich an einen Pfeiler und wartete. Meine Kamera holte ich nicht heraus. Die Leute in dieser Ecke des Bahnhofs mögen es nicht so besonders, wenn man sie fotografiert. Ist jedenfalls meine Erfahrung. Einmal hatte da nämlich ein junger, sportlicher Typ mit einem turbogebräunten Businessmann im Anzug geredet und der Businessmann hatte seine Hand auf die Schulter des Jungen gelegt und gelacht und dabei den Kopf nach hinten geworfen, und ich hatte noch gedacht, was für 'n entspannter, fröhlicher Vater und ein paarmal auf den Auslöser gedrückt. Da kam der Turbogebräunte aber sofort angestürmt und war überhaupt nicht mehr entspannt und fröhlich. »Her mit dem Film«, hat er gebrüllt und an der Kamera gezerrt, dabei benutzt kein Mensch heutzutage noch Filmmaterial, aber das konnte man ihm gar nicht begreiflich machen. Es dauerte echt mindestens fünf Minuten, bis er akzeptierte, dass man Bilder auch digital speichern kann. Ich habe dann die Aufnahme auf meiner Speicherkarte vor seinen Augen wieder gelöscht, aber so richtig geglaubt hat er mir immer noch nicht. Trotzdem ist er irgendwann abgerauscht und hat seinen Sohn, oder was der war, einfach so stehen lassen, ohne sich nach ihm umzuschauen. Der ist danach auch noch zu mir gekommen und hat gesagt: »Wenn du hier noch einmal die Kamera rausholst, tret ich dich aus dem Hemd, du Arschloch.« Seitdem lass ich sie am Osteingang lieber im Rucksack.

Es war aber auch so interessant genug, den Menschen hier zuzuschauen. Auf den ersten Blick sah es aus wie der Eingang zu einem Ameisenhaufen: das totale Gewimmel. Von allen Seiten mündeten die Ameisenstraßen vor diesem Loch und alle menschlichen Ameisen sahen irgendwie gleich aus. Aber das war nur eine optische Täuschung. Wenn man ein bisschen länger hinschaute, lernte man, alle möglichen Sorten von Menschen zu unterscheiden. Es gab die Reisenden, die in den Bahnhof hasteten und nicht wieder rauskamen. Es gab junge Typen, die es überhaupt nicht eilig hatten und eher schlenderten, aber nie stehen blieben. Manchmal verschwanden sie, aber nach einer halben Stunde waren sie wieder da und drehten ihre Runden. Dann gab es die Schwarzafrikaner, die in Grüppchen zusammenstanden und Kohle hatten, weil sie die lässigste Kleidung trugen. Es gab die Punks mit ihren Hunden. Und natürlich die Obdachlosen auf allen Stufen des Elends. Solche, die gewählt redeten und sich den Bart schnitten, und andere, die immer ihren ganzen Besitz mit sich herumschleppten in drei löchrigen Plastiktüten von Lidl. Und wieder andere, für die überhaupt nichts mehr einen Wert hatte, solange noch eine Dose Holsten in der ausgebeulten Tasche ihres Mantels war.

Ich schätze, pro Stunde kamen hier zweitausend Leute durch. Aber Kati war nicht darunter. Dafür tauchte der Junge auf, der gestern neben ihr auf der Bank geschlafen hatte.

Er fiel echt auf in dem Getümmel, weil die meisten Leute hier schwarze oder dunkelblaue Klamotten trugen, aber er hatte eine weiße Jeans und ein weißes Kapuzenshirt an und keinen einzigen Fleck auf der Kleidung. Er ging ein wenig gebückt und hatte die Hände in den Rücken gestemmt. Manchmal richtete er sich auf, als hätte er Rückenschmerzen. Seine Augen zuckten herum, als würde er nach irgendwas suchen.

Ich bahnte mir einen Weg durch die Menge.

»Hey«, sagte ich, »du kennst mich wahrscheinlich nicht, aber ...«

»Du bist der Fotograf ... klar kenn ich dich ...«, murmelte er, ohne mich anzuschauen. Dann kam ein anderer Typ auf ihn zu und legte ihm die Hand auf die Schulter. Er sah ein paar Jahre jünger aus und hatte einen Afro, aber er war kein Afrikaner, sondern eher ein Italiener oder Türke oder so was. Er nickte dem Weißen zu, und der zeigte mit seinem Finger auf mich und sagte: »Du wartest hier, wir sind gleich wieder da«, und dann verschwanden die beiden die Rolltreppe runter in Richtung U-Bahn. Denselben Weg, den mich vor ein paar Tagen der Polizist entlanggeschleppt hatte.

Nach einer halben Stunde waren die beiden immer noch nicht wieder zurückgekommen. Was für ein Mist. Wenn die Typen mit der U-Bahn gefahren sind, finde ich sie im Leben nicht wieder, dachte ich und lief ebenfalls die Rolltreppe runter. Ich rannte den Gang entlang, an der Eisentür vorbei, und dann kam die nächste Rolltreppe und unten gabelte sich der Weg zu den Bahnsteigen der roten Linie. Die beiden Jungs hockten auf einer Bank am südlichen Gleis. Müde und breitbeinig, und der jüngere hatte den Kopf gegen die Schulter des anderen gelehnt. Beide hatten die Augen geschlossen.

»Darf ich mal stören«, sagte ich.

Der in den weißen Klamotten öffnete langsam die Augen. Als hätte er Bleiplatten auf den Lidern.

»Ich suche Kati«, meinte ich, »habt ihr 'ne Ahnung, wo ich sie finde?«

»Wie heißt du?«, fragte er.

»Albert«, sagte ich.

»Okay, Albert. Also ... pass auf, Albert ... Also, ich bin Sascha und das hier ... das ist Enrico ... verstehst du ... Enrico ... Enrico ist mein ... also, mein Bruder.«

»Alter, was geht«, sagte Enrico.

»Ehrlich? Dein Bruder?«, fragte ich.

»Ja ... also, nich' wirklich ... eher so besser als der beste Freund ... verstehst du? Ich pass auf ihn auf ... deshalb ist er mein Bruder.«

»Schön«, meinte ich, »und wisst ihr vielleicht, wo ich Kati finde?«

»Keiner weiß, wie man Kati findet«, sagte der Weiße, der Sascha hieß, und dabei grinste er dämlich, und Enrico sagte »Hehe« und stand auf und wankte ganz an den Anfang der U-Bahn-Station. Dort, wo der Tunnel beginnt und ein Schild den Durchgang verbietet. Er stellte sich an die Kante des Bahnsteigs. So, dass die Fußspitzen über die Gleise ragten. Irgendwann drückte der Zug Wind durch den Schacht, dass sich Saschas frisch gewaschene Haare bäumten.

»Ich will Blut sehen«, schrie Enrico in den Wind und schob seinen Kopf noch ein paar Zentimeter weiter nach vorn. Dann schoss der Zug aus der dunklen Röhre. Fast hätte er den Kopf erwischt. Da passte kein Geldschein mehr zwischen Bahn und Backe.

»Scheiße ... Was macht ihr? ... Seid ihr blöd? ... Er könnte tot sein«, stotterte ich entgeistert.

»Könnte«, meinte Sascha. »Das ist der Sinn der Sache.« Dann stand er mühsam auf und sagte: »Komm mit«, und wankte mit mir zu einer Tür. Der Waggon war leer bis auf eine Oma mit heftigen O-Beinen und weiß-violetten Locken. Sascha setzte sich direkt gegenüber.

Enrico legte seine Schuhe aufs Polster und griff sich in den Schritt. »Ich will ficken«, brüllte er. Die Oma kerbte ihre Lippen über den dritten Zähnen und packte ihre Handtasche fester.

»Is' irgendwas?«, sagte Enrico. »Schau nach vorn, du blöde Fotze.«

»Liebst du Kati?«, fragte Sascha nach einer Weile in meine Richtung.

»Ja ... nein ... weiß nicht, keine Ahnung«, antwortete ich.

»Jeder am Bahnhof liebt Kati. Ist doch so, Rico?«

»Jeder«, sagte der.

»Eben«, meinte Sascha, und dann klappten seine Augen wieder herunter und auf seinem Gesicht breitete sich so ein wohliges, glückliches Lächeln aus. Keine Ahnung, wie man das sonst beschreiben soll. Als würde ihn etwas von innen wärmen.

»Also du auch?«, fragte ich ihn. »Du liebst sie auch?«

»Wir waren mal ein paar Wochen zusammen.«

»Und was ist dann passiert?«

»Nichts ... also nichts Besonderes ... für eine Frau ist das kein Leben ... auf dem Bahnhof ... zu viele Arschlöcher ... kannst du mir glauben. Auf eine Frau muss man aufpassen. Aber auf Kati kannst du nicht aufpassen. Keine Chance. Du weißt nie, wo sie ist. Was sie macht ... Kannst dich auch nicht verabreden. Kati kommt, wann sie will ... Wir hätten uns umgebracht, wenn wir noch länger zusammengeblieben wären.«

»Sie ist mit einem Messer auf ihn los«, sagte Enrico. »Kein Scheiß. Ich war dabei. Sie hatte so 'n Brotmesser in der Hand und ist hinter ihm hergerannt.«

»Und warum?«

»War halt so.«

»Komm schon, Sascha«, sagte Enrico. »Warum erzählst du ihm nicht die Geschichte?«

»Weil sie niemanden etwas angeht.«

»Haha ... weil sie dir peinlich ist, deswegen ... weil du wie 'ne Pussy gerannt bist.«

»Halt die Klappe«, zischte Sascha, und dabei schnellte seine Hand heraus und packte Enrico am Kragen und drehte ihm die Luft ab, und die Oma beeilte sich, auf einen anderen Platz zu kommen.

»Hör auf«, röchelte Enrico, aber Sascha drückte mit seinem ganzen Gewicht gegen den Hals, bis sein Freund ganz rot wurde im Gesicht. Dann ließ er wieder los und ordnete ihm den Kragen.

»Arschloch«, krächzte Enrico, als er wieder genug Luft zum Reden hatte.

»Wie kommt es, dass du nicht weißt, wo sie wohnt, wenn du mit ihr mal zusammen warst?«, fragte ich Sascha.

»Ich sag doch, man kann sie nicht einsperren.«

»Du weißt echt nicht, wo sie wohnt?«

»Junge, von was redest du ... hier wohnt keiner ... irgendwo. Wir sind mal hier und mal da. Wo sich was bietet.«

»Und was heißt ›wir‹?«

»Vom Bahnhof halt.«

»Echt jetzt? Wie die Kinder vom Bahnhof Zoo? Mit Drogen und dem ganzen Scheiß?«

»Quatsch. Wir hängen nur ab am Bahnhof.«

»Und Kati? Was ist mit ihr? Kati kommt doch aus Hamburg. Hat sie meinem Vater gesagt.«

»Ich weiß nicht, woher sie kommt. Aber auf jeden Fall nicht aus Hamburg. Vielleicht sagt sie's dir mal, mir hat sie's nicht gesagt. Aber ich hab auch nicht gefragt. Ist mir so was von egal. So was.«

»Und was ist mit dir, woher kommst du?«

»Is' auch egal.«

Dann stemmte sich Sascha aus dem Polster und brüllte: »Alle aussteigen, der Zug endet hier!« Arm in Arm stapfte er mit Enrico aus der U-Bahn, die Treppen hoch auf die Straße. Ich lief fünf Meter hinterher. Ein spießiges Backsteinviertel. Keine Geschäfte, keine Cafés. Nur lang gezogene identische Rechtecke. Eins neben dem anderen. Die Hausnummern hatten alle noch Buchstaben dahinter. Von a bis h. Vor einem g holte Sascha einen Schlüssel heraus. Die Wohnung lag im zweiten Stock, auf der rechten Seite.

Manchmal ist man ja überrascht, wenn man so eine Wohnungstür öffnet. Da gehst du durch ein demoliertes, vollgeschmiertes Zwölf-Stockwerke-Treppenhaus, aber hinter der Tür sind die totalen Designerteile. Oder eine Villa ist voll die Messie-Müllhalde. Hab ich auch schon gesehen, bei einem Jungen aus meiner Klasse. Aber die Wohnung hier war exakt genauso, wie man es vorher vermutet hatte. Drei Zimmer mit gekacheltem Couchtisch und Untersetzern für die Gläser und Grünpflanzen und einem Spießersessel mit einem Fußteil, das nach vorne ausklappt, wenn man sich reinsetzt. Alle Zimmer waren mit so einem blassgrünen Teppichboden ausgelegt. Ohne Naht, ohne Flecken. Im Moment hockten ungefähr acht oder zehn Jungs und Mädchen auf dem Boden herum. Ein paar hatte ich wohl schon mal am Bahnhof gesehen. Aber sicher war ich mir nicht. Ich schätze, dass keiner von denen wirklich hier wohnte.

»Leute, hört mal zu«, rief Sascha, »hat jemand von euch Kati gesehen? Hallo! Ist wichtig.«

Aber keiner nahm richtig Notiz von mir. Ein paar schüttelten ihren Kopf, die anderen reagierten gar nicht, nur ein Mädchen mit dick zugespachtelten Pickeln, das kraftlos an einer Schranktür lehnte, sagte: »Sie wollte irgendeinen Foto-Penner treffen. Hat sie gesagt. War voll wichtig, glaub ich.«

»Der Foto-Penner bin ich«, sagte ich. »Aber ich hab sie verpasst.«

»Wohl ... Pech ... haha«, lallte das Mädchen, und dann

glitt sie langsam an der Schranktür herunter, bis sie wie ein verschnürtes Päckchen auf dem Fußboden saß. Ihre Augen waren geöffnet und leer und die Pupillen klein wie Stecknadeln und damit schaute sie quasi durch mich hindurch.

Ich hatte überhaupt keine Ahnung von Drogen, aber die Leute hier sahen alle so aus, als hätten sie irgendetwas genommen. Auch Sascha kauerte jetzt mit Enrico in einer Ecke. Schulter an Schulter. »Leute, in zwei Stunden seid ihr hier alle draußen«, murmelte er. Dann klappte ihm der Kopf langsam auf die Brust und ein Speichelfaden löste sich aus seinem Mundwinkel und versickerte in seinem weißen Sweatshirt.

Irgendwie schien er trotzdem mitzukriegen, was in der Wohnung passierte.

»Du bleibst«, sagte er, als ich über die Typen auf dem Boden zurück zur Wohnungstür stelzen wollte.

»Warum?«, fragte ich. »Kommt Kati hierher?«

»Du bleibst«, wiederholte er nur, und natürlich kam ich überhaupt nicht mehr auf die Idee zu gehen, sondern setzte mich brav auf diesen Fernsehsessel, aber das war auch »verboten«, und deshalb hockte ich mich auf den Boden, in die Tür zwischen Flur und Wohnzimmer, und wartete, dass etwas passierte.

Passierte aber nichts. Ein paar der Leute dämmerten nur stumpf vor sich hin. Und die anderen redeten pausenlos über irgendwelchen Quatsch wie Klamotten oder Musik oder solches Zeug. Dann ging eines der Mädchen ins Bad, und die Tür ließ sie einfach offen, obwohl sie dort ihre Klamotten vom Körper krempelte und nackt unter die Dusche stieg. Das war ein ziemlicher Schock, muss ich sagen, weil es nämlich so war, dass ich überhaupt noch nie in meinem Leben einen komplett nackten Frauenkörper gesehen hatte. Also jedenfalls nicht in echt. Er sah auch ganz anders aus, als man bei ihrem Gesicht vermuten würde, weil es noch der Körper von einem Mädchen war und das Gesicht eher aussah wie dreißig. Außerdem war er richtig mager und die Rippen spannten die Haut über dem Brustkorb wie Zeltstangen und an den Armen und Beinen war jede Sehne zu sehen. Auch die Hüfte war so mager, dass man sie an den Knochen hätte festhalten können. Wie eine Tasse an einem Henkel. Die Haut war bleich wie stumpfer Marmor und darunter konnte man das Netz ihrer Adern sehen. Fast wie diese anatomischen Schaubilder vom Blutkreislauf mit roten Arterien und blauen Venen. Nur dass bei ihr jede Ader blau war.

Die anderen in der Wohnung nahmen von dem Mädchen keine Notiz. Auch sie selbst bewegte sich, als wäre sie allein in der Wohnung. Kein Verstecken, keine Scham. Ich konnte gar nicht anders, als sie die ganze Zeit anzustarren. Also jetzt nicht direkt, sondern eher so haarscharf vorbei aus den Augenwinkeln, zu mehr reichte der Mut bei mir nicht. Zwischen den Beinen war sie rasiert und an vielen Stellen hatten sich bei ihr eitrige Pickel gebildet. Das Heftigste aber war ihr Hintern, von dem einfach ein großes Stück fehlte. Dort wo bei anderen Menschen eine glatte Rundung ist, war bei ihr nur ein Loch. Und dieses Loch war überwuchert mit einer roten, glänzenden Narbe.

»Warum fotografierst du sie nicht, wenn du sie so spannend findest?«, fragte Sascha, als das Mädchen in der Dusche verschwunden war.

»Äh ... nein ... tut mir leid ... das wollte ich nicht«, stammelte ich.

»Du wolltest sie nicht fotografieren?«

»Ja ... doch ... natürlich ... also nein ... das ist ihr doch bestimmt gar nicht recht.«

»Bist du echt so 'ne Flasche?«

»Wie jetzt ... außerdem ... so schnell hätte ich meine Kamera gar nicht zur Hand.«

»Aber Bock hättest du schon auf sie?«
»Ich bin nicht scharf auf das Mädchen.«
»Alter, hörst du nicht zu? Ich hab dich gefragt, warum du das Mädchen nicht fotografierst. Nicht, ob du sie ficken willst.«
»Und warum soll ich sie fotografieren?«
»Vielleicht will ich das so.«
»Für was brauchst du denn ein Foto von ihr? Nackt unter der Dusche?«
»Alter, seh ich so aus, als ob ich Fotos von nackten Mädchen brauche?«, sagte Sascha, und dann bettete er Enricos Kopf gegen die Wand, richtete sich auf und streckte die Glieder. Als hätte er genug geschlafen und wäre jetzt wieder wach.

»Ich möchte, dass du sie und mich und Enrico und alle anderen hier fotografierst«, sagte er. »Ich möchte, dass du uns irgendwie festhältst ... also, für immer ... dass es später was gibt, das an uns erinnert. Ich meine, wenn mal einem von uns was passiert. Dass man nicht einfach so fort ist. Sondern dass was übrig bleibt ... Verstehst du?«

Da war ich natürlich erst mal gebügelt. Das war das Letzte, womit ich gerechnet hatte. Dass so ein Typ wie Sascha über Ewigkeit oder den Sinn des Lebens philosophierte. Das kannte ich sonst eigentlich nur von meiner Mutter. Die kam oft mit so was an, wenn ich mal wieder abgelost hatte. In einer Klassenarbeit. Zum Beispiel.

»Albeeeer, mein Süßer«, flötete sie dann, »das Leben ist sinnlos, aber es ist noch viel sinnloser, wenn du nicht versuchst, etwas Sinnvolles daraus zu machen.«

Hab ich natürlich überhaupt nie verstanden, diesen Satz. Was ist sinnloser als sinnlos? Und wieso ist das ganze Leben weniger sinnlos, wenn man, sagen wir mal, jeden Tag so was komplett Sinnloses lernt wie Latein oder Geschichte?

Ein anderer Lieblingsspruch von ihr war: »Wenn du ein Leben nach dem Tod willst, musst du dich jetzt darum kümmern. Als Toter hast du keine Zeit mehr dafür.«

Den Spruch brachte sie gerne, wenn wir mal auf einem Friedhof waren, was leider ziemlich häufig passierte, weil meine Mutter ein Faible für prominente Tote hat. Immer wenn wir in einer fremden Stadt Urlaub machten, stand garantiert ein Friedhof auf dem Programm. Sie hatte dann immer so ein Buch mit berühmten Gräbern dabei, und die Liste wurde eisenhart abgearbeitet: Heine, Röntgen, Jim Morrison, Marx, Dostojewski, Albeeer Camüüü. Allen quasi schon persönlich die Hand geschüttelt.

Das lief dann jedes Mal so ab, dass wir ungefähr eine Stunde lang über den Friedhof latschten, bis wir den Grabstein gefunden hatten, was echt nicht leicht ist, weil manche Friedhöfe riesig sind und weil es dort keine Hinweisschilder gibt zu den Gräbern. Ich schätze mal, das ist wegen der Totenruhe, obwohl es jetzt auch nicht besonders ruhig ist, wenn eine Horde Touristen stundenlang über einen Friedhof irrt, weil sie ein Grab nicht findet.

Meine Mutter war aber immer ziemlich gut im Finden, weil sie echt hartnäckig ist, und wenn sie es dann gefunden hatte, stellte sie sich davor und saugte die Luft durch die Nase und blähte die Brust. Und dann ließ sie den Atem mit einem langen »Ahhhh« wieder entweichen. »Albeeeer«, meinte sie dabei immer, »spürst du den Hauch der Geschichte?«, und ich sagte: »Logisch«, weil sich andere Antworten nicht bewährt hatten bei ihr. Einmal hatte ich den Fehler gemacht und gemeint: »Ich hab noch nie einen Toten gesehen, der hauchen kann.« Danach hat sie mich zwei Stunden zugeschwallt. Ohne ein einziges Mal Luft zu holen.

Und jetzt kam auch noch ein Junge vom Bahnhof mit Ewigkeit.

»Wie kommst du auf mich?«, fragte ich ihn nach einer Weile. »Ich meine, dass ich für so was der Richtige bin.«
»Kati hat gesagt, dass du tolle Bilder machst.«
»Tatsächlich? Das hat sie gesagt?«
»Na ja, so ungefähr ... aber dass du in Ordnung bist, das hat sie gesagt.«
»Und was soll später mit den Bildern passieren?«
»Keine Ahnung. Machst du ein Buch davon. Oder eine Ausstellung. Ist mir egal.«
Darauf wusste ich erst einmal nichts zu sagen. Ein Fotoband über diese Leute. Das war Scheiße cool. Auf der einen Seite. Und andererseits hatte ich echt auch ein bisschen Schiss, weil ich die Typen überhaupt nicht kannte.
»Mich hat die Polizei letzte Woche mitgenommen«, sagte ich.
»Ich weiß, hab ich gesehen.«
»Weil ich angeblich zu einer Bande gehöre, die Leute ausraubt.«
»Ach nee ...«
»Raubt ihr Leute aus?«
»Was glaubst du«, meinte Sascha und hockte sich neben mich in den Flur. Er zündete eine Zigarette an und nahm schweigend ein paar tiefe Züge. Dann griff er nach meiner Hand und hielt sie fest wie ein Schraubstock und streifte die Asche in der Handfläche ab. Dabei schaute er mir tief in die Augen. Als würde er darin irgendwas suchen. Für einen kurzen Moment tat die Glut höllisch weh. Aber wirklich nur eine Millisekunde, dann verebbte der Schmerz auch wieder. Keine Ahnung, was er damit bezweckte. Eine Art Prüfung, um zu sehen, ob ich Schmerz aushalten konnte? Oder zucken würde? Eine moderne Form von Blutsbrüderschaft? Weil Ritzen in den Zeiten von Aids ja irgendwie nicht mehr geht?
»Alter, spinnst du?«, sagte ich.

»Was glaubst du«, fragte er noch einmal, »rauben wir Leute aus?«

»Weiß ich doch nicht«, meinte ich, »vielleicht bist du ja ein richtiges Arschloch.«

»Vielleicht beklau ich Leute und bin trotzdem kein Arschloch. Oder ich klaue nicht und bin eins. Ich will dir was sagen: Ihr habt alle keine Ahnung von uns. Die Bullen haben keine Ahnung. Du hast keine Ahnung. Niemand hat eine Ahnung.«

»Okay, und das willst du jetzt ändern.«

»Genau.«

»Und dabei verstoß ich dann gegen tausend Gesetze? Und die Polizei kassiert mich zum zweiten Mal ein?«

»Also, was ist? Machst du jetzt mit?«

5 Es war tatsächlich so, wie Sascha gesagt hatte: Bei Kati wusste man nie, wo sie gerade herumlief. Nicht dass sie unzuverlässig gewesen wäre oder Verabredungen nicht einhielt. Aber sie wollte sich einfach nie festlegen auf etwas. »Mal schaun, vielleicht bin ich morgen da«, war so ein Standardspruch von ihr. Oder: »Wir sehn uns, wenn wir uns sehen.« Und das passierte dann meistens, wenn man überhaupt nicht damit rechnete, wie an diesem Tag, an dem ich von der Spießerwohnung wieder nach Hause fuhr.

Ich musste am Bahnhof umsteigen in die S-Bahn nach Blankenese und stand schon am Bahnsteig, aber irgendwie lief ich im Kopf noch durch einen anderen Tunnel, weil ich nämlich die ganze Zeit über Saschas Vorschlag nachdenken musste und über das abgemagerte Mädchen mit ihrer Narbe. Ich hatte in meinem ganzen Leben noch nie so was Zerbrechliches und Durchsichtiges gesehen, und trotzdem versteckte sie sich nicht, sondern war irgendwie selbstverständlich und würdevoll, keine Ahnung, ich kann das gar nicht beschreiben. Auf jeden Fall hatte Sascha absolut recht, dass ich der totale Feigling war, weil es nämlich wirklich ein perfekter Moment war, und ich hatte es nicht mal gebracht, unverklemmt hinzusehen.

Das waren so meine Gedanken, als ich fast über Kati fiel. Sie hockte auf der untersten Stufe der Treppe, die von der

Galerie runter zum Bahnsteig führte, und sah abgekämpft aus, aber dann wirbelte sie doch sofort hoch, als sich unsere Blicke trafen. Ihre Augen waren wieder wie schwarze Kohle und sie hatte auch dieselben Schuhe an, aber das T-Shirt war diesmal nicht von »real«, sondern so ein Klein-Mädchen-Frotteenachthemd, das ihr knapp über den Hintern reichte. Darunter trug sie eine schwarze Strumpfhose mit Löchern und Laufmaschen an den Knien.

»Schwachsinn«, rief sie, noch bevor sie mich ganz erreichte. Nicht »Hallo« oder »Wie geht's« oder was normale Menschen sonst zur Begrüßung sagen. Sondern »Schwachsinn«. Aber dabei huschte ein Lachen durch ihr Gesicht, das wieder so strahlend war, dass man es gar nicht fassen konnte. Ganz anders als bei den Mädchen aus meiner Schule, die immer voll auf kühle Schönheit machen und dann zu zweit oder dritt über den Schulhof laufen, aber je öfter man hinschaut, desto mehr sieht man, dass alles nur Plakat ist, und da bleibt von der Schönheit nicht mehr viel übrig. Ungefähr wie eine neue, leere Wohnung, die total großzügig und edel aussieht, aber wenn man dann mal drin wohnt und überall Zeug abstellt, ist es doch nur eine gewöhnliche Bude. Und Kati war eben genau umgekehrt: Alles an ihr war unaufgeräumt, aber darin war sie irgendwie überhaupt die Schönste.

»Was ist Schwachsinn?«, fragte ich.

»Du weißt schon, die Idee von Sascha mit den Fotos ... das ist der totale Schwachsinn.«

»Woher weißt du das denn schon wieder? Außerdem, warum eigentlich? Ich finde das ehrlich gesagt ziemlich cool.«

»Du hast ja auch keine Ahnung.«

»Okay«, meinte ich, »dann klär mich auf, ich hab bestimmt tausend Fragen.«

»Hast du das Foto dabei?«, fragte Kati. »Das von gestern, meine ich.«

»Woher weißt du?«, fragte ich und reichte ihr meine Abzüge rüber.

Sie starrte eine Weile gebannt darauf, dann sagte sie: »Das ist gelogen.«

»Was ist gelogen?«

»Das Bild. Das Bild ist eine Lüge.«

»Woher willst du das wissen?«

»Sieht man ... Ich meine, siehst du das nicht? Ist doch so was von deutlich.«

»Nee, ich sehe da gar nichts«, antwortete ich.

»Der Typ ist ein mieses Schwein«, meinte Kati.

»Kennst du ihn denn?«

»Bestimmt nicht ... aber er verarscht das Mädchen.«

»Und das siehst du einfach so auf dem Bild?«

»Ganz klar.«

Ich konnte das aber überhaupt nicht sehen. Selbst wenn ich mir vorstellte, dass der Typ wirklich der letzte Verräter war. Keine Erkenntnis. Aber vielleicht war das wie bei diesem seltsamen Doppelbild, das man findet, wenn man nach »optischer Täuschung« googelt. Da gibt es eine Zeichnung, auf der mal ein junges Mädchen und mal eine alte Hexe zu sehen ist, je nachdem, wie man seinen Blick fokussiert. An diesem Bild bin ich auch schon immer gescheitert. Ich hab das junge Mädchen noch nie gesehen. Da konnte ich mich anstrengen, wie ich wollte.

»Kann ich das Foto behalten?«, fragte Kati. »Ich finde die beiden, und dann beweis ich dir, dass ich recht hab.«

»Ich gebe meine Bilder nicht weg. Das hab ich dir doch gesagt.«

»Dann suchen wir eben zusammen.«

»Wie willst du das Paar denn heute noch finden?«

»Ich finde sie. Garantiert.«

»Und wie?«

»Mit dem Foto, am Bahnhof. Wir fragen halt rum. Und

wir hängen es überall auf. Irgendjemand kann sich bestimmt an die Gesichter erinnern.«

»Und wenn die jetzt nur kurz zu Besuch in Hamburg waren? Ich meine, kann ja sein, oder?«

»Hast du dir das Bild angeschaut? Kein Koffer, kein Rucksack, kein gar nichts. Und dann diese Schuhe. Und das dünne Jäckchen. Kein Mensch fährt bei Schnee so in den Urlaub.«

»Kann aber trotzdem ewig dauern mit der Suche.«

»Hast du was anderes vor?«

»Ich find halt, dass es ein bisschen viel Aufwand ist für ein einziges Bild. Ich meine, nur um dann zu sehen, wer von uns beiden recht hat.«

»Das ist doch nicht einfach ein Bild«, entgegnete Kati. »Hast du selber gesagt ... dass es dir um den perfekten Moment geht. Und ich sage, dass da überhaupt nichts perfekt ist an dem Moment ... Das muss dich doch jetzt auch interessieren.«

»Also, eigentlich nicht.«

»Komm schon, du hast erzählt, dass es immer um das echte Leben geht.«

Hatte ich gesagt. Aber wenn ich ehrlich bin, waren mir die Leute auf meinen Bildern trotzdem nie wichtig. Mich hat das Echte an den Menschen auf den Fotos interessiert. Aber nie die Menschen in echt. Auch wenn sich das jetzt unlogisch anhört, aber genauso hat sich das für mich immer angefühlt.

Das war aber nur die eine Seite. Die andere Seite war, dass Kati nach meinem Ärmel griff und ihre Finger in meine Haut bohrte, dass es richtig ein bisschen wehtat und nah und warm und lebendig war.

»Wir machen das«, sagte sie aufgeregt, »komm schon«, und ich sagte »okay«, weil ich nichts lieber wollte, als an ihrer Seite zu sein.

»Wir brauchen Kopien«, antwortete Kati. »Und einen Text. Das hängen wir hier dann überall auf, und dann meldet sich garantiert jemand, der die beiden gesehen hat.«

»Ich weiß nicht«, sagte ich.

Das Bild war nicht ideal für eine Suche. Den Typen sah man praktisch nur im Profil. Und das Gesicht des Mädchens war auch ein bisschen verdeckt, aber jemand, der die beiden kannte, würde sie vielleicht doch noch erkennen können.

Ich meine, ich selbst würde das nicht mal schaffen, wenn die beiden direkt an mir vorbeilaufen würden. Das ist für mich sowieso immer ein Rätsel. Dass jemand zum Beispiel ein Fahndungsplakat sieht und die Person dann irgendwo auf der Straße entdeckt. Aber vielleicht fehlt da einfach irgendwas in meinem Hirn, weil ich auch Schwierigkeiten habe, in einem Film die Menschen auseinanderzuhalten, wenn sie ungefähr die gleiche Figur und die gleiche Haarfarbe haben. Wie bei einem Autisten, hab ich mal gelesen, die haben, glaube ich, dasselbe Problem.

Kati zog mich den Bahnsteig entlang auf den Südsteg rüber zum Kaufhof, wo es im Kellergeschoss einen Farbkopierer gab. Sie legte das Foto auf die Glasplatte, und dann lieh sie sich einen fetten Edding aus dem Regal und schrieb auf die DIN-A4-Kopie: »Hallo!!!« Mit drei riesigen dreieckigen Ausrufezeichen. »Wer glaubt an die große Liebe???« Drei riesige Fragezeichen. »Wenn jemand das Paar gesehen hat, bitte Weisung an ...«

»Wie heißt deine E-Mail-Adresse?«

»Kramer-mit-K@web.de«, sagte ich. »Und das heißt Hinweis, nicht Weisung.«

»Versteht doch jeder«, antwortete Kati. Dann machte sie neunundneunzig Kopien von diesem Zettel. Mehr gab die Vorwahl auf dem Display des Kopierers nicht her. Das waren jetzt Kopien von einer Kopie. Sah aus wie Matsch mit

Soße. Da brauchte man schon Fantasie, um überhaupt ein Liebespaar zu erkennen.

»Funktioniert«, sagte Kati und hüpfte voller Freude von einem Bein auf das andere.

Ein Stockwerk höher kaufte sie noch zwei Rollen Klebeband und einhundert Klarsichthüllen gegen den Regen. Das heißt: Sie schleppte das Zeug an und ich durfte kaufen. Geld hatte sie keines. Dann stapften wir mit dem Stapel los, um jeden Pfeiler im Bahnhof und jeden Laternenpfahl drum herum mit unseren Zetteln zu tapezieren.

Mir war nicht wohl bei der Sache. »Was guckst du dich die ganze Zeit um?«, fragte Kati, während wir klebten.

»Ich weiß gar nicht, ob das erlaubt ist, Bilder von anderen Menschen einfach so aufzuhängen«, sagte ich. »Ich glaub, irgendwie Recht am eigenen Bild.«

»Ist doch super«, meinte Kati. »Wenn sich der Typ beschweren will, haben wir ihn auch schon gefunden.«

»Und was ist mit dem Mädchen?«

»Was soll mit ihr sein?«

»Du redest immer nur von dem Mann.«

»Die haben wir dann natürlich auch.«

Den letzten Zettel hängten wir dann von außen an die Tür von McDonald's.

»Komm mit«, sagte Kati, als alle Zettel verteilt waren, und zog mich runter zu Bahnsteig 3, von wo normalerweise die S-Bahn nach Harburg fährt. Wir liefen ganz zum Ende des Gleises, das hier einen Bogen macht, sodass man sein Ende von den Rolltreppen aus gar nicht mehr sehen kann. Kati schaute sich um. Kein Mensch war uns so weit nach draußen gefolgt. Die S-Bahn-Züge hielten alle innerhalb der Bahnhofshalle. Kati sprang runter aufs Gleisbett und lief dann zu einer Backsteinmauer, die die ganze Gleisanlage begrenzte. Das heißt, es war jetzt keine richtige Mauer, sondern eher Arkaden oder wie man das nennt, weil sich vor der Backsteinwand noch gemauerte Bögen befanden.

Früher, in der Steinzeit der Eisenbahn, musste hier wohl ein Abstellgleis oder so was gewesen sein, weil auf dem Boden immer noch Schotter lag, aber die Schwellen waren abmontiert und Schienen gab es natürlich auch nicht mehr. Das Ganze endete an der Rückseite eines Gebäudes. Dort in der Ecke hatte jemand einen Stapel Wellpappe auf die Steine gelegt und darauf einen löchrigen Schlafsack gefaltet. Kante auf Kante. Mit einem glatt gestrichenen Kopfkissen an der Mauer. Von der Bahnhofshalle konnte man das aber nicht sehen, weil die Gleise ja einen Bogen machten.

»Das ist jetzt nicht dein Schlafplatz«, fragte ich ziemlich entgeistert.

»Quatsch«, antwortete Kati, »ich könnte gar nicht irgendwo draußen pennen.«

»Und wieso nicht?«

»Ich sag doch, dass du keine Ahnung hast. Du landest sofort im Heim, wenn du noch nicht achtzehn bist und die Polizei dich ohne Wohnung aufgreift. In unserem Alter kannst du auf der Straße nicht einfach machen, auf was du Lust hast.«

»Aber das heißt, dass du eigentlich schon auf der Straße lebst, oder?«

»Es heißt, dass ich nicht auf der Straße schlafe, weil das nicht funktionieren würde, selbst wenn ich es wollte«, antwortete Kati, und dann begann sie, eine Leiter nach oben zu steigen, die in das Gebäude gemauert war. Sie bestand aus u-förmigen Eisenwinkeln, die bis zum Dach führten und so rostig waren, dass die Handflächen nach dem Klettern aussahen wie verkrustetes Blut. Bestimmt war hier in den letzten Jahren kein Mensch mehr vorbeigekommen. Bis auf Kati natürlich, die jeden Handgriff beherrschte und wusste, wie man sich von der letzten Sprosse aufs Dach schwingen musste. Sah ziemlich geschmeidig aus bei ihr, auch wenn jetzt keine athletische Topleistung dafür nötig war.

Oben fühlte sich die Teerpappe noch richtig warm an von der Sonne. Das Dach war ein bisschen geneigt, aber nicht so schräg, dass man abrutschen konnte, wenn man die Beine über den Rand baumeln ließ. Es zeigte nach Westen, wo die Sonne beinahe schon unterging. In ihrem Licht sahen die blanken Schienen wie glühendes Eisen aus und dazwischen waren noch die Silhouetten der Kräne von den Baustellen in der Speicherstadt. Extrem cool, muss ich sagen, so über den Dingen zu hocken und zuzuschauen, wie sich die Züge durch das Gewirr der Gleise schlängelten. Es war absolut unmöglich, aus der Ferne vorauszusagen, auf welchem Gleis sie am Ende im Bahnhof einfahren würden.

»Wie das Leben«, sagte Kati nach einer Weile, und ich nickte, auch wenn ich nicht so richtig verstand, was sie eigentlich damit meinte. In meinem Leben hatte es noch nie eine Weiche gegeben. Keine Abzweigung. Immer nur stumpf geradeaus in dieselbe Richtung. Aber das würde sich jetzt hoffentlich ändern. Hatte ich mir jedenfalls vorgenommen.

»Glaubst du, alles im Leben ist vorbestimmt?«, fragte Kati. »Ich meine, dass wir auf einem Gleis sitzen und nicht runterkönnen und immer nur in unserer Spur weiterfahren?«

»Quatsch«, sagte ich, »wenn die Menschen auf Gleisen leben würden, könnten sie nie zusammenkommen. Also, dann würden sie immer nur parallel nebeneinander herfahren. Und wenn man sich berührt, ist das gleich ein Unfall und es gibt Verletzte und Tote.«

»Vielleicht ist es ja so.«

»Dann pass mal auf«, sagte ich und nahm all meinen Mut zusammen und rutschte ein klein wenig rüber, sodass unsere Knie sich ganz leicht berührten. Also, nicht richtig, sondern so, dass es Zufall sein konnte. Und als sie nicht reagierte, legte ich sogar meinen Arm auf ihre Schulter. »Siehst du«, sagte ich. »Keine Toten.«

»Was soll das werden?«, fragte Kati. »Willst du jetzt flirten?«

»Äh ... ja ... weiß nicht«, stotterte ich und zuckte wieder zurück und suchte ganz schnell nach einem anderen Thema.

»Wo sind wir hier?«, fragte ich. »Was ist das für ein Gebäude?«

»War mal ein Umspannwerk, glaube ich«, antwortete Kati. »Jetzt ist es nicht mehr in Betrieb.«

»Da kommen aber immer noch jede Menge Leitungen an.«

»Ich hab hier trotzdem noch nie einen Menschen gesehen.«
»Kommst du denn öfter her?«
»Immer, wenn ich allein sein will.«
»Wirklich noch nie mit jemand anderem auf diesem Dach gesessen?«
»Du bist der Erste«, sagte sie mit einem halben, schüchternen Lächeln.
»Auch nicht mit Sascha?«, fragte ich.
»Mit dem schon mal gar nicht.«
»Aber ihr wart doch zusammen ... hat er erzählt.«
»Er muss es ja wissen.«
»Heißt das jetzt, dass es stimmt? Oder nicht?«
»Hab ich doch schon gesagt. Kein Mensch kann wirklich so richtig zusammen sein. Mit keinem. Vielleicht bist du mal einem anderen Menschen für einen Augenblick nah. Oder du passt auf ihn auf und er auf dich. Aber so wirklich zusammen geht überhaupt nicht. Glaub ich.«
»Ich mein das jetzt aber nicht philosophisch.«
»Sascha ist der König hier«, erzählte Kati nach einer Weile. »Er ist ziemlich cool. Aber er ist auch verrückt. Mit Sascha kannst du keine Beziehung haben.«
»Er hat gesagt, dass du mal mit dem Messer auf ihn los bist.«
»Das hat er echt erzählt? ... Wundert mich aber.«
»Und? Stimmt es? ... Was ist passiert?«
»Nichts ist passiert. Er wollte halt über mich bestimmen. So wie er über jeden am Bahnhof bestimmen will. Aber mir schreibt keiner was vor. Ich entscheide allein über mein Leben.«
»Und damit ist er nicht klargekommen?«
»Der Spinner hat mich eingeschlossen. Kannst du das glauben? Sperrt mich in seiner beschissenen Wohnung ein und kommt erst nach einem halben Tag wieder.«

»Warum macht er denn so was?«

»Zu meiner Sicherheit, hat er gemeint ... Weil es angeblich am Bahnhof gerade ein bisschen gefährlich war. Da konnte er sich aber gleich mal selbst in Sicherheit bringen.«

»Hättest du ihn verletzt? Ich meine, wenn er nicht gerannt wäre?«

»Darauf kannst du wetten.«

Ich schaute sie an, wie sie da auf dem Dach saß und zum Horizont schaute. Ihre Hooliganhände. Die schmalen Arme. Die weichen Lippen. Und die Trauer und Fröhlichkeit, die in ihrem Gesicht so dicht beieinanderwohnten.

»Niemals«, sagte ich nach einer längeren Pause. »Das glaub ich nicht ... Du kannst keinen Menschen verletzen.«

»Ach ja? Ich kann sogar töten.«

»Woher willst du das wissen?«, fragte ich.

»Weil ich das weiß.«

»So was weiß man erst, wenn man's schon mal gemacht hat.«

»Du musst es ja wissen«, sagte sie und hatte dabei so ein wildes Funkeln in ihren Augen, dass ich beinahe anfing, ihren Worten zu glauben. Total entschlossen und wütend auf irgendwas, von dem ich jetzt überhaupt keine Ahnung hatte.

7

Eine Weile saßen wir noch schweigend auf dem Dach und schauten rüber zum Horizont, bis es so dunkel geworden war, dass von den Kränen nur noch die roten Blinklichter auf den Spitzen zu sehen waren. Auch die Bürohäuser in der Speicherstadt hatten jetzt keine Umrisse mehr, sondern waren kleine, leuchtende Vierecke. Immer dort, wo noch gearbeitet wurde hinter den Fenstern.

»Lass uns gehen«, sagte Kati schließlich und schwang sich über die Dachkante auf diese blöde Leiter. Auch die lag jetzt komplett im Dunkeln, sodass man die u-förmigen Eisensprossen nicht mehr sehen konnte und mit den Füßen jedes Mal tasten musste. War echt eine Herausforderung, da wieder runterzusteigen.

Unten lief Kati dann wortlos denselben Weg zurück, den ich schon kannte, und ich trottete halt hinter ihr her. Killerbraut? Was für ein Blödsinn. Auch wenn sie natürlich sportlich war und heftige Hände hatte und ich ehrlich gesagt wenig von ihr kapierte.

Auf dem Bahnsteig liefen wir dann rüber zur Wandelhalle und von dort raus auf den Vorplatz, aber egal, wohin wir kamen, kein einziges Bild klebte noch dort, wo wir es mal hingehängt hatten. Nach drei Stunden oder so, alles verschwunden. Sah jetzt nicht nach schwachsinnigem Vandalismus aus. Eher nach Absicht. Da hatte jemand was gegen die Fotos. Oder dagegen, dass andere Menschen das Foto sahen.

»Ich gehe zur Polizei«, sagte Kati.

»Äh ... «, meinte ich, »also ... Polizei ist vielleicht nicht so 'ne brillante Idee. Vielleicht haben die ja die Bilder entfernt.«

»Mir egal«, sagte Kati und stürmte die Treppe zur U-Bahn runter und bollerte wie eine Verrückte mit den Fäusten gegen die silberne Eisentür. Es dauerte eine halbe Ewigkeit, bis ein Polizist endlich von innen öffnete, und bevor er noch irgendwas sagen konnte, stürmte Kati durch den Raum, rüber zu dem Dicken, der mich verhört hatte, und baute sich vor ihm auf wie so ein Lady-Wrestler.

»Wo sind meine Fotos?«, schimpfte sie. »Haben Sie die Fotos entfernt? Ich will sie wiederhaben. Sie haben kein Recht nicht.«

»Die Verrückte«, sagte der Dicke und verdrehte die Augen, »und der Fotograf auch noch, na klar, was für ein Traumpaar. Aber schön, dass ihr da seid. Dann müssen wir wenigstens nicht nach euch suchen.«

Er deutete auf die beiden Stühle vor einem Schreibtisch.

»Es ist verboten, im Bahnhof private Plakate anzubringen. Ihr nehmt also jedes einzelne Bild wieder ab. Jetzt sofort. Und ich möchte danach kein einziges Stückchen Klebestreifen mehr im Bahnhof sehen. Haben wir uns verstanden?«

»Also haben Sie die Zettel nicht abgemacht?«, fragte Kati.

»Wir haben bestimmt Wichtigeres zu tun.«

»Aber da hängt kein einziges Foto mehr.«

»Sehr erfreulich.«

»Vielleicht können Sie auf Ihren Kameras zurückspulen und nachschauen, wer sie abgemacht hat?«

»Einen Teufel können wir.«

»Oder Sie schauen in Ihrem Computer nach.« Kati kramte mein Foto heraus und legte es auf den Schreibtisch. »Da«, sagte sie, »dieser Typ, ich wette, er ist in Ihrem Verbrecheralbum. Oder wie das heißt.«

Der Dicke warf noch nicht einmal einen Blick auf das Foto. »Ich hab dir schon tausendmal gesagt, dass ich nichts für dich tun kann. Also nimm dein Bild und verschwinde.«

»Ich geh nicht weg«, sagte Kati. »Niemals. Nicht, bevor Sie nicht nachgeschaut haben.«

Da stand der Dicke auf und wälzte sich um den Schreibtisch, und Kati sagte: »Wenn Sie mich anfassen, schrei ich, und mein Freund macht ein Foto davon und ich verklag Sie. Wegen sexueller Belästigung ... glaubt mir jeder Richter ... so wie Sie aussehen.«

Der Dicke packte Kati trotzdem am Arm, schob sie aus dem Raum, und ich schnappte meinen Abzug und lief hinterher und wühlte im Rucksack nach meiner Kamera. Da war der Dicke aber schon aus der Tür und draußen drückte er Kati gegen die Wand, wie so ein aufgespießtes Insekt im Schaukasten, und ich machte ein schnelles Bild aus der Hüfte, auch wenn nicht das richtige Objektiv auf der Kamera war.

»Noch so ein Auftritt und du wanderst in eine Zelle«, sagte der Dicke. »Ich hab definitiv die Schnauze voll.«

»Wichser«, zischte Kati.

Dann ballerte der Polizist die Tür wieder ins Schloss.

»Du hast ihn echt Wichser genannt«, sagte ich, als der Knall unten im Gang wieder verebbt war.

»Und?«, fragte Kati.

»Ist das nicht Beamtenbeleidigung oder so was?«

»Dafür stecken sie einen aber nicht in den Knast. Und eine Geldstrafe ist bei mir sowieso nicht zu holen. Weiß er auch, der Fettsack.«

»Und was ist jetzt mit dem Foto?«, fragte ich. »Wer ist da so Wichtiges drauf, dass du so einen Aufstand machst? Und was hat die Polizei mit der Sache zu tun?«

»Keine Ahnung«, antwortete Kati, »wenn ich's wüsste, müsste ich die Idioten nicht fragen.«

Das war jetzt natürlich keine befriedigende Antwort, aber irgendwas aus ihr herauszupulen, was sie nicht sagen wollte, funktionierte auch nicht. Also, jedenfalls konnte ich so was nicht, keine Ahnung, warum ich darin so schlecht war. Wenn mich jemand löcherte, erzählte ich immer alles.

»Eben, bei dem Polizisten«, sagte ich, als wir wieder draußen auf dem Vorplatz standen, »da hast du gemeint, dass ich dein Freund bin.«

»Bilde dir bloß nichts ein, das bedeutet gar nichts«, antwortete Kati.

»Aber was bedeutet dann etwas? Küssen? Heiraten? Kinderkriegen?«

»Küssen bedeutet auch nichts.«

»Ich finde schon, dass ein Kuss was bedeutet.«

»Wetten, dass nicht«, sagte Kati und beugte sich rüber zu mir und der Kuss auf meiner Backe war nicht mehr als ein Blinzeln, sodass ich praktisch überhaupt gar nichts spürte.

»Und?«, fragte Kati und lachte.

»So einer zählt nicht«, sagte ich, und Kati antwortete: »Eben«, und dann hüpfte sie davon, und ich stand da wie der Vollidiot, der wieder mal überhaupt nichts kapierte.

Mein Problem ist, dass ich eigentlich noch nie Nein sagen konnte. Hat jedenfalls meine Mutter immer gesagt. Schon als kleines Kind nicht. Angeblich hatte ich nicht mal eine Trotzphase wie alle anderen Kinder, die mit ihrem Geschrei einen Supermarkt einstürzen lassen konnten, wenn sie keinen Lutscher bekamen. Mir konnte man den Lutscher zwischen den Zähnen rausziehen und ich lächelte immer noch selig. So die Legende. Ich selbst hab daran natürlich keine Erinnerung mehr.

Eine andere Geschichte weiß ich aber noch ziemlich genau. Da war ich vielleicht vier oder so, und sie passierte, als mein Freund mal mitfahren durfte mit uns in den Urlaub. Ostsee, Ex-DDR, was anderes konnten wir uns damals nicht leisten, weil mein Vater noch an seiner Doktorarbeit schrieb. Das tat er auch dort am Strand und meine Mutter röstete in der Sonne, und wir Jungs machten das, was man am Strand eben so macht: Muscheln sammeln. Einbuddeln, bis nur noch der Kopf rausschaut. Kuchen backen mit leeren Joghurtbechern und so. Zum Schluss bauten wir eine Sandburg, die ein Supermarkt war mit leckerem Quallenpudding und Muscheln als Währung.

Mein Freund war der Verkäufer. Und ich war der Kunde und musste die Qualle volles Pfund runterwürgen. Mein Kumpel hielt das für eine Spitzenidee. Und ich dann natürlich auch. Obwohl meine Mutter tausendmal gesagt hat: »Albeeer, nein, das macht man nicht«, woran man sehen kann, dass ich zu meiner Mutter schon Nein sagen kann. Nur zu anderen nicht, und deshalb liegt das Problem wahrscheinlich auch tiefer und braucht eine professionelle Betreuung. Meinte mal meine Mutter. Kann aber auch sein, dass ich einfach nie Nein sagen will. Wäre ja auch eine Möglichkeit. Jetzt zum Beispiel.

Jetzt wollte ich nämlich Kati helfen, den Typen auf meinem Foto zu finden. Und ich wollte den Fotoband machen. Ganz unbedingt. Und deshalb wartete ich auch am nächsten Tag gleich nach der Schule wieder am Bahnhof. Die Ersten, die dann auftauchten, waren Sascha und Rico. Sie sahen mitgenommen aus. Und ziemlich nervös.

»Hast du Geld?«, fragte Sascha.

»Zwanzig Euro vielleicht«, sagte ich.

»Gib her«, meinte er, und dann liefen wir rüber zur Südgalerie und dort zum Ausgang, der zum Steindamm führt, wo die Sexkinos sind und die türkischen Obstläden und eine radikale Moschee. Sascha steuerte auf eines von diesen Schmuckgeschäften zu, bei denen immer »Gold-Ankauf zu Höchstpreisen« im Schaufenster klebt und jeder Quadratzentimeter vollgestellt ist mit Ringen und Ketten. Davor trat ein Junge von einem Fuß auf den anderen. Er war ein bisschen älter als wir und trug eine graue Wollmütze und einen grauen Mantel. Mitten im Sommer. Sascha schob ihm meinen Zwanzigeuroschein in den Ärmel. Zwischen Daumen und Zeigefinger hatte sich der Typ drei blaue Punkte auf den Handrücken tätowiert.

»Fünfundzwanzig«, sagte er, »drunter läuft nichts.«

»Alter, ich weiß, dass du Geld brauchst«, antwortete Sascha, und der andere sagte: »Arschloch«, und dann fingerte er einen Kaugummi aus seinem Mund und Sascha steckte ihn bei sich unter die Zunge.

Danach kaufte er sich bei Penny gegenüber noch Cola und Schokolade. Zusammen liefen wir die Straße entlang, bogen in den Pulverteich, am Arbeitsamt vorbei, durch die Unterführung, und an der nächsten Ecke war dann ein abgewracktes Sechzigerjahre-Bürogebäude, das leer stand, weil alle Firmen hier ein paar Blocks weitergezogen waren in die modernen Häuser der City Süd.

Sascha und Rico schlängelten sich durch ein Loch im Maschendraht und kletterten dann durch ein kaputtes Fenster. Drinnen lagen überall Glassplitter auf dem Boden und der Raum dahinter sah aus wie eine Müllhalde mit leeren Flaschen und runtergebrannten Kerzen und einer Matratze. Der graue Büro-Nadelfilz hatte überall Flecken, auf denen wahrscheinlich schon mikroskopische Pilze wuchsen. Sascha hockte sich mit dem Rücken gegen die Wand und schälte die Alufolie von seiner Schokolade. Die Hälfte der Folie strich er glatt, bis sie aussah, als käme sie frisch von der Walze. Die andere Hälfte rollte Rico zu einer Röhre. Dann hielt Sascha ein Feuerzeug unter die Folie, bis der schwarze Rauch verqualmt war. »Scheißbeschichtung«, erklärte er, »macht die Lunge kaputt.« Dann holte er den Kaugummi aus seinem Mund und pulte ein kleines Päckchen aus ihm heraus. Sah aus wie eine von diesen Knallerbsen für Kinder, die puffen, wenn man sie auf den Boden wirft. Nur dass dieses Päckchen nicht in buntes Papier eingewickelt war, sondern in Frischhaltefolie.

Sascha schüttete den Inhalt auf das Alu und sagte zu mir: »Fotografier!«, und dann hielt er das Feuerzeug unter das Blech, bis die Masse flüssig wurde und auf dem Alu hin- und herlief und langsam verdampfte. Rico riss sich den Rauch mit dem Alurohr in die Lunge und zog mit einer Marlboro hinterher und blies ihn dann in Saschas Mund. Wie ein Zungenkuss. Dann wechselten sie die Reihenfolge. Bis die Masse komplett verdampft war.

»Boah, schmeckt das scheiße«, sagte Sascha und spuckte auf den Teppichboden, und Rico sagte: »Geil, oder?«, und spülte mit Cola hinterher. Eine Weile saßen sie schweigend zusammen, wie gestern in ihrer Wohnung, dann stemmte sich Sascha wieder hoch.

»Wenn du das Zeug anrührst, schlag ich dich tot«, meinte er zu mir, und ich sagte: »Hallo ... was soll das denn jetzt?«, und dann kletterten wir zusammen aus der Ruine und liefen denselben Weg zurück zum Bahnhof. An Sascha konnte man praktisch nichts erkennen. Ich meine, dass er Heroin geraucht hatte oder was das für ein Zeug gerade war. Sah total normal aus. Wie immer.

»Nur mal so aus Interesse«, fragte ich, »wo ist der Unterschied zwischen dir und mir? Wieso schießt ihr euch ab, und mich willst du tothauen, wenn ich das mache?«

»Alter, du wohnst in 'ner voll edlen Villa, hat Kati gesagt. Du kannst Fotograf werden oder was weiß ich. Du hast einen coolen Vater. Und Kati steht auf dich. Du hast tausend Gründe, clean zu bleiben. Ich habe keinen.«

»Hat Kati das echt gesagt?«

»Was jetzt?«

»Dass sie auf mich steht?«

»Logisch nicht ... aber wenn sie von dir redet ... ich hör so was ... kannst du mir glauben.«

»Und was ist mit Drogen?«

»Bei Kati? ... Ich weiß es nicht ... Hab sie nie mit was gesehen. Nicht mal 'ne Zigarette. Kein Besteck, keine Stiche, nichts. Aber ... ich weiß nicht ... Kati könnte sich das Zeug auch reinziehen, ohne dass ich was merke. Schätze ich.«

»Versteh ich nicht«, sagte ich. »Ich dachte, ihr erkennt euch irgendwie alle untereinander. Hab ich mal gelesen irgendwo.«

»Gelesen hast du? Joouu, Lesen ist super.«

»Und was ist jetzt mit Kati?«

»Dann lass uns mal irgendwo setzen«, meinte Sascha und ging rüber zu einem Obdachlosen, der mit seinem Pappbecher am Nordeingang des Bahnhofs stand. Der Mann war schon älter und hatte trotz der Hitze drei verdreckte Jacken übereinander an, und die Stirn war verschorft, weil er wahrscheinlich im Suff die Treppe runtergefallen war. Oder so ähnlich. Sein Bart reichte ihm bis auf den löchrigen Pulli.

»Ein Wort und ich hau dir in deine verfilzte Fresse«, sagte Sascha zu ihm und kippte sich den Inhalt des Pappbechers auf die Handfläche. Lauter Zehn- oder Zwanzigcentstücke. Aber es waren auch drei Eineuromünzen darunter. »Reicht für drei Cheeseburger«, meinte Sascha und ging die Treppe hoch zu McDonald's.

Die Bedienung hinter der Theke war nicht älter als achtzehn. Sie trug eine alberne Pappmütze auf den Haaren und die Augenbrauen waren rasiermesserscharfe Striche und sie lehnte voll gelangweilt an der Pommesfritteuse. Als sie Sascha sah, änderte sich aber sofort ihre Haltung. Echt verrückt, was er für eine Wirkung hatte. Als wäre er ein Popstar oder Fußballer oder so was.

»Na, mein Herz«, sagte er, »drei Cheeseburger und ein Lächeln von dir, dann bin ich glücklich.«

»Da kannste lange drauf warten«, antwortete sie, aber das Lächeln stand noch in ihrem Gesicht, als wir schon längst auf unseren Plätzen saßen. Sascha packte sein Essen aus, dann schob er das Tablett rüber zu mir.

»Also pass auf«, sagte er, während er sich den Cheeseburger mit beiden Händen in die Backen schob. Er aß wie ein Aktenvernichter. Nach zwei Sekunden oder so war der Cheeseburger schon wieder Geschichte. Sascha wischte sich die Hände an der Papierserviette ab. »Ich will dir das mal erklären, wie das mit der Liebe ist«, sagte er. »Also hier am Bahnhof laufen wirklich jede Menge Gestalten rum, die drücken oder Crack rauchen oder Crystal ziehen. Koka,

Benzos, Es, die ganze Palette. Manche von den Gestalten haben auch eine Freundin. Und wenn die 'ne Freundin haben, dauert's vielleicht ein paar Wochen und die Freundin ist genauso drauf, und ein Jahr später kommt noch 'n Kind, und schon hat das Arschloch zwei Leben zerstört. Draußen, in deiner sauberen Vorstadtwelt, kannst du mit deiner Freundin vielleicht alles teilen. Bei euch ist das ein Zeichen von Liebe, wenn man immer zusammen ist. Aber hier eben nicht. Ich meine, was machst du, wenn du ein Mädchen liebst und weißt, dass deine Gegenwart nicht gut für sie ist? Das ist, wie wenn du Aids hast. Du musst sie vor dir selbst schützen. Du teilst nicht alles mit ihr. Du nimmst keine Drogen, wenn sie dabei ist. Du bringst sie nicht in Kontakt mit dem Zeug. Niemals. Das ist absolut das Gesetz. Nicht so wie dieser Arschlochmann von Whitney Houston zum Beispiel, der seine eigene Frau auf Crack gebracht hat. Muss man sich mal vorstellen, die eigene Frau. Ich meine, ist okay, wenn du dir selbst was reindrücken willst. Soll jeder machen, wie er lustig ist. Aber vorher schickst du auf jeden Fall deine Alte weg. Wenn du das Zeug kaufst, schickst du sie weg. Wenn du Kohle organisieren musst, schickst du sie weg. Du sprichst in ihrer Gegenwart nicht mal darüber. Du verbietest ihr, mit Dealern zu reden. Und wenn einer sie trotzdem anquatscht, haust du dem Arschloch den Schädel ein. Und du sorgst dafür, dass sie sich dabei garantiert in der anderen Ecke des Bahnhofs befindet.«

Ich nickte geplättet. Ich meine, normalerweise ist das mein Part, dass ich mir, anstatt einfach zu leben, solche wilden Gedanken mache. Bei Sascha war es das Letzte, was ich erwartet hatte.

»Und was hat das jetzt mit Kati und den Drogen zu tun?«, fragte ich.

»Alter, du hörst nicht zu. Kati und Drogen sind zwei getrennte Welten für mich. Die haben in meinem Leben keine

Berührungspunkte. Und deshalb kann ich dir auch nicht sagen, wie das ist bei ihr.«

»Und sehen das alle Leute am Bahnhof so wie du? Ich meine, jetzt mit ihren Mädchen.«

»Die meisten würden ihre Frau für 'n Zehner verticken.«

»Aber du nicht.«

»Ich bin kein Arschloch.«

»Und was war mit dem Obdachlosen? Das war so richtig arschlochmäßig, find ich.«

»Der soll sich nicht anstellen«, antwortete Sascha, »wenn ich Geld hab, kriegt er von mir immer was. Und wenn nicht, muss er halt auch mal zahlen.«

»Ist trotzdem beschissen.«

»Der macht 'n guten Schnitt, glaub mir.«

Zu Hause hatte ich eine neue Mail in meinem Account: »Zettel im Bahnhof gesehen, wow, cool, wir müssen reden.« Dann eine Telefonnummer. Geschrieben war die Nachricht von einem Stanislav Kopranek, City Slick, Head of Emotions.

City Slick? Head of Emotions?

Als ich die Telefonnummer wählte, war eine Frau am Apparat. Sie sagte: »Du, den Stään kann ich jetzt unmöglich stören.«

»Er wollte, dass ich ihn anrufe, wegen eines Zettels am Bahnhof«, sagte ich.

»Da check ich mal sein Datebook für dich.« Wahrscheinlich hielt sie jetzt die Hand übers Mikrofon, weil nur noch ein dumpfes Gemurmel zu hören war.

»Du, der Stään is' um sechs Uhr beim After-Work-Club im Hafen-Hanger. Magst da hinkommen? Der Stään, also der fänd's super.«

»Wie sieht der Stään denn aus?«, fragte ich

»Gottchen, schaust halt auf unserer Homepage nach.«

Ich suchte bei Google. City Slick war so eine Art Online-Stadtmagazin. Wahnsinnig hip, »maritimer Maschinen-Look«, mehrfach prämiert. So stand es fett gleich auf der ersten Seite.

Auf City Slick gab es fünf Bereiche. Sie hießen Body, Brain, Style, Emotions und Money. Stanislav Kopranek war

Emotions. Dort schrieb er über entlassene Hafenarbeiter und erwischte Sprayer oder über einen Mord unter Schrebergärtnern. Und dabei gab es praktisch kein Bild, auf dem er nicht zentral in der Mitte zu sehen war. Stään und die Arbeiter, Stään und die Sprayer, Stään vor dem Flatterband in einer Laubensiedlung. Er war definitiv nicht der Mann auf meinem Foto.

Trotzdem musste ich ihn natürlich treffen. So einer kam wahrscheinlich wahnsinnig rum und hatte das Paar auf meinem Foto vielleicht schon mal gesehen. Eigentlich hätte ich Kati jetzt auch Bescheid geben müssen, damit sie ebenfalls in den »Hanger« kam. Aber ich hatte von ihr kein Telefon und keinen Mail-Twitter-Skype-Account und auch keine Adresse. Das war schon ein seltsames Gefühl. Wenn man jemanden nicht einfach anrufen oder ihm mailen oder simsen kann, um sich zu treffen. Kennt man so gar nicht. Ich meine, heutzutage hat man ja spätestens nach einem halben Tag eine Nachricht von jedem Menschen, von dem man nur will.

Aber mit Kati war das Leben plötzlich wie früher bei meinen Großeltern, schätze ich, wenn die sich mal sehen wollten. Die mussten sich auch an Orten aufhalten, wo die Chance am größten war, dass man sich zufällig über den Weg lief. Dafür war es wahrscheinlich ein Riesenereignis und das totale Glücksgefühl, wenn man sich dann endlich mal getroffen hatte, und die gemeinsamen Minuten hatten einen brutal hohen Wert. Obwohl sich unsere Großeltern das Leben natürlich selbst wieder schwer gemacht hatten mit ihren unsinnigen Anstandsregeln und dem Nicht-miteinander-allein-sein-Dürfen und dem ganzen rückständigen Zeug.

Dafür hatten sie dann aber auch ihre Ruhe, wenn sie zu Hause waren, weil es kein Telefon gab, das klingelte, sodass man ganz entspannt die Sachen erledigen konnte, die sowieso an der Reihe waren. Wie Holz spalten oder Kühe melken oder was man als junger Mensch sonst so machen musste vor hundert Jahren.

Bei mir war das jetzt genauso, nur dass ich kein Holz spalten musste, sondern »die städtische Moral in ›Less Than Zero‹ von Bret Easton Ellis«. Das war das Thema des Referats, das ich nächste Woche im Englischunterricht halten musste.

Leider hatte ich dann trotz der Ruhe keine Ruhe, weil ich kaum zwei Sätze am Stück lesen konnte, ohne an Kati zu denken oder an Sascha und die Leute vom Bahnhof. Dabei handelte »Less Than Zero« auch von Jungs und Mädchen und hatte irgendetwas mit Drogen zu tun, wenn ich es richtig verstand. Sicher war ich mir aber nicht mit dem Verstehen, weil es bei mir auch kein richtiges Lesen war. Eher so ein Hüpfen von einer bekannten Wortinsel zur anderen, und dazwischen war ein tiefes, dunkles Meer aus Vokabeln, die ich in meinem Leben noch nie gehört hatte. Manchmal ergab das Gehüpfe einen Sinn. Aber selbst wenn es einen Sinn gab, war ich nicht sicher, ob nicht vielleicht doch ein ganz anderer Sinn gemeint war.

Ich schob dann »Less Than Zero« ziemlich schnell wieder in die dunklen Tiefen meines Schulrucksacks und fuhr zum Bahnhof. Ich fotografierte ein bisschen herum, aber ein Meisterwerk war nicht darunter. Kati ließ sich nicht blicken. Auch Sascha und Rico und die anderen blieben verschwunden. Um halb sechs lief ich rüber zum »Hanger«.

Der Hanger war so was wie die Kommandozentrale der Kreativen in Hamburg. Früher war er mal eine Werft gewesen, in der Segeljachten gebaut worden waren. Konnte man auf den Fotos sehen, die überall an den Wänden hingen. Man hätte aber auch Leuchttürme zusammenschrauben können. So gewaltig hoch war die Decke.

Die Leute im Hanger waren auch »maritimer Maschinen-Look«. Mit Lederjacken und Pilotenbrillen, aber manche trugen auch schlumpfmäßige Wollmützen mit Beutel am Hinterkopf. Vielleicht hofften sie, dass sich darin schlaue Gedanken sammeln würden. Die Leute sahen aber eher so aus, als hätten sie nix in der Mütze.

Stan besaß keine Schlumpfmütze, sondern eine grüne, verwarzte Bauernkappe. Er trug einen Zwanzigtagebart und hatte ein schwarzes Jackett an, kurz geratene rosafarbene Röhrenhosen und keine Strümpfe. Die braunen Lederschuhe waren vorne viereckig, als hätte sie die Schuhfirma mit der Säge designed. Stan lagerte breitbeinig in einer Couchgarnitur auf einem kleinen Podest und um das Podest herum war ein Geländer. »VIP-Zone« stand auf einem Schild an der Stufe.

»Ist nur für Clubmitglieder«, sagte der Glatzkopf, der den Durchgang bewachte. Ich schilderte ihm mein Anliegen, dann ging er rüber zu Stan und flüsterte ihm irgendetwas ins Ohr.

Stan nickte lässig. »Seid mal ruhig, Kinder«, sagte er und winkte mich zu sich. An seinem Tisch saßen eindeutig mehr Maschinisten als Schlümpfe.

»Das spiel ich so mega«, meinte er zu mir. »Die perfekte Liebe, wer glaubt dran, wen trifft's, woran erkennt man sie, Experts, Voting, Recipes, Twitter, Tumblr. Das volle Programm. Stylish, aber auch emo.«

Tumblr? Emo? Ich schaute ratlos von einem zum nächsten. Ich war aber der Einzige, der überhaupt nichts kapierte.

»Also, wo sind sie?«, fragte Stan.

»Wo ist wer?«, fragte ich.

»Die Typen auf deinem Foto. Das perfekte Paar?«

»Ich dachte, Sie sagen's mir.«

»Aber du hast sie doch fotografiert?«

»Genau. Und jetzt möchte ich wissen, wer sie sind und wo ich sie vielleicht finde.«

Ich erzählte Stan auch noch von meiner Wette mit Kati und dass ich seit zwei Jahren am Bahnhof fotografiere.

Das fand Stan dann alles doch nicht so »emo«. »Zeig trotzdem mal deine Fotos«, sagte er. »Vielleicht kann ich da noch was zaubern draus.«

Ich reichte ihm die Kamera rüber und er ließ die gespeicherten Bilder in der Kamera über das Display rattern.

Fand er aber auch nur »semi«. Ich schätze, weil er selbst nicht im Vordergrund war.

10

Die nächste Woche machte ich eigentlich jeden Tag einen Abstecher über den Bahnhof. Es war, als hätte Kati das Weite gesucht. Ausgewandert. Oder von der Polizei einkassiert. Keine Ahnung. Auf Dauer nervte es jedenfalls kolossal, dass man sein Schicksal so gar nicht selbst in die Hand nehmen konnte und immer nur hoffen musste, dass Kati auch mal die Idee hatte, zum Bahnhof zu gehen. Hatte sie aber wohl nicht. Auch Sascha und die anderen hatten sie die letzten Tage nicht mehr gesehen. Dafür klingelte dann nach mehr als einer Woche spätabends bei uns zu Hause das Telefon.

Mein Vater griff ziemlich genervt zum Hörer, weil er sich im Fernsehen gerade irgendeinen 3sat-ARTE-Bildungsmüll reinziehen wollte. Das lief bei ihm dann unter »Entspannung«.

Muss man sich mal vorstellen. Bei uns war, ohne Scheiß, phoenix auf dem Programmplatz eins abgespeichert und zwei war ZDFinfo und dann kamen ARTE und CNN und danach alle dritten Programme, bis endlich die Sender an der Reihe waren, die man sich auch als junger Mensch mal anschauen kann. Als ob Bildung im Fernsehen irgendjemand interessieren würde. Gibt's in keinem anderen Haushalt, schätze ich.

Mein Vater reichte mir wortlos den Hörer rüber.

»Können wir reden?«, meinte Kati. «In zehn Minuten? Auf unserer Bank?«
»Woher hast du unsere Nummer?«, fragte ich.
»Telefonbuch ... du weißt schon, Kramer mit K, Gartenstraße ... Wie lange brauchst du?«
»Mindestens dreißig Minuten. Falls ich sofort eine Bahn erwische.«
»Ich warte«, antwortete Kati und legte auf, und mein Vater meinte: »Aber du kommst schon noch mal nach Hause, bevor morgen die Schule beginnt?« Bei so was war er dann wieder lässig.

Ich rannte zur S-Bahn und musste nicht mal besonders lang warten, und als ich am Bahnhof ankam, schleifte Kati gerade irgendeiner vornehmen Arztwitwe oder so den Koffer nach oben, weil die Rolltreppe nicht funktionierte. Auf jeden Fall hatte die Frau ein Kostüm mit Einstecktuch an und Federn am Hut und tiefroten Lippenstift auf den gekerbten Lippen.

»Ganz reizend, mein Kindchen«, sagte sie und drückte Kati zum Dank einen faltigen Apfel in die Hand, den Kati gleich im nächsten Papierkorb wieder entsorgte.

»Was ist denn so wichtig?«, fragte ich.
»Du bist wichtig«, antwortete Kati.
»Was soll das werden, willst du jetzt flirten?«
»Wow, da hat jemand ein Monstergedächtnis.«
»Aber immer nur für unwichtiges Zeug.«
»So was nennst du unwichtig? Das erwarte ich aber schon, dass ich das absolut Allerwichtigste in deinem großartigen, behüteten Gymnasiastenleben bin.«
»Du flirtest immer noch«, sagte ich.
»Und? Wär's schlimm, wenn's so wäre?«, lachte Kati und drehte sich einmal im Kreis und winkelte dabei ein Bein nach hinten, wie das die Mädchen in Germany's Next Topmodel immer machen, wenn ihnen einer von der Idi-

oten-Jury sagt, sie sollen »sexy« sein. Bei Kati sah Drehen mit gewinkeltem Bein auch ziemlich sexy aus. Aber auch ein bisschen wie Hammerwerfen der Frauen. Das lag aber mit Sicherheit an ihren Stahlkappen-Doc-Martens-Schuhen. »Wie findest du mich?«, fragte sie und zog mich den Bahnstein entlang raus aus dem Bahnhof.

»Geht so«, sagte ich. »Kriegst heute leider kein Foto von mir.«

»Du bist ein Assi«, sagte Kati und lief den Bahnsteig entlang, raus aus dem Bahnhof, und ich rannte hinter ihr her bis zu den Gleisen.

»Wenn du auf die Schienen springen willst, dann nur hier, an dieser Stelle«, sagte sie ernsthaft. »Ist der einzige Bahnsteig, bei dem die Kameras nicht bis ans Ende reichen. Weil wenn sie dich sehen, wie du draußen über die Gleise rennst, halten sie alle Züge an und rücken mit 'ner Hundertschaft aus, und dein Vater darf den ganzen Einsatz bezahlen.«

Wir sprangen runter auf den Schotter und liefen dann raus aus der Stadt. An einer alten Lagerhalle vorbei mit lauter Graffiti auf den Backsteinen, dann kam rechts ein Kanal und links das wellenförmige Riesengebäude des Großmarkts, dahinter ging es über einen eisernen Steg und dann konnte man in der Ferne schon die Bogen der Elbbrücken sehen. Mit einem flackernden roten Punkt zu ihren Füßen. Von Ferne sah es aus wie ein Friedhofslicht.

Es war ein mühsames Gehen, weil die Schwellen einen blöden Abstand hatten. Zu eng, um auf jede Schwelle zu treten, und zu weit, um immer eine zu überspringen. Am einfachsten war es noch, auf den Eisenschienen zu balancieren. Kati auf der einen Seite und ich auf der anderen. Aber da war man dann so weit auseinander, dass man sich nicht mehr stützen konnte. Außerdem hatte ich die ganze Zeit Panik, dass von hinten vielleicht ein Zug kommen könnte, und deshalb sah ich mich pausenlos um und dabei verlor ich immer wieder das Gleichgewicht. Kati drehte sich nie nach hinten. Wahrscheinlich wusste sie, dass die Züge hier nur aus der anderen Richtung kamen. War aber auch so schon unheimlich genug, wenn plötzlich von vorne zwei Lichter kamen und größer wurden. Dann musste jeder von uns auf seine Seite springen und nach einer Sekunde oder so rauschte der Zug mit einem Höllenlärm in der Mitte hindurch. Der Druck der Windwalze fegte dabei durch jeden Knochen, und für die Zeit war man ganz allein, weil man den anderen nicht mehr sah. Wenn Kati am Ende des Zugs wieder auftauchte, war das jedes Mal wie eine Erlösung.

Als wir den flackernden Lichtpunkt erreichten, war es tatsächlich ein Friedhofslicht. Geschützt in einer kleinen Laterne, sodass die Züge es nicht ausblasen konnten mit ihrem Fahrtwind. Daneben steckte eine kleine Astgabel zwischen den Steinen. Daran hing lauter seltsames Zeug: Vergilbte Haargummis, ausgeblichene Freundschaftsbändchen, Schnürsenkel, sogar eine Plastikuhr war dabei. Und eine silberne Kette.

Kati blieb eine kleine Ewigkeit davor stehen. Sah aus, als würde sie beten oder so was, aber sicher war ich mir nicht, weil ihr Gesicht im Schatten der Eisenkonstruktion lag und ich darin praktisch überhaupt nichts erkennen konnte. Der Rest der Szene war relativ gut zu sehen, weil die gelben Lampen der Containerkräne im Hafen bis zu den Schienen reichten. Irgendwann zog Kati mich weiter zum Brückenbogen.

»Musst du wirklich überall raufklettern?«, fragte ich.

Kati begann damit, ohne eine Antwort zu geben. War aber leichter, als es aussah. Die ersten zehn Meter gingen an einer Leiter senkrecht nach oben, und dort begann dann der Bogen, der nur auf den ersten Metern ein bisschen steil war und dann logischerweise immer flacher wurde. Auf dem Scheitelpunkt war er wie ein waagrechter Pfad. Außerdem bestand quasi die ganze Brücke aus Bolzen, die den Schuhen Halt gaben beim Aufstieg. Besonders breit war der Bogen aber nicht. Also, nicht mehr als einen halben Meter oder so. Man brauchte schon Nerven, um sich oben freihändig umzudrehen. Besser, man schaute gar nicht runter beim Laufen. Ich schätze, der höchste Punkt lag vielleicht zwanzig Meter über den Schienen. Und die waren noch mal zwanzig Meter über dem Wasser der Elbe. Kati hüpfte oben herum, als stünde sie auf einem Parkplatz. Dann setzte sie sich breitbeinig hin, sodass sie die Konstruktion zwischen den Schenkeln hatte.

»Ist dir schon mal aufgefallen, dass du nie einsam bist, wenn du irgendwo oben stehst?«, fragte sie. »Einsam und klein fühlst du dich immer nur unten. Ist doch seltsam. Auf einem Berg oder auf so 'ner Brücke oder so bist du nicht einsam, selbst wenn du der einsamste Mensch auf der Welt bist. Oben hat Alleinesein immer was Erhabenes. Falls du verstehst, was ich meine.«

»Dafür kannst du aber auch runterfallen.«

»Genau. Entweder du fühlst dich mickrig und einsam, oder du kannst abstürzen, wenn du nicht aufpasst. Was anderes gibt es im Leben nicht. Zwischen den beiden Zuständen musst du wählen.«

»Also, ich weiß nicht. Man könnte ja zum Beispiel auch einfach mit jemandem zusammen sein. Dann fühlst du dich auch nicht einsam ... und musst nicht auf jeder schwachsinnigen Konstruktion nach oben klettern. Glaube ich jetzt mal.«

»Hallo, das war doch nur ein Bild, Mister Hochbegabt. Liebe oder so was ist ja wohl der höchste Berg, den du überhaupt findest.«

»Wenn du das sagst ...«

»Heißt das, du warst noch nie zusammen? Mit einem Mädchen oder so?«, fragte Kati.

»Eigentlich nicht.«

»Du lügst mich jetzt an, oder?«

»Logisch«, sagte ich, weil es echt demütigend ist, wenn alle so tun, als wäre keine Beziehung zu haben mit sechzehn Jahren so abwegig, wie nachts noch ins Bett zu machen.

»Und? Wer war das Mädchen?«

»Hallo, ich war mit keiner zusammen. Okay!? Noch nie, ist halt so, kann ich jetzt auch nicht ändern.«

»Du bist ja süß …«, sagte Kati.

»Ich kann aber auch übel.«

»Klar«, sagte Kati und lachte, und dann sagte sie noch etwas, was ich nicht mehr verstehen konnte, weil unten ein Zug über die Brücke ratterte. Dabei wackelte die ganze Konstruktion, dass man sich echt festkrallen musste, um nicht runterzufallen. Unglaublich, dass die Brücke so was jeden Tag hundertmal aushielt. Seit hundert Jahren.

»Ich möchte dich was fragen«, sagte ich, als man sein eigenes Wort wieder verstehen konnte. »Das Licht da unten? Und der Ast mit dem ganzen Zeug dran? Was ist das?«

»Da ist wohl jemand gestorben. Schätze ich mal.«

»An dieser Stelle?«

»Vor den Zug geworfen vermutlich. Wusstest du, dass es im letzten Jahr in Deutschland 872 Tote gab auf den Schienen? Also, von Leuten, die sich umgebracht haben. Und dass jeder Lokführer im Laufe seines Lebens viermal einen Menschen überfährt? Hab ich gelesen. Ist statistisch.«

»Kennst du ihn? Ich meine, den toten Menschen dort unten vom Licht.«

»Nee, kenn ich nicht.«

»Und das ist jetzt nicht gelogen? Ich meine, weil du da vorhin so lange gestanden hast?«

»Sehe ich wie 'ne Lügnerin aus?«

»Schon ... ich weiß nicht ... vielleicht ein bisschen ... also, du siehst zum Beispiel jetzt nicht wie eine Friseurin aus. Würde ich sagen.«

»Wieso denn nicht?«

»Weil ich noch nie eine Friseurin gesehen hab, die so einen Haarschnitt hatte. Also, ich meine, die so überhaupt keinen Haarschnitt hatte.«

»Okay, das war gelogen.«

»Und warum dann ausgerechnet Friseurin? Und nicht irgendwas Cooles?«

»Weil ihr in euren behüteten, vornehmen Villenvororten dann nicht nachfragt. Deswegen. Weil euch Friseurinnen nicht interessieren.«

»Du willst nicht, dass man sich für dich interessiert?«

»Ich weiß nicht ... Auf jeden Fall will ich nicht, dass man nachfragt, wenn ich mal lüge.«

»Darf ich dich trotzdem noch was fragen?«

»Tust du doch eh schon die ganze Zeit.«

»Also, deine Mutter. Wenn sie jetzt kein Nagelstudio hat, was macht sie dann?«

»Sie lebt nicht mehr.«

»Und dein Vater?«

»Auch nicht.«

»Ehrlich jetzt?«

»Wenn ich's dir sage.«

»Was ist denn passiert?«

»Ich will nicht darüber sprechen.«

»Okay ... natürlich ... das ist hart ...«, sagte ich.

»Ja ... ich weiß«, antwortete Kati, und da hätte ich sie am liebsten umarmt, wenn ich mich denn getraut hätte, weil man in dem gelben Licht des Containerterminals richtig sehen konnte, wie sie mit ihrem ganzen Gewicht einsackte in so einem Morast aus Traurigkeit. Ging aber gar nicht mit dem Umarmen auf diesem blöden Brückenbogen, weil wir uns ja breitbeinig gegenübersaßen. Immerhin schaffte ich es, nach ihrem Arm zu greifen. Er war glatt und leicht und trocken und lag kraftlos in meiner Hand wie so ein angespültes, ausgeblichenes Stück Treibholz am Strand. Ich strich ihr über die Hand. Kati ließ es einfach geschehen.

Irgendwann hatte es Kati dann ganz eilig gehabt. Als hätte sie einen plötzlichen Einfall oder so was. »Ich muss hier runter«, sagte sie, und dann kletterte sie die Leiter nach unten und lief auf den Schienen wieder in Richtung Bahnhof und ich lief wie ein Hund hinter ihr her. Auf halber Strecke meinte sie: »Wir sehen uns ...«, und dann sprang sie ohne ein weiteres Wort von den Gleisen und verschwand zwischen zwei vergammelten Güterwaggons, die hier auf einem Abstellgleis standen. Zwei Schritte ins Dunkel und schon war von ihr nichts mehr zu sehen.

»Hallo ...«, sagte ich nach einer Weile.

Aus der Dunkelheit kam keine Antwort. Ich hörte das Knacken von dürren Ästen. Dann war es still. Also, so still, wie es in einer Stadt eben sein kann. Ich glaube, ich stand eine Ewigkeit da wie ein Vollidiot, dann warf ich einen Blick hinter die beiden Waggons. Wo das Licht hinfiel, sah es aus wie überall an den Rändern der Gleise: schüttere Sträucher und zerknüllte Papiertaschentücher und verbeulte Dosen und ein Milchkarton, der schon ganz verblichen war. Ein schmaler Pfad führte durch ein Brombeergestrüpp und verlor sich im Dunkeln. Wahrscheinlich hatte sich Kati auf ihm aus dem Staub gemacht. Ich tastete mich durch die Hecke, aber nach wenigen Schritten hatte ich mich schon so sehr in den Dornen verfangen, dass ich den Rückzug antreten musste. Keine Chance, sich ohne Licht durch die Brombeeren zu wühlen.

Ich muss gestehen, dass ich das alles überhaupt nicht verstand. Hatte ich irgendwas Falsches gesagt? Noch vor ein paar Minuten war doch alles so nah und richtig gewesen. Unendlich traurig natürlich, aber eben auch echt, und plötzlich, von einem Moment auf den anderen, existierte ich wieder nicht mehr für sie.

Eigentlich hätte ich übel sauer sein müssen deswegen. War ich aber nicht. Ich schätze mal, weil ich überhaupt nicht sauer sein konnte auf sie. Ich machte mir auch keine Sorgen oder so was, weil sie sowieso nicht der Typ war, um den man Angst hatte. Ich verstand es nur nicht und das konnte ich überhaupt nicht aushalten in diesem Moment, und deshalb brauchte ich jemand, der mir das alles erklären konnte. Dringend. Der Einzige, der mir einfiel, war Sascha, der Kati besser zu kennen schien als jeder andere hier.

Auf dem Bahnhof konnte ich ihn allerdings nirgends entdecken. Weder ihn noch Rico noch einen von den anderen, die ich in der Spießerwohnung getroffen hatte. Es war mittlerweile Viertel nach zwölf, und die Bahnhofshalle war ziemlich leer, bis auf ein paar Vorstadtjungs, die darauf warteten, dass die letzte S-Bahn sie nach Pinneberg oder Norderstedt oder Wilhelmsburg fuhr. Auch meine letzte Bahn würde in zehn Minuten Richtung Blankenese abfahren und danach gab es nur noch den Nachtbus einmal pro Stunde, und deshalb war es auch der totale Schwachsinn, dass ich mich trotzdem nicht in den Zug setzte, sondern mit der U2 zu Saschas Spießerwohnung fuhr. Um diese Zeit konnte ich da sowieso nicht mehr klingeln. Dachte ich. Aber einfach nach Hause zu fahren war eben auch nicht möglich für mich.

Seltsamerweise brannte im Wohnzimmer mit den Grünpflanzen immer noch Licht. Alle anderen Fenster des Wohnblocks waren schon dunkel. Manchmal konnte man von unten den Schatten eines Menschen erkennen, der durch das Zimmer lief.

Unschlüssig stand ich auf der Rasenfläche herum. Klingeln ging irgendwie nicht, weil ich den Namen nicht kannte und weil ich nicht wusste, welche Wohnung zu welchem Klingelschild gehörte. Also begann ich nach kleinen Steinen zu suchen, mit denen man keine Scheibe einwerfen konnte und die trotzdem groß genug waren, dass man sie in der Wohnung hörte.

Schon nach dem zweiten Treffer riss ein Mann oben den Fensterflügel auf und starrte herunter. Es war so ein moderner mittelalter Spießertyp, mit geföhnten Haaren und sauber gemähtem Fünftagebart und einem engen Strickjäckchen über dem Poloshirt. Wahrscheinlich trug er auch noch solche Golfslipper mit Bommeln drauf. Und er hatte sich das Hemd in die Hose gesteckt. Das konnte man aber nicht sehen von unten.

»Hallo?«, rief er herunter.

»Äh …«, sagte ich, »… also … ist Sascha vielleicht zu sprechen? Vielleicht?«

Der Mann im Fenster drehte sich ziemlich abrupt wieder ins Zimmer. »Tausendmal hab ich dir gesagt, dass ich nach Feierabend keinen von deinen Typen hier sehen will«, hörte ich seine genervte Stimme. »Ist das so schwer zu kapieren?«

»Alter, chill ma'«, antwortete eine Stimme, die ganz klar zu Sascha gehörte. »Ich hab echt keine Ahnung, wer da unten jetzt steht. Zu mir gehört er jedenfalls nicht. Meine Leute wissen, dass sie hier nachts nicht auftauchen sollen.«

»Ich will aber nicht chillen … und bleib gefälligst hier, wenn ich mit dir rede … du … du mieser, kleiner Verbrecher«, schrillte der Mann, und dabei überschlug sich die Stimme und danach hörte man eine Türe knallen und dann ging das Licht im Treppenhaus an.

»Ach, du bist das ...«, sagte Sascha, als er lässig aus der Haustür trat.

»Ehrlich, das wollt ich nicht«, antwortete ich, »dass ihr euch streitet ... tut mir echt leid.«

»Mach dir ma' keinen Kopf ... der justiert sich schon wieder. Am Ende tut er sowieso, was ich will.«

»Sicher?«, fragte ich.

»Sicher, der ist verliebt.«

»Und du? ... Bist du auch verliebt?«

»Alter, ich bin doch nicht schwul«, sagte Sascha und legte seinen Arm auf meine Schulter, und dann schlenderten wir zusammen runter zu einem Kanal, wo es einen Grünstreifen gab mit Kinderspielplätzen und Bänken und einem breiten Wanderweg mit einem Geländer zum Wasser. Am Tag fütterten hier wahrscheinlich irgendwelche Rentner die Enten und die Mütter rollten mit ihren Kinderwagen über den Kies. Auch jetzt drückten sich noch ein paar Gestalten zwischen den Büschen herum. Dabei war Mitternacht längst schon vorüber.

Wir hockten uns auf die Lehne einer Bank und starrten auf das schmutzige Wasser. Am gegenüberliegenden Ufer war eine Schute vertäut, in der sich jede Menge Müll befand: verrostete Einkaufswagen, Fahrräder voller Schlamm und so ein Zeug. Wahrscheinlich räumte die Stadt gerade wieder die Kanäle aus. Das machte sie jedes Jahr.

Sascha zündete zwei Zigaretten an und reichte eine zu mir herüber.

»Ich rauche nicht«, sagte ich.

»Jetzt schon«, befahl er in einem Ton, dass ich nicht mal auf die Idee kam, mich dagegen zu wehren. Es war der erste Zug meines Lebens und ich musste nicht husten oder so was, aber ein angenehmes Gefühl war es auch nicht. Als wäre da eine eingebaute Sperre vor meiner Lunge. Und was die Leute mit »Geschmack« meinen, konnte ich auch nicht verstehen. Zigaretten schmecken nach original überhaupt nichts. Nicht einmal rauchig. Nach dem vierten oder fünften Zug wurde mir langsam schummrig.

»Seit einem Jahr ...«, murmelte Sascha, ohne mich anzusehen »... muss man sich mal vorstellen ... schon ein ganzes verkacktes Jahr ... so eine brutale Scheiße.«

»Was meinst du?«, fragte ich.

»Das willst du nicht wissen ...«

»Bitte ...«, sagte ich, aber Sascha starrte nur weiter geradeaus und saugte an seiner Zigarette, dass die Glut aufleuchtete und bis sich ein Mann aus der Dunkelheit löste und langsam den Weg herunterkam. »Na, ihr beiden Hübschen«, flötete er, »habt ihr vielleicht etwas Feuer für mich?«

»Verpiss dich, du Schwuchtel«, sagte Sascha.

»Ich ... ich wollte doch nur ...«, stotterte der andere, und da kletterte Sascha von der Lehne herunter und baute sich vor ihm auf, sodass sein Kopf den des anderen fast berührte.

»Was wolltest du?«, fragte Sascha. »He? Ficken? Oder was? Du Arschloch?«

»Nein ... also, bestimmt nicht«, stammelte der Mann, und im selben Moment schnellte Sascha mit seinem Körper nach hinten und hämmerte ihm die Faust ins Gesicht, und das ging so schnell, dass ich praktisch nur noch dieses fiese, dumpfe Klatschen hörte. Klang, als würde jemand volle Baracke mit einem Vorschlaghammer gegen einen Holzbalken hauen. Der Typ knickte zu Boden, als hätte man ihm die Beine weggezogen. Sah aus wie eine Kuh im Schlachthof, das hatte ich mal bei einer Reportage für unsere Schülerzeitung gesehen: Da hatte der Schlachter das Bolzenschussgerät an die Stirn eines Bullen gehalten und mit dem Schuss waren dem Vieh sofort die Beine weggeknickt, und für eine Millisekunde war es quasi waagrecht in der Luft gehangen, bis es tot auf den Boden krachte. So ähnlich sah das auch aus.

Nur dass der Mann gleich wieder hochtorkelte und sich mit dem Handrücken über die Lippen wischte. Von seiner Nase lief ein Faden Blut bis zum Kinn. Und unter dem Auge war eine Schwellung, die das ganze Gesicht verzerrte.

»Du ... ich ... ich ... ruf die Polizei«, stammelte er, »du blödes Arschloch ...«

»Mach mal«, antwortete Sascha, »die freuen sich über jeden Typen, der minderjährige Jungs belästigt.«

»Ich hab euch doch gar nicht belästigt«, sagte der Mann, aber dann griff er trotzdem nicht zu seinem Mobiltelefon, sondern verschwand wieder zwischen den Büschen.

Ich selbst war wahrscheinlich blass wie ein Eimer Gips. Meine Hände zitterten und ich hätte es auch garantiert nicht mehr geschafft, gerade zu stehen. So weich waren meine Beine. »Alter, wie krass bist du denn drauf?«, stammelte ich. »Der hat dir doch gar nichts getan. Also, überhaupt gar nichts.«

»Ich kann Typen nicht ab, die einen so verlogen anlabern von der Seite.«

»Vielleicht wollte er wirklich nur Feuer.«

»Logisch«, antwortete Sascha, und dann erzählte er, dass hierher die Männer kamen, denen die Szene am Bahnhof zu abgefuckt war, und dass er genau auf dieser Bank den Mann kennengelernt hatte, dem die Spießerwohnung gehörte. Damals hatte Sascha mit einem anderen Freund hier gesessen, und dann war dieser Typ erschienen und hatte ihm fünfzig Euro geboten, wenn er sich ausziehen würde für ihn. Ohne anfassen oder so. Nur das Hemd und die Hose.

Is' ja ganz leichtes Geld, hatte Sascha damals gedacht und war ihm gefolgt, und seitdem wohnte er eben mit diesem Mann zusammen. Mehr oder weniger.

»Bekommst du immer noch jeden Tag fünfzig Euro?«, fragte ich.

Sascha schüttelte den Kopf. »Aber ich darf bei ihm wohnen, und wenn er nicht da ist, können meine Freunde dort schlafen und duschen und so 'n Zeug. Das ist der Deal.«

»Essen auch?«

»Manchmal kocht er für mich. Und dann zahlt er noch meine Krankenkasse.«

»Krankenkasse? Das ist ja schräg. Echt jetzt?«

»Wenn ich dir's sage.«

»Und dafür musst du nicht mal richtigen Sex machen mit ihm?«

»Nein«, sagte Sascha und schaute wieder über das Wasser, und ich war mir ehrlich gesagt nicht so sicher, ob er wirklich die Wahrheit erzählte.

»Klingt doch voll nett«, meinte ich.

»Ich weiß.«

»Und warum bist du dann so aggro und haust dem Mann einfach mal die Faust ins Gesicht? Ich versteh's nicht.«

»Ich versteh's auch nicht«, antwortete Sascha. Dann federte er von der Bank und ich wankte mit weichen Beinen hinter ihm her. Immer den Kanal entlang, Richtung Innenstadt. Vorbei an diesen Monstervillen, an denen immer so ein poliertes Schild eines Rechtsanwalts oder einer Consultingfirma klebte. Oder wenigstens der rote Lampenkegel von einer Alarmanlage. Um diese Zeit gab es kein einziges erleuchtetes Fenster mehr. Bestimmt war es schon drei Uhr oder so. Auch auf den Straßen kam jetzt kaum noch ein Auto. Nur über die große Kreuzung an der Binnenalster, wo sich die Straße teilt und runter in den Tunnel oder rauf zum Bahnhof führt, rollte noch etwas Verkehr.

Sascha hatte auf dem Weg kein einziges Wort mehr gesprochen, und ich hatte Angst gehabt, ihn nach Kati zu fragen, weil er die ganze Zeit wie so ein Stier mit gesenktem Kopf marschiert war. Als würde er dem Nächsten, der ihn anquatschte, sofort auf den Kopf hauen wollen. Vielleicht war er auch nur auf Entzug und brauchte irgendeine von seinen Drogen.

Neben der Kreuzung kletterten wir dann die schräge Fläche zur Kunsthalle rauf. War bestimmt zehn Meter polierter Granit und richtig steil, und zehn Meter weiter führte eine Treppe nach oben, aber irgendwie wollte Sascha genau an dieser Stelle hoch. Oben kletterten wir über das Geländer und schauten runter zur Kreuzung, und dann sagte Sascha: »Bleib mal kurz da«, und rutschte die Fläche wieder hinunter. Er schlenderte auf die Kreuzung, ohne nach rechts oder links zu sehen, und plötzlich legte er sich einfach auf den Asphalt. Mitten drauf, flach, mit dem Kopf auf einem Arm, als wäre das der perfekte Platz, um zu schlafen.

Die Straße hatte sechs Spuren hier und von der anderen Seite mündeten noch mal fünf. Tagsüber herrschte eigentlich immer Stau, aber um diese Zeit donnerten die Taxis mit mindestens achtzig über die Ampel.

»Sascha«, brüllte ich, so laut ich nur konnte, »komm da runter, du Idiot«, aber ich schätze, dass er mich gar nicht hörte oder nicht hören wollte, jedenfalls hob er bei meinem Geschrei nicht mal den Kopf. Er bewegte sich auch nicht, wenn ein Auto auf ihn zuraste und im letzten Moment einen Schlenker machte. Manchmal verfehlte es seinen Kopf nur um wenige Zentimeter.

Das war echt erschütternd: Kein einziger Fahrer hielt auf der Kreuzung an, um nach der Gestalt auf dem Boden zu schauen. War denen völlig egal, ob da einer krepierte. Genauso egal, wie es offenbar Sascha war. Also flankte ich auch über das Geländer und rutschte, so schnell ich konnte, die Schräge hinunter. Dann rannte ich auf die Kreuzung und wedelte wild mit den Armen, damit mich auch jeder sah.

»Tickst du jetzt völlig aus?«, schrie ich, als ich Sascha erreichte.

»Möglich«, antwortete er und grinste. »Glauben sowieso alle, dass ich nicht ganz dicht bin im Kopf.«
»Glaube ich langsam auch.«
»Dann pass mal auf«, sagte er und zog mir blitzschnell die Füße weg, sodass ich ungebremst auf seinen Körper klatschte. »Halt still«, flüsterte er und drückte mich mit eiserner Kraft zu Boden. Ich hatte überhaupt keine Chance, mich aus der Umklammerung zu befreien. »Ganz ruhig«, sagte er, »ganz ruhig, sonst kannst du es gar nicht spüren.«
»Was denn spüren, zum Teufel?«
»Dieses Gefühl ... Alter, entspann dich ... und schau auf die Autos.«

Es war absolut furchterregend: Ich lag wie eine Flunder auf dem Asphalt, und die Autos kamen direkt auf uns zu und wurden wahnsinnig schnell monstergroß, als wären sie Riesendampfwalzen oder so was, und jedes Mal wieder sah es so aus, als würde das Auto einen gleich zermatschen, aber dann knallte es doch wieder nur knapp an unseren Köpfen vorbei.

Ich schrie wie am Spieß, glaube ich jedenfalls, das war richtige Todesangst, ganz, ganz furchtbar, aber Sascha hatte überhaupt kein Erbarmen. »Schau hin«, jubelte er, »schau hin! Is' das geil, oder was?«

»Hör auf«, schrie ich. »Lass mich los ... sofort ... Du bist so krank ... Scheiße ... Was, wenn da einer pennt von den Fahrern?«

»Tun die nicht.« Sascha lachte, bis plötzlich ein silber-blauer Mercedes auftauchte und mit quietschenden Reifen vor uns zum Stehen kam. Auf seinem Dach begann sich ein Blaulicht zu drehen.

»Lauf«, schrie Sascha, noch bevor sich die Fahrertür richtig geöffnet hatte. Mit einem Sprung stand er senkrecht und dann sprintete er rüber zur Schräge. Ich lag immer noch auf dem Asphalt. Unfähig zu reagieren. Einer der Polizisten rannte hinter Sascha her. Aber er hatte überhaupt keine Chance. Sascha turnte wie ein Gibbon auf allen vieren die Granitplatten hoch und der Polizist rutschte mit seinen schweren Lederschuhen immer wieder herunter. Mehr als zwei oder drei Schritte schaffte er nicht auf der Schräge. Zum Schluss lief er die dreißig Meter rüber zur Treppe. Da war Sascha aber schon längst über das Geländer geflankt und hinter dem Gebäude verschwunden.

Der andere Polizist hatte mich in der Zwischenzeit am Arm gepackt und wieder auf die Füße gestellt. »Habt ihr getrunken?«, fragte er.

Ich schüttelte den Kopf.

»Bist du mit einem Test einverstanden?«

Ich schätze mal, das fragte er, weil er dazu verpflichtet war, denn er hatte überhaupt kein Interesse an einer Antwort. Stattdessen hielt er mir ein Gerät unter die Nase, das aussah wie die Handys von meinem Vater: ein länglicher, viereckiger Knochen mit einem winzigen Display auf einer Seite. Am Kopfende befand sich ein Rohr aus Plastik. »Kräftig reinblasen«, meinte der Polizist. Danach schaute er ziemlich ungläubig auf das Ergebnis.

»Oder habt ihr Drogen genommen?«, fragte er. »Kokain? Crystal? Cannabis? Irgendwas?«

Ich schüttelte wieder den Kopf.

»Wir nehmen dich jetzt mit auf die Wache und machen dort ein paar Tests«, sagte er. »Wenn du konsumiert hast, kriegen wir das raus. Also sag's lieber gleich. Wir finden alles.«

»Nein ... also, bestimmt nicht«, sagte ich eifrig wie der letzte Streber in meiner Klasse. »Noch kein einziges Mal im Leben, das können Sie mir glauben, ich schwör's.«

»Natürlich, habt ihr alle nicht«, meinte der Polizist und drückte mich auf die Rückbank seines Mercedes. Der stand immer noch mit rotierendem Blaulicht auf der Kreuzung und blockierte die Einfahrt zum Tunnel. Irgendwann kam der andere Polizist wieder zurückgekeucht und zuckte schwer atmend mit seinen Schultern.

»Den einen haben wir aber«, sagte sein Kollege und deutete nach hinten zu mir. Dann wendeten sie auf der Straße und fuhren zu ihrer Wache.

12 Das Haus war so ein rot geklinkerter Achtzigerjahre-Bunker, mit blauen Fensterrahmen nach außen und einer lackierten Theke aus Schichtholz hinter der Tür. Rechts vom Eingang hingen ein paar Fahndungsplakate an der Wand mit Gesichtern, die am Computer zusammengebastelt waren und ungefähr so natürlich aussahen wie die Figuren in einem Neunzigerjahre-Computerspiel. Dann kam wieder ein Fenster mit blauen Rahmen und daneben eine Glastür, die sich erst öffnete, als jemand von innen den Summer bediente.

Der Flur dahinter war ewig lang, und ganz am Ende gab es eine Kammer, die komplett weiß gekachelt war. Wände, Boden, Decke. Sogar das Bett in der Ecke war nur ein gekachelter Klotz ohne Matratze. Kein Stuhl, kein Tisch, keine Fenster. Nur noch ein Klo aus Edelstahl, das im Boden eingelassen war. So eines zum Hocken, mit zwei Tritten, auf die man seine Füße stellen muss, und einem winzigen Loch in der Mitte. Wie auf den Raststätten in Frankreich oder Serbien oder so, wo man schon vom Hinschauen Bazillen kriegt und sich mein Darm immer automatisch verriegelt.

Dieses Klo war aber sauber wie ein Topf aus der Spülmaschine. Der Polizist gab mir einen kleinen Plastikbecher mit rotem Deckel, in den ich pinkeln sollte, und währenddessen blieb der Polizist im Raum und ich durfte ihm nicht mal den Rücken zudrehen. Hat schon mal ewig gedauert, bis bei mir überhaupt etwas kam. Und dann waren es auch nur ein paar kümmerliche Tropfen.

»Reicht«, sagte der Polizist. Dann verschwand er mit dem Becher und schloss die Tür hinter sich. Von innen hatte sie keine Klinke. Eine Ewigkeit lang passierte nichts. Ich lag auf dem gekachelten Klotz und dachte an Kati. Wie ihre starke, verschmutzte Schlägerhand voller Schrammen oben auf der Brücke in meiner gelegen hatte und dabei so zart und warm und kraftlos gewesen war, dass ich meine Finger am liebsten nie wieder geöffnet hätte. Was für eine verrückte Nacht. In den letzten Stunden hatte ich mehr erlebt als in den vergangenen fünfzehn Jahren. Wahrscheinlich hatte ich das Leben noch nie so intensiv gespürt. Viel intensiver als der intensivste Moment auf meinen Fotos.

Irgendwann kam der Polizist mit einem zweiten Mann wieder rein. Der spannte ein Gummiband um meinen Oberarm, stach eine Nadel unter die Haut und zapfte etwas Blut aus der Vene.

Dann verließen die beiden Gestalten wieder den Raum und es passierte eine Weile nichts, bis wieder ein Mann den Raum betrat und sich neben mich auf die Kacheln setzte. Er sah ein bisschen aus wie der Fußballtrainer Streich aus Freiburg, der sich im Fernsehen immer so wunderbar aufregt. Kurze graue, zerzauste Haare und ein graues Kapuzenshirt.

»Ich komme vom Zentralen Psychologischen Dienst der Polizei und bin hier, weil ich dir helfen will«, sagte er. Seine Stimme war schmierig und samtig wie – ich weiß nicht –, wie so ein dicker, ranziger Teppichboden in einem verdreckten Motel. Auf den ersten Blick weich und flauschig, aber dann auch wieder so eklig, dass es einem sofort die Nackenhaare aufstellt.

»Du kannst hier alles erzählen ... Ganz egal, was dir so einfällt«, ölte er.

»Was soll mir denn einfallen?«, fragte ich.

Darauf gab er mir keine Antwort. Stattdessen legte er seinen Arm auf meine Schulter. Ich schätze, dass er nicht merkte, wie ich innerlich quasi versteinerte.

»Wie heißt du?«, fragte er nach einer langen Pause.

»Albert«, antwortete ich.

»Sehr schön«, sagte er und drückte mich ein bisschen und nickte, als wäre die Diagnose damit schon mal geklärt.

»Also, Albert ... mein Freund ... auch wenn es dir im Moment nicht so vorkommt: Jede finsterste Nacht wird irgendwann wieder der aufgehenden Sonne weichen.«

»Aha?«

»Was dir gestern noch wie der letzte Tag eines ausweglosen Lebens erschien, wird für dich schon bald der erste Tag deines neuen, wunderbaren Lebens sein, wenn du darauf zurückblickst.«

»Ich fühl mich aber nicht ausweglos.«

»Magst du vielleicht erzählen, was dich bedrückt?«

Ich schaute ihn fragend an.

»Lass dir ruhig Zeit, Albert. Das ist wirklich in Ordnung.«

»Mit was soll ich mir Zeit lassen?«

Die nächsten Minuten verbrachten wir wieder schweigend nebeneinander. Sein Arm auf meiner Schulter wog mindestens eine Tonne.

»Was wäre dein größter Wunsch?«, fragte er schließlich.

»Mein größter Wunsch? Jetzt im Moment? ... Keine Ahnung ... vielleicht ... dass ich endlich rauskomme aus dieser gekachelten Scheiße?«

»Sehr gut«, sagte der Psycho-Mensch. »Sehr gut, Albert, das ist ein sehr guter Wunsch. Aber vielleicht hast du noch etwas anderes, was dir besonders wichtig ist? Etwas, wie soll ich sagen, was dich noch mehr berührt.«

»Dass Sie vielleicht den Arm wegnehmen von meiner Schulter?«

Da klang seine Stimme dann gleich viel weniger ölig. »Ich rede von etwas Existenziellem«, meinte er.

Ich dachte nach. Welche Antwort würde so einem zentral-psychologischen Menschen gefallen? Gutes Zeugnis vielleicht? Oder dass die Eltern wieder zusammenfinden? Dass es mit Kati klappt?

»Also, ich bin jetzt nicht verzweifelt oder so was«, sagte ich noch einmal. »Und ich wollte mich ganz bestimmt auch nicht umbringen auf der Straße. Falls Sie das meinen.«

»Was war denn sonst dein Plan?«

»Also, da lag nur dieser Junge auf der Straße. Ich wollte ihm wirklich nur helfen, mehr war da nicht.«

»Das ist schade, Albert«, seufzte der Psychologe. »Wirklich sehr schade. Dass du dich so wenig öffnest.«

Trotzdem reichte er mir seine Visitenkarte. »Wenn du wieder einmal nicht weiterweißt und alles ausweglos scheint, dann kannst du mich jederzeit unter dieser Nummer erreichen. Tag und Nacht. Bevor du noch einmal etwas Dummes tust. Versprichst du mir das?«

»Danke, das ist aber sehr nett von Ihnen«, sagte ich so wohlerzogen wie möglich und schnippte die Karte hinter seinem Rücken in das Franzosenklo. Dort verfehlte es leider das Loch und landete auf einem der Tritte, und ich betete, dass der Psycho-Mann nicht hinschaute und mich danach extralange hier schmoren ließ. Tat er dann aber nicht. Ich durfte mit ihm den gekachelten Raum verlassen und danach fuhr er mich zu meinem Vater. Als er an unserer Pforte klingelte, war es vielleicht morgens um sechs.

Mein Vater gehört zu jenen Menschen, die aus dem Schlaf von einer Sekunde zur nächsten in den Denkmodus schalten können, und deshalb dauerte es ungefähr drei Sekunden, bis er oben am Haus in der Türe stand.

Wenn ich vom psychologischen Dienst wäre, hätte ich mir wahrscheinlich jetzt auch Gedanken gemacht. Mein Vater ist nämlich ein sehr rationeller Mensch, der seine Zeit nicht mit unnützem Kram vergeudet. Morgens krempelt er sich zum Beispiel nur das Pyjamahemd über den Kopf und lässt es auf den Boden rutschen, so wie es ist, und am Abend schlüpft er genauso wieder hinein, ohne es umzudrehen. Das spart ihm pro Tag eine halbe Minute. Macht zusammen fünfzehntausend Minuten im Leben, die man sinnvoller nutzen kann. Sagt er. Und das ist der Grund, warum er das Hemd einmal rechtsherum trägt und am nächsten Tag linksherum, immer im Wechsel.

Heute war offensichtlich ein »linker« Tag. Die dazugehörende Hose benutzte er auch nicht, weil ihm das Hemd bis an die Knie reichte. Jetzt endeten seine blanken Beine in den verdreckten Gartenstiefeln, die er immer neben dem Eingang parkt. Zum Reinschlupfen, damit man sich bloß nicht bücken muss. So watschelte er runter zur Gartenpforte. Man konnte richtig sehen, wie sich die Synapsen des Psychologen in diesem Moment verbanden. Ich schätze, er hielt die ganze Familie für klinisch bekloppt.

»Wir haben Ihren Sohn gefunden!«, sagte er mit drei Ausrufezeichen in seiner Stimme.

»Recht vielen Dank«, meinte mein Vater.

»Er lag mitten auf einer Kreuzung!«

»Oh ... na ja ... da mussten Sie ja nicht lange suchen.«

»Dürfte ich vielleicht kurz mit hineinkommen, damit wir die nächsten Schritte besprechen?«

»Äh ... nein, dürfen Sie nicht«, sagte mein Vater, öffnete die Pforte für mich und schloss sie hinter mir wieder. Zusammen gingen wir die wenigen Stufen zur Eingangstür hoch. Da stand der Psychologe immer noch regungslos auf der Straße wie eine Mülltonne vor der Leerung.

Mein Vater schaute mich prüfend an. »Stehen wir vor einem Abgrund?«, fragte er mich. »Muss ich mir ernsthafte Sorgen machen?«

»Es ist nichts«, antwortete ich, »ich schwör's.«

»Du hast sechzehn Jahre lang nicht mal einen blauen Brief bekommen. Und jetzt liefert dich die Polizei zweimal in einer Woche zu Hause ab?«

»Papa, es ist wirklich nicht so, wie es aussieht.«

»Du würdest mir doch sagen, wenn etwas wäre?«

»Schätze schon ...«

»Hat es vielleicht mit deiner Freundin vom Bahnhof zu tun? Wie hieß sie noch gleich?«

»Kati. Sie heißt Kati. Und sie ist nicht meine Freundin.«

»Aber sie ist der Grund für diese ... sagen wir ... seltsamen Zufälle?«

»Papa, es war echt nur ein Missverständnis. Da gibt's wirklich nichts, über das du dich sorgen musst.«

»Na denn, wenn ich mir keine Sorgen machen brauche, mach ich stattdessen mal lieber Frühstück.«

Wie gesagt: Obwohl mein Vater nicht so aussieht, ist er trotzdem manchmal ein richtig lässiger Hund.

13

Das Problem war: Ich hatte immer noch keine Idee, warum sich Kati so seltsam verhielt. Und wohin sie verschwunden war. Drei Tage lang trieb ich mich jede freie Minute auf dem Bahnhof herum, um nach ihr zu suchen, auch wenn es ziemlich peinlich ist, wenn man einem Mädchen hinterherkriecht wie ein Junkie dem Stoff. Das muss schon eher zufällig aussehen, finde ich, und deshalb ist das Fotografieren auch immer so praktisch. Da kann man in jede Ecke schauen und man sieht trotzdem nicht uncool aus. Sondern so, als wäre man gerade total wichtig beschäftigt.

Kati bekam ich aber auch so nicht zu Gesicht. Ich patrouillierte stundenlang auf den Bahnsteigen herum. Ich wartete einen halben Tag bei McDonald's, bis die gelangweilte Achtzehnjährige mit den rasiermesserscharfen Augenbrauen an meinen Tisch kam und fragte, wo denn »mein süßer Freund« geblieben sei. Aber auch Sascha ließ sich nach seiner Aktion auf der Kreuzung nicht sehen. Tagsüber war er nicht in seiner Spießerwohnung. Das hatte ich schon versucht. Auch die Drogen-Büroruine war leer gewesen. Und um abends bei ihm zu Hause vorbeizugehen, fehlte mir mittlerweile der Mut.

Am dritten Tag kletterte ich auf das alte Stellwerk. Natürlich saß Kati dort nicht auf dem Dach. Also lief ich weiter über die Gleise zu den beiden Güterwaggons, zwischen denen sie damals verschwunden war. Es war ein strahlender, warmer Tag und hinter den Waggons roch es ziemlich hart nach Verwesung. Wie wenn zu Hause unsere Mülltonne stundenlang in der Sonne brütet. Ich folgte dem Pfad durch die Brombeerhecke. Er schlängelte sich in wilden Bögen durch das Gestrüpp wie ein Fluss vor der Mündung. Dahinter kam eine lichtere Stelle mit kümmerlichen Birken, die sich mühsam durch den Schotter kämpfen mussten. Und dann ging die Schotterhalde ein paar Meter runter. Sie endete vor dem Zaun eines Gebrauchtwagenhändlers.

Es war keiner von dieser Sorte, der Glitzergirlanden über den Fuhrpark spannt und jeden Tag seine Autos poliert. Eher so die Libanon-Fraktion, die ausrangierte Autos in den Nahen Osten verschifft. In der hintersten Reihe am rückwärtigen Zaun sahen die Autos aus, als hätten sie ihr mobiles Leben seit Jahren schon hinter sich. Galt wohl auch für die beiden vergammelten MAN-Kipplaster am Zaun. Und den verrosteten Kran daneben. Und das Motorboot in der rechten Ecke, das früher wahrscheinlich mal weiß und glänzend gewesen war. Jetzt hatte sich so ein stumpfer graugrüner Belag über den Rumpf gelegt. »Zottel« stand in total verwitterten Buchstaben am Heck. Konnte aber auch »Trottel« heißen. Oder »Lotte 1«. Vermutlich hatte sich in den letzten zehn Jahren kein Mensch mehr in diesen Teil des Geländes verirrt.

Ich schaute unschlüssig in beide Richtungen. Dann kämpfte ich mich rechtsherum am Zaun entlang, bis ich eine Straße erreichte. Dort gab es noch mehr Gebrauchtwagenhändler und ein paar kleinere Speditionen und Autoschilderbaracken und ein Areal für gebrauchte Container. Linksherum am Zaun landete ich auf derselben Straße, nur einhundert Meter weiter.

Kati konnte überall sein. Oder eigentlich nirgends. Ich hatte keine Idee, wo ich hier nach ihr suchen sollte. Ich ging zurück auf die Gleise und lief wenigstens noch zur Eisenbrücke über die Elbe. Aber dort war sie natürlich auch nicht. Nur in der Laterne brannte jetzt eine neue Kerze. Niedergeschlagen schlich ich zurück zum Bahnhof und fuhr nach Hause. Ich begann, mir echte Sorgen zu machen. So, dass ich die ganze Nacht in mein schwarzes Zimmer starrte und mir die schrecklichsten Dinge ausmalte, ich konnte mich gar nicht dagegen wehren. Ich stellte mir vor, wie sie sich den Fuß eingeklemmt hatte in ihrem Versteck und sich nicht mehr befreien konnte und einfach verhungern würde, es sei denn, sie würde sich den Fuß selbst amputieren. Wie in diesem Film, bei dem sich jemand selbst den Arm amputiert. Oder dass sie doch was mit Drogen zu tun hatte und jetzt mit einer Überdosis irgendwo lag, wo keiner sie fand. Oder dass irgend so ein Sadist sie in seinem Keller gefangen hielt. Oder dass sie von der Brücke gesprungen war und ihre Leiche jetzt im Hafen gegen eine Kaimauer schwappte.

Solcher Schwachsinn waberte durch mein Hirn, ohne dass ich ihn bremsen konnte, aber dann dachte ich auch wieder, dass sie mich einfach nur hasste, weil ich oben auf der Brücke so schmierlappenmäßig nach ihrer Hand gegriffen und die Situation ausgenutzt hatte. Wo sie doch gerade so traurig gewesen war. Sonst wäre sie ja auch nicht ohne ein Wort zwischen den Güterwaggons verschwunden.

Am nächsten Tag schaute ich dann am Bahnhof wirklich in die hintersten Winkel. Ich kletterte im zweiten Stock der Wandelhalle auf die Dächer der Pavillons und von dort durch ein Fenster hinter die hundert Jahre alte Glasverkleidung, die die Wandelhalle vom Verwaltungsgebäude trennt. Dass sich dieses Fenster öffnen ließ und sich dahinter zwischen Glas und Mauerwerk ein Spalt von ungefähr einem Meter Breite befand, hatte ich mal auf einem von meinen Fotos gesehen. War aber eine Sackgasse, dieser

Spalt. Keine Tür, kein Gang, nur ein paar mumifizierte Taubenkadaver.

Als Nächstes hangelte ich mich eine der vielen Feuerleitern in der Wandelhalle nach oben. Vielleicht gab es dort irgendein Versteck, das man von unten nicht sah. Weil es Kati doch liebte, immer hoch über den Dingen zu sein. Alle zehn Meter war hier so eine Leiter und sie waren alle umgeben von einem runden Käfig. Damit man nicht abstürzen konnte oder so.

Wenn man oben ankam, gab es aber auch keine Verstecke. Die Leitern endeten alle im Nirgendwo. Hörten einfach auf unter der Decke, keine Ahnung, welchen Sinn das ergab.

Aber der Blick nach unten war absolut irre. Das totale Gewimmel. Als würde man in eine Dose voll Maden schauen. Ich konnte es nicht lassen und machte einige Bilder. Dann kletterte ich, so schnell es ging, wieder hinunter, weil es bestimmt irgendwelche Kameras gab, die mich schon längst in ihrem Fokus hatten.

Mein nächster Gedanke war, an der U-Bahn-Station Hauptbahnhof Nord über den Zaun zu steigen. Dort fuhr normalerweise die Linie 2, aber daneben gab es noch eine andere Röhre, die die Stadtplaner vor vielen Jahren angelegt hatten, falls Hamburg dort mal eine vierte U-Bahn-Linie bekommt. Ist aber nie passiert. Jetzt war der Tunnel mit einem zwei Meter hohen Gitter gesichert.

Natürlich waren auch hier wieder Kameras an der Decke. Aber es gab einen Pfeiler vor dem Zaun, hinter den die Linsen nicht blicken konnten. Das Gitter war glatt und so eng, dass ich die Füße senkrecht kanten musste, um sie in die Maschen zu stellen. Und selbst so kam ich noch nicht richtig dazwischen. Aber als ich mit der Rolltreppe nach oben fuhr, konnte ich in drei Meter Höhe über den Zaun springen auf die andere Seite.

Der Tunnel wirkte richtig gespenstig. Soweit man das sehen konnte in dem mageren Licht, das von der Vorhalle in den Raum reflektierte. Das Teil war quasi voll eingerichtet, nur die Schienen und die Stromführung fehlten. Ansonsten war alles da: die Deckenverkleidung, die Kacheln, die Sitzbänke, sogar Plakate klebten dort an den Wänden. Alles original gestrig. Welchen Sinn konnte es machen, Werbung in einen Tunnel zu hängen, der nie in Betrieb war, fragte ich mich. Auf den Plakaten stand: »Horten ab 31. Oktober in der Mönckebergstraße 1«. Später habe ich mal im Netz nachgeschaut. Die Eröffnung von Horten war 1968.

Jetzt aber war der ganze Bahnsteig mit feinem Staub bedeckt. Wenn Kati mal hier gewesen wäre, würde man garantiert ihre Abdrücke sehen. Also war sie es nicht und Sascha auch nicht, und ehrlich gesagt hatte ich auch ein bisschen Schiss, so allein in einem dunklen, verbotenen Raum zu sein. Ohne dass man dessen Ende erkennen konnte. Zurückklettern war dann nicht mehr so einfach, weil auf dieser Seite keine Rolltreppe nach oben fuhr. Wie bescheuert war das denn? Ich brauchte bestimmt zwanzig Anläufe, bis ich es endlich geschafft hatte, aus dem Museum wieder zurück in die Gegenwart.

Am nächsten Tag hatte ich dann Fotos von Kati und Sascha dabei und wollte mich durch den Bahnhof fragen. Ich begann bei den Punkern, die mit ihren Hunden und Gitarren und Bierflaschen gerade den Westeingang des Bahnhofs belagerten. Dort, wo es rübergeht zur Spitaler Straße. Eigentlich müssten sie Kati kennen, dachte ich, weil sich doch garantiert jeder von den Jungs nach ihr umdrehte und weil Kati ein bisschen aussah wie eine Punkerin. Auch wenn sie natürlich nicht zu dem Rudel gehörte.

»Bissu Polizei?«, fragte einer von den Stachligen, als ich die Fotos in die Runde zeigte. Der Typ trug ein Hundehalsband mit Nieten und schwankte beträchtlich. Wahrscheinlich war er ziemlich betrunken.

»He, ich bin gerade mal sechzehn«, antwortete ich.

»Un'? Gib's auch Kinderpolizei.«

»Hab ich noch nie gehört.«

Der Stachlige kramte ein Feuerzeug aus seiner Hose und machte damit die nächste Bierflasche auf.

»Also, hast du sie jetzt gesehen?«

»Nee.«

»Und den Jungen?«

»Auch nich'.«

»Aber du würdest es sagen, oder? Ist echt total wichtig.«

»Für mich nich'«, meinte der andere und ließ die Fotos zu Boden segeln, und dann kam sein Hund wie eine Kampfdrohne angeschossenen und machte Konfetti aus meinen Bildern.

»Arschloch«, sagte ich zu dem Jungen. Aber da war er schon wieder mit seinem Rausch beschäftigt.

Ich ging durch die Wandelhalle auf die andere Seite des Bahnhofs. Dort fragte ich bei den Schwarzafrikanern nach und bei den Elendsgestalten, die sie umlagerten, aber alle reagierten nur schwer nervös. Keiner hatte Kati oder Sascha in den letzten Tagen gesehen. Wenn sie denn überhaupt mal zugaben, die beiden zu kennen. Es war eine seltsame, panische Atmosphäre hier. Anders als früher. Als wäre man mitten in einem Agentenfilm.

Irgendwann tauchte wenigstens das durchsichtige Mädchen mit der riesigen Narbe am Hintern auf. Sie hatte ihre Haare zu Zöpfen geflochten und trug Air Max und eine Weste aus Fell, und die Leggins waren so eng, dass man das Loch auf der Pobacke sehen konnte. Auch sie stapfte hektisch von einem zum nächsten und drehte sich pausenlos um, bis sie mich in der Menge entdeckte.

»Hey«, sagte sie. »Du bist doch der Freund von Sascha.«

»Und wer bist du?«, fragte ich.

»Mona«, sagte sie. »Ich bin die Mona.« Sie hatte einen

grauenhaften Ostakzent und blickte selbst beim Reden immer wieder über die Schulter.

»Was ist los, Mona?«, fragte ich. »Ist hier irgendetwas passiert?«

»Die Bullen machen totalen Druck. Greifen plötzlich jedes Deck ab ... frag nicht ... sind alle paranoid.«

»Was denn für 'n Deck?«

»Egal, muss dich nich' interessieren.«

»Tut es aber.«

»Alter, 'n Deck is Gift oder Base oder Yaba. Ein Trip, halt die kleinste Dosis. Früher ham sich die Bullen nur für die Dealer interessiert. Ich glaub, jetzt wollen sie die Szene austrocknen. Oder so.«

»Warum tun sie das?«

»Weiß nich'. Gab wohl richtig fettes Thai-H am Bahnhof in letzter Zeit. Hab ich gehört. Ein paar Leute ham sich fast weggeballert damit.«

»Aber nicht Sascha? Oder Kati?« Ich schätze, meine Stimme klang in diesem Moment wie der Bohrer beim Zahnarzt. Das Mädchen zuckte jedenfalls heftig zusammen.

»Sascha raucht das Zeug nur, da kannste dir schlecht 'ne Überdosis reinziehen.«

»Und Kati?«

»Weiß nich'. Hab wenig zu tun mit ihr.«

»Und du, was ist mit dir?«

»Ich bin clean«, sagte sie, aber ich schätzte, dass es gelogen war, so wie sie die ganze Zeit über die Schulter gierte und gar nicht richtig zuhören konnte und zitterte, als wären wir mitten im Winter und hätten nicht ungefähr dreißig Grad.

»Hast du Sascha gesehen?«, fragte ich.

»Schon länger nich'«, antwortete sie, und dann lief sie plötzlich weg, zu einem Typen, der keiner von diesen modischen Afrikanern war, sondern so ein verbrauchter, tätowierter Zuhältertyp mit langen Haaren. Das Mädchen näherte sich ihm wie ein ängstlicher Hund, der mit eingeklemmtem Schwanz um ein bisschen Zuneigung bettelt. Geduckt und vorsichtig, als würde sie damit rechnen, jederzeit einen Tritt zu kassieren. Sie zog ihn am Ärmel und fragte irgendwas, aber der Typ wischte sie weg wie einen Krümel auf seiner Jacke. Sie tat mir so leid, wie sie danach dastand und ihn mit leeren Augen anschaute. Irgendwie schien ihr alles egal zu sein. Sogar, dass sich der Typ so beschissen verhielt.

Ich hatte auch keinen Plan, was ich noch machen sollte. Einen Moment lang überlegte ich, zur Polizei zu gehen, aber dann strich ich den Gedanken wieder aus meinem Kopf, weil es ziemlich bescheuert gewesen wäre, die Polizei auf Kati und Sascha zu hetzen. Ganz egal, was passiert war.

Eigentlich konnte ich nur noch warten. Ich stellte mich zu den Schachspielern und schaute ihnen bei ihrem Ziehen zu. Sie nahmen keine Notiz von mir. Es waren miserable Spieler, das konnte man schon nach den ersten Zügen sehen. Ich hätte gegen beide gewonnen, simultan, überhaupt keine Frage. Und ich spiele nicht einmal richtig gut, weil ich mich nie mit Eröffnungstheorien beschäftigen wollte.

Nach ungefähr einer Minute tippte jemand von hinten auf meine Schulter.

»Junger Herr«, sagte eine Stimme, »sind Sie möglicherweise auf der Suche nach Ihrem Freund? Ich könnte Ihnen eventuell dabei behilflich sein.«

Ich drehte mich um. Die Stimme gehörte zu dem verfilzten Gesicht, dem Sascha vor ein paar Tagen das Geld abgeknöpft hatte. Er trug immer noch dieselben Klamotten und stand kerzengerade da und zog sich die Mütze vom Kopf. Dann gab er mir die Hand und machte dabei einen Diener.

»Wenn ich mich kurz vorstellen dürfte: Filbinger mein

Name, weder verwandt noch verschwägert ... glücklicherweise.« Er roch wie eine öffentliche Toilette.

»Was meinen Sie denn mit ›eventuell‹?«, fragte ich und wischte meine Hand an der Hose ab.

»Ich möchte damit andeuten, dass es mir eventuell helfen könnte, mich an den Aufenthaltsort Ihres Freundes zu erinnern, wenn Sie mir den Schaden begleichen würden, den er vor einigen Tagen bei mir verursacht hat.«

»Warum reden Sie denn so komisch?«, fragte ich.

»Wie Sie sehen, fehlen mir zurzeit die Mittel, um Ihnen einen gepflegten Anblick zu bieten. Umso wichtiger ist es, sich wenigstens um eine gepflegte Konversation zu bemühen. Sie ist das einzige Stück Kultur, das an keine materiellen Bedingungen geknüpft ist.«

»Aha«, meinte ich und kippte den Inhalt des Münzfaches aus meinem Portemonnaie in seine Hände. Ein paar Silbermünzen waren darunter. Aber das meiste war Kupfer.

»Wenn Sie erlauben«, sagte Filbinger und fischte mit seinen nikotingelben Fingern noch einen Fünfeuroschein aus dem hinteren Fach. »Ich denke, damit ist der Schaden beglichen.«

»Und wo finde ich Sascha jetzt?«

»Würden Sie mir bitte folgen, junger Freund«, sagte er.

Auch beim Gehen setzte er würdevoll und bedächtig einen Fuß vor den anderen. Ich glaube, er hatte Schmerzen oder Gleichgewichtsstörungen oder so was und versuchte, das Humpeln zu unterdrücken. Für hundert Meter brauchte er bestimmt fünf Minuten. Aber sehr gediegen beim Laufen.

Er redete praktisch ununterbrochen. »Die Menschen schauen nicht mehr hin«, sagte er. »Ist schlimm geworden, glauben Sie mir. Früher haben die Menschen noch bemerkt, was um sie herum passierte. Heute sehen die Menschen nur noch in ihre Schmartphones oder wie das Zeug heißt.

Da kann ein armer Mensch tot über dem Geländer hängen. Und keiner schaut hin. Sie werden das nicht verstehen, junger Herr. Aber daran wird unsere Gesellschaft noch einmal untergehen. Erinnern Sie sich später an meine Worte. Diese furchtbaren elektronischen Geräte werden unser Leben zerstören. Wir verlernen, den anderen Menschen zu sehen. Wir verlernen auch, die Natur zu sehen. Wir verlieren die Verbindung zu unserem Leben. Zu meiner Zeit gab es in der Schule noch eine Note in Aufmerksamkeit. Sehr wichtige Sache. Aufmerksamkeit. Wenn Sie mich fragen, die wichtigste Sache überhaupt für die Menschheit. Und für jemanden wie mich gilt dies natürlich in ganz besonderem Maße. Unsereins lebt von Aufmerksamkeit. Und damit ist nicht nur jene Aufmerksamkeit gemeint, die sich in meinem Pappbecher wiederfindet. Je schlechter ein Mensch aussieht, desto wichtiger ist, dass er gesehen wird. Sie werden das noch nicht verstehen, das ist das Vorrecht der Jugend, möchte ich sagen, aber in meinem Alter ist das Interesse an meiner Person die einzige Sache, die einem die Glieder wärmt. Aufmerksamkeit. Oder ersatzweise eine Flasche Doppelkorn.«

»Warum erzählen Sie mir das alles?«, fragte ich.

»Weil es einer dieser seltenen Augenblicke ist, in denen ich die ungeteilte Aufmerksamkeit eines jungen Menschen genießen darf«, sagte Filbinger.

Ich folgte ihm über den Bahnsteig zur Südbrücke und von dort durch die Unterführung zur Monckebergstraße. Wir gingen links am Saturn-Gebäude entlang. Keine zwanzig Meter von der Hamburger Einkaufsglitzerwelt begann schon das Reich der Obdachlosen. Unter dem Vordach reihte sich ein Schlafsack an den nächsten, Kopfende an Fußende, immer schön hintereinander wie Autos bei einem Stau an der Grenze. Einige hatten Pappen unter ihren Schlafsack geschoben, sogar ein paar Matratzen gab es hier.

Filbingers Platz war der letzte am Parkhaus. »Mein Wohnzimmer«, sagte er. Bei Sturm aus Süden konnte der Schlafsack schon mal nass werden an dieser Stelle. Es schien ihn nicht zu berühren. Nur seine Bananenkiste mit Büchern hatte er mit einer durchsichtigen Plastikplane geschützt.

»Erlauben Sie, dass ich mich an dieser Stelle zurückziehe«, sagte er. »Sie finden Ihren Freund auf Parkdeck 1.«

»Und wenn nicht?«

»Dann täte es mir unendlich leid, wenn sich Ihre Investition nicht amortisiert.«

»Wie kommt es, dass Sie ihn dort gesehen haben? Sie haben doch gar kein Auto.«

»Wenn man ungesehen an dem Aufsichtspersonal vorbeikommt, gibt es dort eine Toilette. Sie machen sich keine Vorstellungen, wie schwierig es für einen Menschen mit meinem Aussehen ist, einen Ort für die Hygiene zu finden. Wir können nicht einfach in eine Restauration gehen für unsere Notdurft. Und fünfzig Cent, die die Toilette im Bahnhof kostet, ist ja auch schon ein kleines Vermögen, das man ungerne in die Kloake spült.«

»Und wo genau finde ich meinen Kollegen auf dem Parkdeck?«, fragte ich.

»Es gibt eine Treppe neben den Fahrstühlen. Sie führt einige Stufen hinunter zu einem verschlossenen Notausgang. Dort liegt er.«

»Was heißt denn ›liegen‹?« In mir kochte augenblicklich die Panik hoch. War ihm etwas passiert? Das Heroin? Das klang ja furchtbar.

»Liegen bedeutet, dass er weder gestanden noch gesessen hat«, sagte Filbinger.

Ich hetzte, so schnell es ging, um das Parkhaus herum zur Auffahrt und dort die spiralförmige Rampe nach oben. Eine Spur für Fußgänger gab es dort nicht. Aber natürlich wieder zehntausend Kameras. Oben folgte ich den Schildern zum Notausgang. Sie führten allerdings nicht zu einer Treppe. Ich sah mich um. Die Automaten befanden sich auf der anderen Seite des Parkdecks. Und dort gab es auch eine Ecke, von der ein paar Stufen hinunterführten zu einer eisernen Tür. Eine Kamera zielte nicht auf die Nische. Sie sah aus, als würde sie häufig benutzt. Wie ein einziger riesiger Abfalleimer. Voll mit leeren Zigarettenschachteln und Aldi-Cola und kaputten Feuerzeugen, denen die Chromkappen fehlten. Auf dem Beton klebten verrußte Alufolie und Kaugummipapiere und milchige Schlieren vom Spucken und jemand hatte auch auf die unterste Stufe gekotzt. Sogar eine Spritze klemmte im Gulli neben der Tür.

Sascha hatte seinen Kopf auf eine der Stufen gebettet. Seine Augen waren geschlossen und die Haut wirkte glatt und entspannt. Die ganze Härte war aus seinem Gesicht gewichen. Rico hatte den Kopf auf Saschas Schultern. So, dass sich die Wangen der beiden berührten.

Es war das absolute Hammerbild. Die totale Reinheit mitten im Müll. Irgendwie zärtlich und abgefuckt im selben Moment. So richtig ekelmäßig und abstoßend, aber dann war es auch wieder total rührend und innig. Das richtige Leben im falschen oder wie der Spruch heißt. Bestimmt war das Glück in ihren Gesichtern nur eine Lüge, weil es eben von einem beschissenen chemischen Wirkstoff angeknipst war und gar nicht wirklich aus dem Inneren kam. So stellte ich mir das jedenfalls vor mit den Drogen. Aber es war trotzdem auch Glück. Das grüne Licht der Notausgang-Lampe legte dann noch so ein krankes, blässliches Gift über die Szene.

»Hey, Leute«, sagte ich.

Sascha bekam kaum seine Augen auf. »Alter, bin ich breit«, grinste er. Auch Rico schaute mich nur verschwommen an. »Peace«, meinte er, bevor ihm die Lider wieder in Zeitlupe über die weiten Pupillen rutschten.

»Ich mach mal 'n Foto von euch«, sagte ich.

»Genau ...«, murmelte Sascha, »... cool ... die Shore is' so genial ... chillt dich voll weg ... meine Fresse.«

Ich packte meine Kamera aus. Das Licht war grenzwertig, aber zum Glück lagen die beiden auf der Treppe wie festgeschraubt, sodass ich die Kamera auf dem Geländer abstützen und die Fotos relativ lange belichten konnte. Ich probierte ein paar extreme Anschnitte: nur die Augen und wie sich das schwarze Haar von Rico mit Saschas braunem an den Rändern vermischte. Oder Saschas Mund und die Betonstufe, auf der er lag, zusammen mit den Speichelflecken und einer verrußten Milka-Folie. Aber das beste Bild war immer noch die Totale, von oben die Treppe hinunter, wie die beiden da innig zusammenlagen.

»Ich suche Kati«, sagte ich, während ich ohne Pause auf den Auslöser drückte, und dann erzählte ich die Geschichte mit der Brücke und wie sie plötzlich verschwunden war.

»Is' bestimmt aufm Boot«, murmelte Rico, ohne die Augen zu öffnen.

»Kannst du vielleicht mal die Klappe halten«, sagte Sascha. »Soll doch keiner wissen ... also ... außer von ihr.«

»Aber ... ich meine, hier ... wie heißt er ... also Albert is' doch praktisch mit ihr zusammen.«

»Was denn für 'n Boot?«, fragte ich.

»Alter ... wo sie halt lebt.«

»Meint ihr das Boot bei dem Autohändler?«

»Siehst du ... weiß eh schon Bescheid ... unser Professor«, nuschelte Rico.

Dann dämmerte das Gespräch wieder weg. Ich hockte mich auf die oberste Stufe und wartete, ob noch irgendetwas passierte.

Es dauerte bestimmt zehn Minuten oder so, bis sich Rico aufsetzte und mit den Händen die Augen rieb und seinen Kopf schüttelte wie ein nasser Hund. Dann boxte er Sascha leicht in die Rippen. »Alter, noch 'n Krümel löten ... zum Abdichten? ... Was denkst du?

»Geil«, antwortete Sascha und kramte ein gefaltetes Stückchen Papier aus der Hose. Ich glaube, er hatte schon vergessen, dass ich quasi neben ihm saß.

14

Es war schon ein mulmiges Gefühl, als ich zum zweiten Mal vor dem Zaun des Gebrauchtwagenhändlers stand. Der Maschendraht war vielleicht zwei Meter hoch und an einer Stelle schon so verrottet, dass er von selbst heruntergeklappt war.

Auch hier schlängelte sich ein Pfad um die Autowracks durch die Brennnesseln bis zum Heck des Boots. Es lag auf einem Stapel Paletten, damit es nicht umfiel. So ein Boot ist an Land ja höher, als man eigentlich denkt, sodass ich echt Schwierigkeiten gehabt hätte, an Deck zu klettern, wenn es nicht eine Badeleiter gegeben hätte. Oben war die Tür überhaupt nicht gesichert. Kein Vorhängeschloss oder sonst irgendwas, man musste nur den Riegel zurückschieben und schon stand man in der Kajüte.

»Hallo ...«, rief ich leise, »Kati ... bist du da ... irgendwo?« Aus dem Bauch des Bootes kam keine Antwort. Drinnen sah es aus wie, ich weiß auch nicht, wie der totale Spießerwohnwagen vielleicht. Mit Polstern und Vorhängen und Holzimitat an den Wänden und so. Es roch ein bisschen vermodert, aber sonst war alles so sauber und aufgeräumt wie mein Zimmer – als meine Mutter dort noch für die Ordnung zuständig war. Und nicht ich.

Es gab sogar ein Steuerrad, das man drehen konnte, und dahinter war ein Kartentisch, auf dem ein gerahmtes Foto lag, das zwei kleine Mädchen zeigte. Sie waren vielleicht sechs Jahre alt oder so und standen mitten auf einer breiten Straße mit vielen Autos und hielten sich an den Händen. So, als würden sie die Fahrbahnen überqueren wollen und trauten sich nicht. Kein schlechtes Bild, weil es leicht von oben aufgenommen war und die Autos und Lkws bewegungsunscharf vorne und hinten vorbeidonnerten und die Mädchen das einzig Starre auf dem Bild waren. Keine Ahnung, ob eines der beiden Kati war. Richtig viele Ähnlichkeiten konnte ich nicht erkennen.

Ich setzte mich an den Tisch und wartete. Irgendwann würde Kati ja bestimmt auftauchen, dachte ich. Leider ist warten entschieden nicht meine Stärke. Was ist, wenn ihr was passiert ist?, dachte ich schon nach einer Minute. Dann würde ich hier festschimmeln, bis ich aussehen würde wie das Boot von außen. Oder Kati war ein paar Tage weggefahren. Vielleicht sollte ich ihr einfach einen Zettel schreiben, dass sie mich anrufen sollte. Oder vielleicht doch nicht, wenn es gar nicht ihr Boot war, sondern jemand anders gehörte. Dann wäre so ein Zettel keine besonders schlaue Idee.

Zu meiner Schande hielt ich es nur geschätzte fünf Minuten aus mit dem Warten. Dann begann ich damit, ein bisschen in den Schubladen und Schränken zu wühlen. Also, jetzt nicht bloß aus Neugier, sondern wirklich auch, um vielleicht einen Beweis zu finden, dass dieses Boot Katis Zuhause war.

Das war dann allerdings ziemlich schnell klar, weil gleich hinter der zweiten Schranktür, die ich öffnete, dieses »real – alles drin«-T-Shirt hing und weil vor dem Spiegel in so einer Art Minidusche nichts außer schwarzem Lidschatten lag. Ich drehte am Wasserhahn, aber natürlich kam kein Wasser heraus. Die Lampen im Boot funktionierten auch nicht.

Dann untersuchte ich die Schubladen in der Kajüte. Von denen gab es bestimmt zwanzig Stück. Eine war so etwas wie ein Waffenschrank. Mit Pfefferspray, einem Butterflymesser, einem Schlagring und einer Handvoll Kondome. Eine andere Schublade war vollgestopft mit Hundekuchen und in der nächsten lagen nur zwei einsame Tassen und ein Teller und etwas Besteck und die Schublade darunter war komplett zugerümpelt mit Kerzen und Batterien und Gaskartuschen und ähnlichem Zeug.

Es gab sogar ein Regal mit Büchern, die ich alle schon mal bei meiner Mutter gesehen hatte. »Der kleine Prinz« und »Momo« und was Lehrer und Mütter sonst noch so glücklich macht. Aber vielleicht standen sie auch nur als Tarnung herum, weil dahinter noch ein Hefter versteckt war. Er enthielt lauter Kontoauszüge. Die trugen aber keinen Namen, sondern nur eine Kontonummer. Es gab keine Einzahlungen darauf und keine Abbuchungen, nur einmal im Monat kamen ein paar Zinsen dazu. Das oberste Blatt war ein halbes Jahr alt. Da belief sich das Guthaben auf fast dreißigtausend Euro.

Ich hatte bisher noch nie mehr als fünfhundertachtzig Euro auf meinem Sparbuch gehabt. Ich meine, mit dreißigtausend Euro war man praktisch Millionär. Da konnte man sich locker eine eigene Wohnung mieten und musste nicht ohne Strom und Wasser auf einem Schimmelboot hausen. Aber vielleicht war es auch gar nicht Katis Geld. Wahrscheinlich sogar. Ich schob die Mappe wieder zurück hinter die Bücher.

Sonst fand ich nichts Interessantes mehr. Kaum Klamotten, keine Andenken, nichts Persönliches. Es gab quasi nichts, was von Katis Vergangenheit erzählte. Das war schon seltsam, fand ich, dagegen war mein Zimmer ein offenes, geschwätziges Buch. Eigentlich schleppte doch jeder irgendwas aus seinem Leben mit sich herum, an das er sich gerne erinnerte. Kati wollte sich an überhaupt nichts erinnern. So sah es jedenfalls aus. Dachte ich, als plötzlich das ganze Boot zu wackeln begann, sodass ich mich festkrallen musste, um nicht gegen die Wand zu knallen. Wie bei einem heftigen Erdbeben oder so. Aber dann war es nur jemand, der die Badeleiter nach oben turnte. Ich hörte ein paar schnelle Schritte auf dem Deck, dann öffnete sich auch schon die Tür, ich hätte überhaupt keine Zeit zum Verstecken gehabt.

Kati schaute mich an, als hätte sie mit meinem Erscheinen gerechnet. Kein Erstaunen oder Erschrecken oder so. Sie stand einfach nur in der Tür und schob sich den Rucksack von ihrer Schulter. Sie trug so einen ziemlich kurzen, leichten Glockenrock, was irgendwie total verkleidet wirkte an ihr, und die Sonne in ihrem Rücken zeichnete die Konturen der Beine bis hoch in den Schritt, dass ich mich zwingen musste, nicht auf die Silhouette ihrer Beine zu starren.

»Ich hab gehofft, dass du kommst«, sagte Kati.

»Wie bitte?«, meinte ich. »Also, eigentlich bist du ja vor mir geflohen.«

Kati ging rüber zum Kartentisch und pulte irgendwelches Junkfood aus ihrem Rucksack: in Plastik eingeschweißte Cremeschnitten und Puddingbecher und so 'n Kram. Den Sack hängte sie an das Steuerrad.

»Lebst du hier?«, fragte ich, was jetzt keine so superintelligente Frage war.

»Ist perfekt«, antwortete Kati. »Also, im Sommer.«

»Und im Winter?«

»Ist es nicht perfekt.«

»Ich kapier überhaupt nichts«, sagte ich nach einer Weile. »Ich hab echt tausend Fragen an dich.«

»Ich hab aber keine Antworten«, meinte Kati, und dann ging sie rüber zum Tisch und kurbelte die Platte herunter, bis sie auf der Höhe der Bänke war. Sie schob die Rückenpolster aufs Holz, wodurch ein Riesenbett oder eine Art Liegewiese entstand, über die sie eine Wolldecke legte. Dann streifte sie die Doc Martens von ihren Fersen.

»Komm her«, sagte sie und klopfte aufs Polster.

»Äh ...«, sagte ich, »ja ... also ... was meinst du?«

»Du weißt genau, was ich meine«, antwortete Kati.

Ich wusste aber überhaupt nichts. Weil eins hatte ich in meinem Leben schon mal gelernt: Wenn es um Mädchen geht, ist es klüger, keine Meinung zu haben. In meiner Schule gab es zum Beispiel einen Typen, der die Mädchen immer beleidigte und »frigide Röhre« und so was sagte oder mit dem Handy unter die Röcke filmte, und alle Mädchen fanden den übel widerlich, aber plötzlich war dann eine von den Superhübschen mit ihm zusammen. Obwohl sie eine Woche vorher noch gesagt hatte, dass er »der totale Assi« sei.

Oder Mara, mit der ich seit Ewigkeiten denselben Schulweg hatte. Sie war jetzt nicht wirklich superhübsch, sondern in der Mitte ein bisschen kräftiger, aber sie wohnte fünfzig Meter näher zur Schule als ich und wartete manchmal an ihrer Gartentür, wenn sie keine Lust hatte, alleine zu gehen. Der Weg war dann auch meist richtig lustig, weil sie beim Erzählen immer irgendwelche Szenen mit verteilten Rollen vorspielte und Leute wahnsinnig gut imitieren konnte. Vor allem unsere Lehrer. Einmal sagte ich dann auf dem Rückweg zu ihr: »Komm, ich lad dich zum Eis ein«, weil gerade eine richtige Hitzewelle war und ich noch ein paar Euro von meinem Taschengeld übrig hatte. Da schaute sie mich an, als hätte ich »Alte, mach mal die Beine breit« gesagt, und dann drehte sie sich einfach um und ließ mich stehen, als hätte ich die afrikanische Grippe. Oder wie die heißt. Sie hat danach auch nie wieder an ihrer Gartentür auf mich gewartet.

Aber vielleicht lag es gar nicht an meiner Einladung, sondern in ihrem Leben hatte sich überhaupt was verändert, weil sie nämlich seit diesem Tag ihre Schulsachen nicht mehr in einen Rucksack packte, sondern in einer Handtasche spazieren führte. So über den Unterarm gehängt, als würde sie shoppen gehen. Sie kämmte sich jetzt auch alle zwanzig Minuten die offenen Haare und trug keine Jeans mehr, sondern nur noch weiße Leggins, in denen ihre Beine aussahen wie die Wurzeln von einem Backenzahn. Wobei ich ehrlich gesagt auch keinen Zusammenhang sehen kann zwischen Leggins und Handtaschen und Eis essen gehen.

Na ja, auf jeden Fall war die Geschichte mit Mara nur eine von mindestens zwanzig Situationen, in denen ein Mädchen komplett anders reagierte, als ich es vorher vermutet hatte, und da muss man sich irgendwann fragen, ob es wirklich die Mädchen sind, die sich seltsam verhalten. Oder ob man nicht selbst derjenige ist, der irgendetwas nicht checkt. Rein mathematisch ist die Wahrscheinlichkeit jedenfalls erdrückend, dass der Fehler beim Einzelnen liegt. Und nicht bei den anderen zwanzig.

Trotzdem hockte ich mich natürlich neben Kati. Das heißt, nicht direkt daneben, sondern eher so mit ein Meter zwanzig Abstand, damit sie nicht denken konnte, ich würde was nicht kapieren. Für den Fall, dass ich was nicht kapierte.

»Du bist ein Idiot«, sagte Kati.

Dann robbte sie zu mir rüber und legte ihren Kopf auf meine Schenkel. Ich merkte, wie ich innerlich quasi versteifte. Also, jetzt nicht so, wie die Blödmänner denken, sondern so, dass ich unfähig war, irgendetwas zu tun.

Kati hatte die Augen geschlossen und wühlte sich mit dem Kopf in mein T-Shirt und dann machte sie die Augen wieder auf und schaute mich fragend an. Ich schaute fragend zurück, vermute ich mal, weil ich ehrlich gesagt außer schauen gar nichts anderes tun konnte. Nicht einmal denken oder so was.

Irgendwann griff Kati dann nach meiner Hand und legte sie auf ihre Brust. Dort lag sie dann wie eine Bratpfanne auf der Herdplatte und kochte so vor sich hin. Ich schätze, der Schock, den ich hatte, funktionierte wie so ein aztekisches Nervengift. Man kriegt irgendwie alles mit, hat aber keine Kontrolle mehr über die eigenen Muskeln.

»Magst du es nicht?«, fragte Kati.

»Mmh«, machte ich.

»Wir können auch erst mal küssen.« Kati rutschte hoch zu mir und strich mir mit ihren Fingerspitzen über die Lippen und dann spürte ich ihren Mund auf meinem. Es funktionierte ganz anders, als ich vermutet hatte.

Im Film pressen sie nämlich immer die Münder gegeneinander, und was dann zwischen den Lippen passiert, sieht man nicht, aber nach dem Kuss sagen die Mädchen »wow!« und können sich kaum auf den Beinen halten.

Kati sagte nicht »wow!«. Weil sie auf dem Polster saß, konnte sie auch schlecht weiche Knie bekommen. Aber sie schubste mich auf die Decke und lachte und sagte: »Ich will mehr«, und in den Filmen ist das immer der Augenblick, in dem die Erwachsenen wie Raubtiere übereinander herfallen, weil sie irgendwie total die Kontrolle verlieren. Sie fetzen sich die Kleider vom Körper und schreddern das Hemd und verteilen ihre Klamotten im Raum wie Konfetti. Oder wenn sie noch im Treppenhaus sind beim Küssen, schaffen sie es kaum durch die Wohnungstür. Ich glaube, ich kenne keinen einzigen Film, bei dem das mal anders war, und deshalb dachte ich auch, dass so was zwangsläufig immer passiert. Zum Glück hatte Kati keine Lust auf Raubtier. Ich sowieso nicht.

»Wir machen ein Spiel«, sagte Kati. »Für jeden Kuss darfst du mir eine Frage stellen.«

»Und dann bekomm ich auch eine Antwort?«

»Logisch.«

»Egal welche Frage?«

»Egal welche Frage.«

»Okay«, sagte ich, »also ... was ist ein guter Kuss?«

»Das ist leicht ... also, ein guter Kuss ist ... zum Beispiel ... wenn der Kuss eine Frage ist ... Oder wenn er die Antwort ist auf eine Frage. Und ein guter Kuss ist auf gar keinen Fall wie eine Bohrmaschine oder ein Schlabberwischmopp oder so was.«

»Und? Ich meine ... hast du schon viele gute Küsse bekommen?«

»Das ist jetzt aber die nächste Frage.«

»Ich finde, eine Nachfrage muss erlaubt sein.«

»Ist sie nicht«, lachte Kati, und dann war plötzlich ein Kratzen am Bootsrumpf zu hören, dass mein Herz sofort stehen blieb, aber Kati stand nur langsam und lässig auf und fischte eine Handvoll Hundekekse aus ihrer Schublade. »Ist nur der Rottweiler vom Autohändler«, sagte sie. »Tagsüber ist er im Zwinger. Aber abends darf er raus aufs Gelände, damit er die Autos bewacht. Von mir kriegt er dann immer was. Dafür, dass er nicht bellt.«

Kati verließ die Kajüte und patschte draußen barfuß über das Deck, und wahrscheinlich lehnte sie sich weit über die Reling, weil das ganze Boot schon wieder gefährlich zu schwanken begann.

»So ein tapferer, starker Hund«, flüsterte sie, »du passt auf mich auf, nicht wahr ... dass mir nichts passiert ... du bist mein Allerliebster.« Dazu hörte man das harte Klacken der schnappenden Zähne.

Ich sortierte schon mal meine Fragen im Kopf: Ob das Geld auf den Kontoauszügen ihr gehörte? Wer die auf dem gerahmten Fotos waren? Warum Kati praktisch überhaupt nichts von Wert besaß? Von was sie den ganzen Tag lebte? Und dann wollte ich natürlich noch wissen, was zwischen ihr und Sascha gewesen war und wie ihre Eltern gestorben waren und warum sie beim letzten Treffen einfach verschwunden war. Obwohl sie jetzt angeblich die ganze Zeit auf mich gewartet hatte. Das machte doch alles überhaupt keinen Sinn, fand ich.

Außerdem wollte ich sie noch nach ihrer Schule fragen und was sie später mal werden wollte und nach all den anderen Belanglos-Themen, die das Facebook-Profil gerne abfragt: Lieblingsmusik, Lieblingsfilm, Lieblingssport, Lieblingstier.

»So«, sagte Kati, als sie zurück in die Kajüte kam, »ich glaub, ich hab jetzt doch keine Lust mehr auf Fragen.« Dann streifte sie sich das T-Shirt über den Kopf.

Mir blieb das Herz zum zweiten Mal stehen. Ich wette, andere Jungs wären innerlich einen dreifachen Axel gesprungen und hätten gewusst, was sie jetzt machen sollten. Ich wusste nicht mal, was ich machen sollte mit meinem Blick. War es unhöflich, auf einen blanken Busen zu schauen? Oder war es unhöflich, nicht hinzuschauen? Oder kam es darauf an, wie man schaute? Aber welche Art war dann richtig in diesem Fall?

Außerdem hatte Kati bestimmt schon mit zig anderen Jungs geschlafen und war tierisch erfahren und da waren auch noch die Kondome in ihrer Schublade und das alles trug jetzt nicht unbedingt zu meiner Beruhigung bei.

»Brauchst du 'ne Einladung?«, fragte Kati.

»Äh ... nein ... also ... aber vielleicht 'ne Anleitung«, sagte ich.

»Ich bin doch kein Ikea-Regal, du Wissenschaftler«, antwortete Kati, »es geht hier nur um ein bisschen Spaß zwischen uns beiden.«

Mir ging es aber nicht um Spaß. Eher um den heiligen Ernst des Lebens. Und beim Spaß verstehen Menschen überhaupt keinen Spaß, wenn man ihnen stattdessen nur tonnenschweren Ernst vor die Füße kippte. Hatte ich schon ein paarmal erlebt, weil ich im Spaßhaben nicht gerade der Weltmeister bin. Vorsichtig formuliert.

Trotzdem legte ich mich natürlich neben Kati aufs Polster.

»Lass mich mal machen«, sagte sie und zog mir auch das T-Shirt über den Kopf, aber so, dass meine Hände darin gefangen waren.

Sie setzte sich auf mich und ihre rauen Hooliganhände wanderten über meine Haut und dann beugte sie sich über mich und wühlte sich mit ihrer Nase durch meine Haare.

»Mein Schöner«, flüsterte sie, und als ich auch mal etwas sagen wollte, legte sie zuerst ihre Finger auf meinen Mund und dann ihre Lippen. Sie waren gleichzeitig fest und weich, genau wie ihr Körper, auch wenn der wieder ganz anders fest und weich war, aber beides fühlte sich perfekter an als alles, was ich in meinem Leben jemals berühren durfte.

Das Schöne war, dass sie, glaube ich, doch gar nicht so erfahren war, weil wir beide nämlich immer wieder irgendwie ungeschickt aneinanderstießen mit unseren Körpern. Und noch schöner war, dass Spaß und Ernst überhaupt kein Gegensatz waren, sondern irgendwie zusammengehörten.

»Ich liebe dich«, flüsterte ich.

Kati sagte nichts und strich mit ihren Fingern durch meine Haare.

»Liebe ist ein krasses Wort«, meinte sie nach einer Weile. »Ich sage das nie. Zu keinem Menschen.«

»Was sagst du dann?«

»Höchstens das, was ich fühle.«

»Nur blöd, wenn du dann fühlst, dass du jemanden liebst.«

»Liebe ist doch kein Gefühl. Das ist ... wenn der andere kotzen muss, dass du dann auch über der Schüssel hängst ... und dass du weißt, was der andere denkt, bevor er es denkt. Und dass du seine Höhle bist, wenn er Schutz braucht, und dass du ihn gegen jeden und alles verteidigst, auch wenn er im Unrecht ist.«

»Aber Gefühl ist schon auch dabei.«

»Vielleicht.«

»Und? Was fühlst du jetzt?«

»Dass du den Mund halten sollst. Das fühle ich.« Sie lachte und dann verhakten sich unsere Körper und Lippen und Zungen wieder, und als sie in die Schublade griff, war es schon so dunkel geworden, dass ich nicht mehr erkennen konnte, welches Gesicht genau sie dabei machte.

15 »Ich möchte dir was schenken«, sagte Kati am nächsten Morgen. Es war der erste Satz, mit dem sie mich weckte. Die Sonne schien durch die Vorhänge und Kati lehnte mit dem Rücken gegen die Bordwand und sah mich mit ihren Tintenaugen an. Wahrscheinlich tat sie das schon eine ganze Weile. »Los, zieh dich an, wir fahren in die Stadt«, sagte sie und hüpfte aus dem Bett. Sie griff ein kariertes Hemd und eine seriöse Jeans aus dem Schrank, schnappte sich den Rucksack und packte irgendwas aus einer Schublade hinein und verzichtete sogar auf ihr Eulen-Make-up. Dann rannten wir über die Gleise zur nächsten S-Bahn-Station.

Es war schon relativ spät am Vormittag und eigentlich hätte ich längst im Unterricht sitzen müssen. Wahrscheinlich machte sich auch mein Vater heftige Sorgen, aber als ich ihn mit meinem Handy anrief, klang er wie immer.

»Hast du denn keine Schule?«, fragte er.

»Wäre gerade Latein im Moment, da lerne ich nichts mehr Neues.«

»Ach so«, sagte mein Vater und legte kommentarlos auf. Ich schätze, er stand gerade kurz vor einem mathematischen Durchbruch.

An der S-Bahn-Station sah es aus wie an einer Bahnstrecke in Johannesburg. Oder wie auf Fotos aus Johannesburg. Ich selbst war ja noch nie in Südafrika. Der ganze Bahnsteig war voll mit schwarzen Muttis, die bunte Flipflops und noch buntere Taschen trugen, und die wenigen weißen Frauen waren eher grau und schauten schlecht gelaunt auf ihre Füße. Männer waren um diese Zeit kaum unterwegs. Kati und ich fuhren dann doch nicht in die Innenstadt, sondern in die Gegenrichtung nach Harburg, und dort waren es von der Haltestelle nur ein paar Schritte zu einem Einkaufszentrum. Im Untergeschoss gab es einen Supermarkt, in dem die Angestellten bestimmt jeden einzelnen Apfel mit der Hand polierten. So glänzend und gestylt sah die Auslage aus.

Kati warf achtlos ein paar Dinge in den Einkaufswagen, die ich im Leben noch nicht gegessen hatte. Schottisches Buttergebäck, Lychees in Dosen, griechischer Hüttenkäse. Anschließend machte sie sich in der hintersten Ecke des Kühlregals zu schaffen, wo die Produkte mit dem abgelaufenen Haltbarkeitsdatum lagen. Das dauerte bestimmt zwei, drei Minuten. Dann sprach sie einen Verkäufer an, der ein paar Gänge weiter an den Backzutaten hantierte.

Es war ein kurz geratenes Bürschlein mit Bürstenhaarschnitt und rosafarbener Krawatte, der bestimmt der Filialleiter war, weil im Supermarkt immer die Bürschlein Filialleiter sind und die Frauen auch nach dreißig Jahren noch hinter der Kasse sitzen. Er reichte Kati ungefähr bis zur Nase. »Hr. Schröder« stand auf seinem weißen Kittel.

»Haben Sie vielleicht eine Toilette hier?«, fragte Kati.

Hr. Schröder straffte den Rücken und reckte seinen Bürstenhaarschnitt zur Decke.

»Selbstverständlich«, sagte er. »Aber darf ich Sie bitten, den Wagen hier im Geschäft zu lassen?«

Kati lächelte, schnappte sich ihren Rucksack und folgte dem Mann zur Toilette. Ich trottete hinterher und wartete im Flur, bis der Filialleiter wieder verschwunden war. Dann klopfte ich an die Tür. Drinnen schloss Kati die Türe ab und packte den Inhalt des Rucksacks auf die Ablage unter dem Spiegel. Fleischsalat, zwei Becher Joghurt mit Kiwi, laktosefreie Milch und eine Ecke Camembert, der schon zur Hälfte verlaufen war. Auf allen Produkten klebte das rote Sonderpreis-Etikett. Nur das Brot hatte sie regulär eingepackt.

»Warum klaust du denn Sachen zum halben Preis?«, fragte ich. »Wenn du schon klaust, kannst du doch gleich Kaviar nehmen. Oder dänisches Eis oder so. Das macht doch auch keinen Unterschied mehr.«

»Die abgelaufenen Sachen liegen eigentlich immer ganz unten im Regal in der hintersten Ecke«, erklärte Kati. »Wenn man dort den Rucksack vollmacht, fällt es nicht auf, weil sich an der Stelle viele Leute nach unten bücken und in den Sachen wühlen. Außerdem machen die Detektive nicht den Aufstand, wenn man erwischt wird. War jedenfalls bei mir schon mal so. Da haben sie auch nicht die Bullen gerufen, weil sie mir echt geglaubt haben, dass ich üblen Hunger hatte und den Laden nicht schädigen wollte.«

»Frühstückst du immer im Supermarkt?«, fragte ich.

»Also, auf jeden Fall nur einmal pro Woche im selben Markt ... und iss bitte schneller ... so einem Typen wie Schröder fällt das auf, dass unser Einkaufswagen immer noch rumsteht.«

Nach dem Essen putzte sie sich die Zähne und wusch sich unter den Achseln und dann klopfte es tatsächlich an unserer Tür.

»Ist alles in Ordnung da drinnen?«, fragte eine Stimme, die garantiert zu Schröder gehörte.

»Einen Moment«, antwortete Kati. Sie stopfte die Verpackungen in den Abfallkorb und knüllte einen Berg Papierhandtücher darüber. Dann ging sie zur Tür und ich wuschelte ihr noch schnell durch die Haare und öffnete zwei Knöpfe an ihrem Hemd, bevor sie den Schlüssel drehte.

Schröder schaute Kati an und dann wanderte sein Blick

langsam zu mir. Das war fast schon mit Ehrfurcht. Als würde er denken: Was sind denn Sie für 'n toller Hengst. Ich schätze, Filialleiter reden so. »Toller Hengst, super Fahrgestell, Holz vor der Hütte.« Auf jeden Fall wäre er gern an meiner Stelle gewesen. Konnte man nicht übersehen.

»Das nächste Mal machen wir das aber bitte zu Hause«, meinte er.

Ich sagte: »Echte Männer warten nicht«, und dann liefen Kati und ich aus der Toilette. Vorbei an Schröder, der uns die ganze Zeit hinterherstarrte, sodass wir keine andere Chance hatten, als den Wagen zur Kasse zu schieben und mein letztes Geld in schottische Butterkekse zu investieren.

»Du warst großartig«, lachte Kati, als wir wieder im Einkaufszentrum standen. Sie hüpfte um mich herum wie ein junger Hund, dann rannte sie eine Rolltreppe gegen die Fahrtrichtung hoch und auf der anderen Seite gegen die Fahrtrichtung wieder herunter. »Ich möchte dir was schenken«, jubelte sie, »bitte, bitte, lass dir was schenken von mir. Irgendwas, wovon du schon immer geträumt hast!«

»Ich weiß nicht, vielleicht noch so 'ne Nacht?«, sagte ich. »Keine Ahnung.«

»Nein, ich meine, irgendwas, was man kaufen kann. Was du unbedingt haben willst. Egal, was es kostet.«

»Was ich immer schon haben wollte? ... Warte ... Vielleicht das Canon EF 16-35/2,8L Weitwinkel-Zoom. Das ist perfekt für nahe Bilder in einer Gruppe. Auch bei ganz wenig Licht.«

»Was kostet so ein Canon?«

»Weiß nicht genau, vielleicht tausenddreihundert Euro.«

»Ui«, sagte Kati. »Das wird aber schwierig.« Sie nahm mich an die Hand und zog mich zu einer Bank in der Mitte des Centers. Rechts sprudelten lustige Wasserspiele. Vor uns waren die Kassen eines riesigen Elektronikmarkts.

»Schwierig«, sagte Kati, »aber auch nicht unmöglich.«

»Was machen wir hier?«, fragte ich.

»Warten«, antwortete Kati.

»Okay ... Auf was warten wir?«

»Still ... ich muss mich konzentrieren.« Kati starrte angestrengt auf die Schlangen vor den besetzten Kassen.

Es dauerte eine halbe Ewigkeit, bis sie plötzlich aufsprang und zu einem Mann lief, der gerade einen großen Karton vom Laufband packte. Der Typ war mindestens fünfzig, trug aber so ein albernes Kapuzenshirt mit ausgefransten Buchstaben auf der Brust. Wahrscheinlich dachte er, er wäre immer noch zwanzig. Außerdem hatte er eine Sonnenbrille auf. Mitten in einem Einkaufszentrum!

Kati tippte ihm auf die Schulter und sagte irgendwas und dabei drehte sie eine Haarsträhne um ihren Finger. Den Kopf hatte sie auf die Seite gelegt und die Beine gekreuzt, sodass der rechte Fuß auf der linken Seite stand. Ich fand, sie ging perfekt als unschuldiges Schulmädchen durch. Der Typ nickte eifrig. Dann folgte er ihr zur Rolltreppe und sie fuhren zusammen eine Etage tiefer.

Als Kati nach zwanzig Minuten wieder auftauchte, strahlte sie über das ganze Gesicht. Ich fand das erst einmal nicht so komisch.

»Was wolltest du denn von dem Ekelgreis?«, fragte ich.

»Sei still und komm mit«, antwortete Kati. Dann zog sie mich in den Elektronikmarkt. Wir liefen durch die Regale bis zum Fotozubehör. Dort lag mein Zoom für 1.299 Euro in der Vitrine.

Kati ging rüber in die TV-Abteilung und griff sich einen Beamer aus dem Regal. Damit ging sie zum Info-Tresen in der Mitte des Marktes. Dahinter stand so ein eifriger, lächelnder Fachverkäufer.

»Was kann ich für euch tun?«, fragte er.

»Mein Bruder und ich ... also, wir haben für unseren Vater vor einer halben Stunde dieses Gerät gekauft«, sagte Kati und wuchtete den Beamer auf die Theke. Daneben legte sie einen DIN-A4-Quittungsschein. »Unser Vater wird nämlich fünfzig. Und jetzt haben wir mit unserer Mutter telefoniert, und sie meint, dass ein Beamer doch nicht das Richtige ist und dass er sich mehr über ein Objektiv für seine Kamera freuen würde. Können wir den vielleicht noch mal tauschen? Wir haben den Karton auch noch gar nicht aufgemacht.«

Der Fachverkäufer schaute skeptisch von uns zum Karton und wieder zurück. »Wie alt seid ihr denn?«, fragte er.

»Achtzehn. Wieso? Sonst hätte ich so was ja gar nicht kaufen dürfen. Mein Bruder ist fünfzehn.«

»Sechzehn«, sagte ich.

Kati trat mir unter dem Tresen gegen den Knöchel.

»Wo habt ihr denn so viel Geld her?«, fragte der Mann. »Als ich so alt war wie ihr, hat mein Vater zum fünfzigsten Geburtstag von mir einen Schal bekommen.«

»Das Geld ist natürlich von unserer Mutter«, sagte Kati. »Also, jetzt nicht alles, wir beide haben auch jeder fünfzig Euro dazugegeben. Aber unsere Mutter, also, die hat von Technik überhaupt keine Ahnung. Deshalb hat sie auch uns losgeschickt, um einen wirklich guten Beamer zu kaufen. Mein Bruder hat richtig Plan von so was.«

»Welches Objektiv soll es denn sein?«, fragte der Fachverkäufer. Im Gänsemarsch gingen wir zur Vitrine und ich zeigte auf das fette Hammerteil und der Mann nickte anerkennend und kramte ein verpacktes Exemplar aus dem abgeschlossenen Schrank darunter. »Großartige Wahl«, sagte er. Dann schrieb er eine Gutschrift für den Beamer und packte den Karton zurück ins Regal.

Die Frau an der Kasse schaute nicht einmal hoch, sondern schob nur kaugummikauend eine neue Quittung über das Laufband. Und hundertsechzig Euro in bar. Der Beamer hatte den Ekelgreis 1.459 Euro gekostet.

16

»Bist du glücklich?«, fragte Kati, als wir das Einkaufszentrum verlassen hatten. Sie brummte um mich herum wie ein Kreisel und boxte mir pausenlos in die Seite. »Hast du das gesehen? Geil, oder? Hast du das gesehen ... wir sind so genial ... sag schon, bist du jetzt glücklich?«

»Nein«, sagte ich. »Bin ich nicht.«

»Was ist los mit dir?« Kati griff nach meinen beiden Händen und dann standen wir uns gegenüber und sie schaute mit ihren Tintenaugen in mich hinein. So, dass ich gar nichts verbergen konnte. »Was ist los, Professore? Denkst du wieder zu viel?«

»Wo hast du diese verdammte Quittung her?«, fragte ich. »Was hast du dafür tun müssen? Mit diesem notgeilen Sack?«

»Nichts hab ich gemacht.«

»Komm schon, du warst 'ne halbe Stunde weg mit ihm.«

»Hey«, sagte Kati scharf. »Ich bin keine Nutte.«

»Ach wirklich.«

Die Worte taten mir schon in dem Moment leid, als sie mir aus dem Mund rutschten. Kati ließ sofort meine Hände los, und der Zorn zuckte durch ihr Gesicht, dass ich zum ersten Mal begriff, zu was sie eigentlich fähig war. Aber sie hatte sich auch schnell wieder geglättet.

»Jetzt hör mal zu«, sagte sie. »Hast du dir den Typen angeschaut? Ich meine, ganz genau angeschaut. Wie toll der sich findet mit seinen blonden Strähnen und der beschissenen Vorstadt-Hollister-Scheißjacke. Und dann noch die Sonnenbrille und die bekackten Totenkopfringe am Finger. Ich schwör dir, solche Typen sind ganz leichte Opfer. Die sind der totale Ausfall und trotzdem finden sie sich selbst unwiderstehlich. Die glauben im Ernst, ein junges Mädchen wie ich würde was anfangen mit ihnen. Die kommen im Leben nicht auf die Idee, dass man sie nur verarscht. Wenn du denen mit 'ner coolen Geschichte kommst und sie haben die Chance, sich wichtig zu fühlen, kriegst du alles von denen.«

»Was denn für 'ne Geschichte?«

»Also, ich hab gesagt, dass wir an der Schule gerade eine Projektwoche zum Thema Konsumverhalten haben. Und dazu interviewen wir jetzt die Leute im Center und sammeln Kopien von ihren Quittungen, was sie gerade gekauft haben und so, weil wir daraus eine Statistik machen müssen, und er hat ja bisher überhaupt das Coolste gekauft und deshalb muss ich ihn unbedingt befragen und unbedingt, unbedingt seine Quittung haben. Weil meine höchste Quittung ist bisher nur neunundvierzig Euro und fünfzig.«

»Das ist doch keine coole Geschichte«, sagte ich. »Das ist der totale Schwachsinn.«

»Aber die Geschichte hat funktioniert, oder? Also, dann sind der Typ und ich eben eine Etage tiefer in das Café, und ich habe ihm zehn Minuten lang Schwachsinnsfragen zu seinem Konsum gestellt, damit es nicht auffällt, und er durfte mit seiner Kohle prahlen, und danach sind wir in den Keller gefahren, wo es einen Copyshop gibt. Die Farbkopien kannst du vom Original nicht unterscheiden.«

»Und so was funktioniert immer?«

»Ehrlich gesagt immer seltener. Weil das Ding is' nämlich, dass die Quittung aus dem Drucker kommen muss und nicht von einer Papierrolle in der Kasse. Die Kassenrollen haben so 'n spezielles Papier und sind gebogen und manchmal ist auch noch die Rückseite bedruckt. Und das nächste Problem ist, dass der Tresen für den Umtausch drinnen im Geschäft liegen muss. Sonst löst du den Alarm am Eingang aus, wenn du das neue Gerät zum Umtauschtresen schleppst. Musst du mal darauf achten. Mittlerweile haben die meisten Geschäfte ihre Reklamation gleich am Eingang. Noch vor der Sicherheitsschleuse.«

»Aber du wusstest, dass es in diesem Elektromarkt anders ist?«

»In diesem und noch in ein paar anderen Läden in Hamburg. Die meisten sind aber Baumärkte.«

»Heißt das, du machst so was häufiger?«

»Ich brauch nicht viel Geld, also nicht mehr als hundert oder zweihundert Euro im Monat.«

»Aber das Geld holst du dir so?«

»Sascha vertickt die Geräte auf eBay für mich und wir teilen uns den Gewinn. Die Teile sind dann mit Quittung und Garantie und allem. Ist absolut safe, die Nummer. Ich bin schon der brutale Fachmann bei Bohrmaschinen und Oberfräsen und so. Kannst mich fast alles fragen.«

»Es tut mir leid ... wegen vorhin«, sagte ich. »Ich war wohl ein bisschen eifersüchtig.«

»Solltest du auch. Ich kann an jedem Finger fünf Männer haben. Wenn ich nur will.« Sie lachte und griff wieder nach meiner Hand, und zusammen rannten wir durch ein sauberes deutsches Spielstraßenviertel, in dem praktisch nur türkische Männer auf den Straßen standen. Von dort ging es durch einen Tunnel mit einem Wahnsinnsechoooooo unter einer Autobahn oder Schnellstraße hindurch und dahinter kam plötzlich ein riesiger See mit einem planierten Rentnerweg um das Ufer. Es gab auch Stellen mit Schilf und alte Bäume, die ihre Zweige ins Wasser tauchten. Quasi mittendrin in der Stadt. Auf dem Weg karrten Muttis ihre Kinderwagen und Opas ihre Gehhilfen herum und Horden von freudlosen Joggern liefen Slalom darum. Sie trugen hautenge Strampelanzüge und babyfarbene Schuhe. Vermutlich war das Ganze der Ausflug eines Sanatoriums oder so was.

»Also? Bist du jetzt glücklich?«, fragte Kati noch einmal.

»Klar bin ich glücklich«, sagte ich. »Ich meine, das ist der absolut genialste Tag und es war die absolut schönste Nacht meines Lebens.«

»Und das Objektiv?«

»Ist auch der totale Wahnsinn. Aber ohne das Ding wär ich nicht weniger glücklich.«

»Ich will mir jetzt auch was wünschen«, sagte Kati.

»Alles, was du willst«, antwortete ich.

Kati streifte sich ihre Schuhe ab und planschte in den See, sodass sie am Schilfrand bis zu den Knien im Wasser stand. »Ich will, dass du mein Geschenk ausprobierst und mich fotografierst.«

»Ist jetzt aber eigentlich das falsche Objektiv dafür. Da brauch ich eher ein leichtes Tele. Und so gegen die Sonne und das spiegelnde Wasser ist auch nicht genial.«

»Egal, drück trotzdem ab.«

»Außerdem mag ich solche Bilder nicht.«

»Welche Bilder? Frau im Schilf oder was jetzt?«

»Ich meine blöde Posen, die nichts zu tun haben mit dem Menschen. Ich will nicht irgendwas inszenieren.«

»Hallo, hier geht's aber gerade mal nicht um dich. Sondern um mich.«

»Eben.«

»Okay, also, wie willst du mich fotografieren?«

»Ich weiß nicht ... keine Ahnung ... auf jeden Fall ganz nah ... und das tiefe, traurige Blau in deinen Augen ... deine Augen sind das absolut Allerschönste.«

»Nicht doch meine Titten?«, sagte Kati und streifte sich

das Hemd über den Kopf. Ihre blanke Brust leuchtete über den See und am Ufer geriet der Rollator-Treck etwas ins Stocken. Eine Mutter drehte ihren Kinderwagen weg, damit der kleine Junge den Skandal nicht mit ansehen musste.

»Ziehen Sie sich was an«, keifte sie, »hier sind kleine Kinder.«

»Der Zwerg kann doch 'ne nackte Frau nicht von 'nem Baumstamm unterscheiden«, rief Kati zurück und wackelte mit den Schultern, dass ihr Busen rotierte. Zu mir rief sie: »Los, Professore, komm schon, es ist absolut herrlich im Wasser.«

Ich stand da wie festgeschraubt und schaute wahrscheinlich ziemlich dämlich. Also planschte Kati zurück ans Ufer und klatschte mir ihr nasses Hemd gegen den Hinterkopf. Sie knöpfte meine Hose auf und ließ sie an meinen Beinen zu Boden gleiten und dann zog sie mich ins Wasser.

»In der Hose sind hundertsechzig Euro drin«, protestierte ich. »Und dann noch das teure Objektiv. Das kannst du doch nicht einfach so offen hier liegen lassen.«

»Wenn es weg ist, klauen wir uns eben ein neues.«

Das Wasser fühlte sich eisiger an, als es das Wetter hätte vermuten lassen. Zum ersten Mal waren die vielen Stunden im Schwimmverein zu irgendwas gut. Ich kraulte Kreise um Kati, während sie sich wie ein Frosch um ein bisschen Vortrieb bemühte.

»Ist doch komisch. Warum schwimmt außer uns keiner im See?«, fragte ich zwischen zwei Zügen.

»Vielleicht ist er voll verseucht mit Arsen und Schwermetallen und so«, prustete Kati. »Wär auch kein Wunder, so in der Stadt.«

»Das sagst du jetzt?«

»Ich weiß es doch auch nicht.«

Ich schätzte, der See hatte eine Länge von zwei Kilometern. Ein paar Segelboote dümpelten weit entfernt. Null

Wind. Wir schwammen und schwammen, bis die ganze Welt nicht größer war als ein Fingernagel. Bäume, Häuser, Schornsteine, Kirchtürme. Alles ein Fliegenschiss. Das einzig Große in dieser Welt waren wir. So weit draußen. Kati hängte sich an meinen Hals und umklammerte mich mit ihren Beinen. »Du lässt mich nicht untergehen«, sagte sie. »Versprich es.«

»Ich halte dich«, stöhnte ich, weil richtig viel Kraft und Technik nötig sind, um zwei Menschen an der Oberfläche zu halten, wenn sich beide nicht breit und flach auf dem Wasser machen.

»Und du lässt mich nicht los?«

»Ich schwör's.«

»Niemals?«

»Niemals ... aber wenn du noch länger klammerst, gehen wir beide unter.«

»Ganz kurz noch«, sagte sie und suchte mit ihrem Mund meine Lippen, und er schmeckte kühl und nach Arsen und Schwermetall, und ich hörte auf zu strampeln, weil küssen und strampeln sowieso nicht gleichzeitig geht. Langsam versanken wir in der Tiefe und schon nach ein oder zwei Metern war um uns herum nur noch Schwarz. So voller Moor oder Schlamm war das Wasser. Kein Sonnenstrahl. Hier unten war es auch gleich mindestens fünf Grad kälter.

Ich löste mich aus der Umklammerung und schob Kati zur Seite und paddelte wieder nach oben. Die Sonne blendete und dann verstrichen die Sekunden, und die Wellen, die ich gemacht hatte, beruhigten sich, und die Oberfläche wurde wieder blank wie ein polierter Spiegel. Von Kati war nichts zu sehen.

Scheiße, Scheiße, Scheiße, dachte ich.

Du hast es geschworen, dachte ich.

Voller Panik tauchte ich zurück in die Tiefe, aber ich ruderte nur blind herum und bekam nirgendwo etwas zu fassen. Als ich wieder hochkam, war Kati immer noch nicht wieder da. Ich hatte komplett die Orientierung verloren. Wo war die Stelle, an der wir abgetaucht waren? Gab es hier in der Tiefe vielleicht eine Strömung? So lange hielt es doch kein Mensch aus unter Wasser. Mir blieb echt das Herz stehen in diesem Moment. Ich glaube, ich schrie sogar »Kati, wo bist du?« oder ähnlichen Blödsinn, aber eigentlich kann ich mich kaum noch an das erinnern, was ich in dem Moment machte. Nur an das, was ich fühlte. Es war die totale Hilflosigkeit und »Ich bin schuld und Verzweiflung, alles zusammen. So grässlich.

Dann schoss Kati wie eine luftgefüllte Boje wieder an die Oberfläche. »Hast du gesehen, wie lang ich die Luft anhalten kann?«, jubelte sie. »Konnte ich schon immer. Ich war immer die Beste. In meiner Klasse hatte gegen mich keiner im Lufthalten eine Chance. Zwei Minuten und siebenundvierzig. Ist mein Rekord in der Schule.«

»Bist du bescheuert?«, schrie ich sie an. »Mit so was macht man überhaupt keine Scherze.«

»Natürlich«, gurgelte Kati, »keine Scherze ... siehst du ... Hilfe, ich gehe unter!« Sie wedelte mit den Armen wie eine Ertrinkende und verschwand noch einmal unter Wasser, aber der Schock hockte mir noch immer im Nacken, sodass ich mich echt zusammenreißen musste, um nicht richtig sauer zu werden auf sie.

»Du bist so 'ne saublöde Kuh«, sagte ich, und dann machte ich kehrt und kraulte zurück ans Ufer. Dreierzug, rechts atmen, links atmen, immer im Wechsel.

Wenigstens das hatte ich im Schwimmunterricht gelernt: Diesen seltsamen Frieden, den es macht, wenn man in der eigenen Welle gleitet, und das Wasser spült jeden Gedanken und jedes Geräusch aus dem Kopf und die Augen schauen nach innen, weil der Körper die Richtung spürt. Ich schätze mal, andere Leute meditieren dafür. Bei mir hat das nie funktioniert. Versenkung in einer Gruppe. Hat meine Mutter auch schon ein paarmal mit mir versucht. Aber statt göttlicher Stille hab ich immer nur das Geblubber in meinem Magen gehört. Schwimmen fand ich da echt religiöser.

Als ich die Böschung nach oben kletterte, hatte ich mich auch schon wieder beruhigt. Kati kämpfte weit draußen auf halber Strecke. Ich hockte mich ins Gras. Die hundertsechzig Euro waren immer noch in der Hose. Auch das Objektiv lag noch unter dem T-Shirt. Ich wartete, bis Kati endlich ans Ufer kroch.

Sie rubbelte sich mit ihrem karierten Hemd den Rücken trocken. Dann zog sie sich den nassen Lappen wieder über die Blöße.

»Du hast es geschworen«, sagte sie, »echt geschworen ... So schnell brichst du deine Versprechen.« Sie kauerte sich neben mich und klammerte sich an meinen Arm und ihr ganzer Körper zitterte vor Anstrengung oder Kälte. Ihre Beine sahen aus wie die Hähnchenkeulen im Kühlregal. »Einmal Quatsch gemacht«, sagte sie, »und schon ist dir ein Versprechen nichts mehr wert.«

»Das ist kein Quatsch, wenn du denkst, dass der andere stirbt«, antwortete ich. Aber es war natürlich klar, dass sie recht hatte und ich der Versager war.

17 Nach dem Fiasko waren wir trotzdem zusammen wieder zu ihrem Boot gefahren, weil sie sich umziehen wollte und »grade keinen Bock auf den Stress hatte, sich neue Sachen zu klauen«. Ihr war immer noch kalt von den nassen Klamotten und deshalb legte sie sich jetzt an Deck in die Sonne. Von Ferne war die Stimme des Autohändlers zu hören. Sehen konnte er uns nicht, weil ihm die beiden verrosteten Kipper die Sicht versperrten.

Ich lag neben Kati auf dem Rücken und ließ mich durch meine Gedanken treiben. Zum ersten Mal in meinem Leben schwänzte ich tatsächlich die Schule. Fühlte sich trotzdem nicht wie Feiertag an. Eher wie ganz normal. Erwachsenenleben, dachte ich. Hartz IV, wie geil. Über uns war keine einzige Wolke.

Irgendwann drehte sich Kati schläfrig zu mir herüber. »Du hast gestern in meinen Schubladen gewühlt«, sagte sie. So beiläufig, als hätte ich zwei verschiedenfarbige Socken getragen. Sie schaute mich an mit ihren schweren Augen aus Tinte, irgendwie wissend und traurig und müde. »Hast du gefunden, was du gesucht hast?«

»Wie jetzt? Woher weißt du ...«, stotterte ich, »ich hab gar nichts gesucht.«

»Gibt ja auch nix zu finden bei mir«, sagte sie und drehte sich wieder zurück auf den Rücken.

»Aber da ist ein Konto hinter den Büchern«, sagte ich nach einer Pause.
»Und? Was ist damit?«
»Da sind dreißigtausend Euro drauf.«
»Ich weiß.«
»Das ist ziemlich viel Geld ... Gehört es dir oder was?«
Kati nickte und pulte mit ihrem Zeigefinger an ihrem Daumennagel herum. So, dass die Haut daneben schon blutige Stellen bekam.
»Du hast noch nie einen Cent abgehoben von deinem Konto«, sagte ich. »Ich meine, mit dem Geld könntest du dir 'ne Wohnung suchen. Mit Strom und Wasser und allem. Oder du hörst mit dem Klauen auf. Oder du kaufst dir so 'n Boot und fährst in die Karibik. Da gab's ein Mädchen aus Holland, glaub ich, die ist mit vierzehn allein um die Welt gesegelt. Ist noch gar nicht so lange her.«
»Ich bekomme das Geld erst, wenn ich achtzehn bin. Außerdem geb ich es sowieso nicht aus, weil es das Einzige ist, was mir von meinen Eltern geblieben ist.«
»Aber so ein Konto, das sind doch nur digitale Ziffern. Das ist kein Erinnerungskonto oder so was.«
»Ist es doch«, antwortete Kati, und dann kletterte sie einfach, ohne ein Wort zu sagen, von Deck und mir blieb wieder mal nichts anderes übrig, als ihr zu folgen. Diesmal nahm sie nicht den Weg zu den Gleisen, sondern lief ewig an der Rückseite des Geländes entlang. Von einem Autohändler zum nächsten, bis plötzlich ein Kanal oder Hafenbecken oder so was den Weg versperrte. Direkt vor uns war eine Schüttung aus schwarzer Schlacke. Und auf der anderen Seite war eine rostige Spundwand und ein Anleger aus Beton, der komplett zugekackt war von Möwen und Enten. Aus den Fugen des Mauerwerks wuchsen schon kleine Bäume.
Es war trotzdem kein idyllischer Ort, weil es nach ver-

gammelten Fischen stank und nur Büsche und Steine gab, und direkt dahinter kam gleich Hitlers Heerstraße, auf der die Lkws in den Hafen rumpelten. Tadonng, tadonng, tadonng. Dann hatte man keine Chance mehr, sein eigenes Wort zu verstehen.

»Was machen wir hier?«, fragte ich.

»Kennst du das nicht, dass du manchmal ganz laut schreien musst? So laut, wie es nur geht?«

»Ich schätze, ich bin wohl eher der schweigsame Typ.«

»Also, wenn ich schreien muss, komm ich hierher. Weil auf dem Boot ist Schreien ja nicht so günstig.«

»Und dann schreist du die Möwenkacke an, und danach geht's dir besser?«

»Meistens nicht.«

»Okay«, sagte ich. »Aber du schreist trotzdem?«

»Ich denk ja vorher, dass es was hilft. Und dass es dann doch nicht hilft, weiß ich immer erst hinterher.«

»Also, willst du jetzt schreien?«

»Ich glaub, ich kann das nicht, wenn du dabei bist.«

»Dann können wir ja auch wieder gehen.«

Kati setzte sich auf die Schlacke und zog mich runter zu sich. Die Steine waren so spitz, dass sie sich wie Nägel in meinen Hintern bohrten. Unmöglich, eine einigermaßen komfortable Stellung zu finden.

»Das Geld ist das Letzte, was von meinen Eltern übrig geblieben ist«, sagte Kati. »Wenn ich das Geld ausgebe … ich hab solche Angst, dass meine Eltern dann endgültig aus meinem Leben verschwinden. Das Geld … ich weiß nicht … ist halt die Art, wie sie noch bei mir sind. Deshalb rühre ich es nicht an. Ist schon jetzt manchmal so, dass ich nicht mehr weiß, wie sie aussehen, wenn ich so an sie denke.«

»Hast du kein Foto von ihnen?«

»Schon … aber … als ich noch kleiner war … da konnte ich auf das Foto schauen und meine Eltern waren bei mir …

verstehst du ... in meinem Kopf ... wie eine Brücke rüber in die Vergangenheit. Und dort waren dann alle Menschen von früher. Ich konnte sie sehen, verstehst du das?«

»Glaub schon ... ich meine, dass die Fotos irgendwann die Verbindung verlieren zu dem, was sie zeigen. Bei allen Fotos von mir ist das so. Jedes Mal, wenn ich sie betrachte, löst sich ein Stück von der Verbindung auf. Und am Ende kann ich nichts mehr fühlen und dann sind sie nur noch Bilder oder Dekoration oder so. Nichts anderes mehr. Ich weiß auch nicht.«

»Und man kann gar nichts dagegen tun?«

»Aufhören, sie anzuschauen. Glaub ich. Irgendwann sprechen die Fotos dann wieder mit dir.«

»Ich will aber, dass meine Eltern immer bei mir sind.«

»Aber über ihren Tod redest du trotzdem nicht. Ich meine, du weißt schon ... auf der Brücke.«

»Ich hab sie gefunden. Beide zusammen ... tot in der Wohnung ... da war ich acht.«

»Ach du Scheiße ... wie schrecklich ... ich meine ... was ist denn passiert? Haben sie sich umgebracht?«

»Die Polizei hat gesagt, dass es Drogen waren. Aber ich weiß nicht. Ich meine, sie hatten keine Spritze im Arm ... lagen einfach nur friedlich nebeneinander auf dem Wohnzimmerteppich. Aber es gab auch keinen Abschiedsbrief oder so was.«

»Und dann ... dann warst du ja ganz allein, oder was? Wer lässt denn sein eigenes Kind so alleine zurück?«

»Ich hatte noch eine Schwester.«

»Und wo ist sie jetzt?«

»Sie ist das Mädchen auf deinem Foto.«

Kati sagte es so, als wäre es die schlimmste Nachricht des ganzen Tages. Noch schlimmer als der Tod ihrer Eltern. Und als würde sie gleich noch was viel Schlimmeres sagen wollen. Aber dann schaute sie mich doch nur schweigend an und dabei verrutschte der Blick irgendwie und ging durch mich hindurch, und so saß sie da, als wäre sie in ein Paralleluniversum abgedriftet.

»Kati?«, sagte ich nach einer Weile. »Jetzt sag doch mal ... was ist mit deiner Schwester?«

»Wir haben richtig zusammengehört«, murmelte sie. »Mit niemand war ich so nah, in meinem ganzen Leben nicht ... Wir sind damals ins Heim gekommen. So ein katholischer Jugendhof mit Schweinen und Gemüsebeeten und dem ganzen Quatsch. Die totale Einöde. Dreimal am Tag beten und abends fromme Lieder singen und am Tisch nicht reden und kein Make-up tragen und so. Der ganze christliche Mist. Du hast ja meine Schwester auf dem Foto gesehen. Sie war so schön und zart und voll Leben. Sie war echt vollkommen. Nicht so wie ich. Wie eine Fee. Für sie war das Gefängnis viel schlimmer. Sie hat es nicht ausgehalten.«

»Und was ist dann passiert?«

»Ich hab ihr immer alles erzählt, musst du wissen. Und sie hat mir immer alles erzählt. Also, nicht bloß den üblichen Quatsch, den man so redet. Sondern auch, für was man sich schämt und was einem peinlich ist oder vor was man Angst hat. Eben alles. Aber dann hat sie es nicht mehr ausgehalten und wollte, dass wir zusammen fliehen. In irgendeine große Stadt, wo Leben ist. Sie war vierzehn Jahre und ich war fünfzehn, und ich hab gesagt, dass wir noch zu jung sind dafür und dass wir das machen können, wenn sie sechzehn ist. Aber nicht früher. Dann geh ich eben alleine, hat sie gesagt, und ich hab gesagt, dass sie sich dann bei mir nie mehr melden muss, und zwei Tage später war sie trotzdem verschwunden. Einfach weg.«

»Und sie hat sich nie wieder bei dir gemeldet?«

»Einmal noch. Nach zwei Monaten am Telefon. Dass sie in Hamburg ist und dass es ihr gut geht.«

»Und dann?«

»Dann springt sie von dieser Brücke. Ohne mich um Hilfe zu bitten. Vor einen Zug. Wer macht denn so was, frag ich dich. Du warst doch auch da oben auf der Brücke. Wenn du springen willst ... wartest du dann auf den ICE und springst vor die Lokomotive? Oder springst du in den Fluss? ... Ich meine, das sind auch bald vierzig Meter ins Eiswasser, da bist du genauso tot ... und du musst nicht zielen und niemand muss dich danach von der Scheibe wischen. Und die Elbe hätte sie in die Nordsee getragen ... meine Schwester hat das Meer geliebt wie sonst nichts ... weißt du ... das war das absolut Größte für sie ... Warum springt sie dann vor den Zug? Ich versteh's nicht.«

»Vielleicht ist sie gar nicht gesprungen«, sagte ich. »Vielleicht war's ein Unglück. Vielleicht ist sie bloß runtergefallen, ich meine, die Brücke wackelt ja brutal, wenn unten ein Zug drüberfährt.«

»Meine Schwester wäre da niemals freiwillig hochgeklettert. Für kein Geld und keinen Kerl der Welt nicht ... kannst du mir glauben. Meine Schwester hatte höllisch Angst vor der Höhe. Schon immer. Sie konnte nicht mal in einem Hochbett schlafen. Wir hatten in dem Jugendhof immer zusammen ein Zimmer. Mit zwei Schreibtischen nebeneinander und einem Kleiderschrank für uns beide und einem Etagenbett. Immer zusammen. Ferien, Schulzeit, wir waren immer zusammen. Und sie hat immer unten geschlafen. Und wenn Gewitter war oder wenn sie eine Gestalt vor dem Fenster gesehen hat, immer musste ich runterkrabbeln zu ihr. Sie wäre im Leben nicht nach oben gekommen. Selbst wenn unten auf dem Boden Schlangen oder Krokodile gewesen wären. Davor hatte sie auch Angst. Also, sie hatte vor ganz vielen Sachen Angst, aber am schlimmsten war vor der Höhe. Wenn sie die Brücke hochgeklettert ist, dann nur, um sich was anzutun. Das war kein Unglück. Ganz bestimmt nicht.«

»Oder jemand hat sie da runtergeworfen.«

»Du kannst keinen zappelnden Menschen gegen seinen Willen so 'ne Brücke nach oben schleifen ... hast du selber gesehen, wie gefährlich das ist, wenn der andere sich wehrt ... und dann noch im Winter, wenn alles vereist ist, da fällst du leicht selber mit runter. Wenn du jemanden umbringen willst, machst du das ganz bestimmt an einer anderen Stelle.«

»Also? Was denkst du jetzt?«, fragte ich.

»Dein Foto«, sagte Kati, »vielleicht ist da irgendwo eine Antwort. Da muss eine Antwort sein ... Das Bild hast du zwei Tage vor ihrem Tod gemacht. Irgendwas muss der Typ auf dem Foto zu tun haben damit ... dass sie sich umgebracht hat. Und dass sie keinen sanfteren Tod wollte, sondern dass nur noch Brei von ihr übrig bleibt. Und dass sie mich nicht vorher um Hilfe gebeten hat. Ich meine, ich weiß, was ich zuletzt gesagt hab, dass sie sich bei mir nicht mehr melden braucht, und ich hätte den Satz schon tausendmal am liebsten ungeschehen gemacht. Glaub mir. Nichts würde ich mehr wollen, wenn ich nur könnte. Aber wenn's einem so schlecht geht, dann meldet man sich doch trotzdem, oder? Sie muss sich unendlich gehasst haben in diesem Moment. Weißt du, ich kenne sie. So einen Tod hätte sie nie gewählt. Nur, wenn sie sich komplett vernichten wollte.«

»Und du glaubst, das alles liegt an dem Typen?«

»Schau dir meine Schwester an auf dem Foto, wie sie da voll verliebt ist. Und zwei Tage später schmeißt sie sich vor den Zug? Macht das ein Mensch, wenn er verliebt ist?«

Darauf hatte ich natürlich keine Antwort. Genauer gesagt hatte ich auf überhaupt nichts mehr eine Antwort. Mir fielen nur diese leeren, ranzigen Erwachsenensprüche ein, die so peinlich sind, dass man sie eigentlich nicht mal denken darf. »Die Zeit heilt alle Wunden.« Oder: »Wenn du denkst, es geht nicht mehr, kommt von irgendwo ein Lichtlein her.«

In dieser Preislage halt. Aber Kati brauchte kein Lichtlein. Eher eine Flutlichtanlage.

Einmal versuchte ich noch, sie an mich zu drücken, um ihr zu zeigen, dass sie nicht ganz allein war in ihrem Unglück. Aber genauso gut hätte ich einen Sack Kartoffeln umarmen können. Sie schaute nur leer und regungslos Richtung Möwenkacke. Also ließ ich es wieder bleiben.

»Was hast du dann gemacht?«, fragte ich nach einer Weile. »Nach dem Tod deiner Schwester?«

»Als die Polizei vom Tod meiner Schwester erzählt hat, bin ich abgehauen. Noch in derselben Nacht bin ich fort. Seitdem such ich am Bahnhof nach einer Antwort.«

»Und in dem halben Jahr hast du überhaupt nichts rausgebracht? So überhaupt gar nichts?«

»Nur, dass alles gesponnen war, was sie mir da am Telefon erzählt hat. Angeblich hatte sie einen Praktikumsplatz bei 'ner Tierärztin in Harvestehude. Da gibt's genau drei davon. Hab ich recherchiert. Und bei keiner war meine Schwester. Oder die WG, in der meine Schwester gewohnt hat. Auf St. Pauli, in der Hein-Hoyer-Straße. Ich hab jedes Haus und jedes Stockwerk abgeklappert in dieser verdammten Straße. Insgesamt siebzehn WGs. Aber meine Schwester hat dort nirgends gewohnt.«

»Ich verstehe«, sagte ich. »Und der Typ auf meinem Foto ist jetzt deine letzte Hoffnung.«

»Ich will wissen, warum sie mich so belogen hat. Wir hatten nie Geheimnisse voreinander. Ich will wissen, warum sie nie was gesagt hat ... nicht ein einziges Mal um Hilfe gebeten hat ... ich meine, wir haben uns immer geholfen ... immer ... sie musste nur fragen und sie hätte alles bekommen ... egal, was passiert war. Das hat sie gewusst.«

»Und was machst du, wenn du den Typen gefunden hast?«

»Wenn er Schuld hat, bring ich ihn um.«

»Ist aber jetzt nur ein Spruch, oder?«
»Nicht, wenn er's verdient hat. Ich weiß noch nicht, ob er's verdient hat. Aber wenn, dann bring ich ihn um.«
»Und für was soll das gut sein?«
»Warum verstehst du das nicht? Meine Schwester war mein Leben ... so eng war das. Keiner von uns hatte eine beste Freundin auf der Schule oder einen Freund oder so was ... wir hatten immer nur uns. Mein Leben ist nichts ohne sie ... ich brauch das nicht.«
»Was brauchst du nicht?«
»Mein Leben brauch ich nicht. Is' mir egal, was mit meinem Leben passiert.«

Das sagte sie und ich protestierte nicht einmal, und da muss ich jetzt mal was Unangenehmes gestehen: Eigentlich hätte ich erschüttert sein müssen von Katis Schicksal. Und sie hätte mir tausendmal leidtun müssen, und das war auch so, und trotzdem war ich noch viel mehr eifersüchtig als erschüttert wegen ihrer ganzen Vergangenheit. Für mich waren die letzten Tage das Aufregendste und Tollste und Wertvollste gewesen, was mir jemals passiert war. Aufregender ging praktisch nicht. Und für sie war das nicht mal ein Grund, am Leben zu bleiben. So sah das aus. Ich meine, ich weiß schon, wie blöd und kalt das jetzt klingt, aber so war es. Ich hatte einfach überhaupt keine Chance. Und wahrscheinlich hatte sie deshalb auf dem Boot auch keine Antworten gehabt und mich davor auf den Schienen stehen lassen wie einen Idioten, und am Anfang hatte sie sich auch nicht für mich interessiert, sondern nur für meine Fotos. Weil ich nämlich nur die letzte Rettung für sie war, nachdem sie ein halbes Jahr rumgesucht hatte, und am Ende war ihr nur noch der Gedanke geblieben, dass ganz vielleicht auf meinen Fotos eine Antwort zu finden wäre.

Wenn man mal drüber nachdachte, war das lupenklar. Und ich konnte ihr da nicht mal einen Vorwurf draus machen, weil es nun mal so ist, dass kein Glück auf der Welt gegen so ein brutal hartes Erlebnis gewinnt. Das ist ja bei meinen Fotos vom Bahnhof nicht anders, wo der Schmerz des Abschieds auch immer stärker ist als die Freude.

Irgendwie reagieren wir Menschen so. Ich meine, auch in den Zeitungen oder im Fernsehen schlagen die schlechten Nachrichten immer die fröhlichen. Dabei haben wir eigentlich gar keine Lust auf Sorgen und Ängste. Und trotzdem schaufeln wir uns jeden Tag die Katastrophengeschichten rein wie frische Pommes.

Wahrscheinlich liegt es an der Evolution, hab ich schon mal gedacht, weil im Neandertal die Menschen, die glücklich und entspannt rumgelegen sind, eher erwischt wurden vom Säbelzahntiger, und übrig geblieben sind nur die ängstlichen Typen und von denen stammen wir alle ab und deshalb interessieren wir uns heute für den ganzen Müll in den Zeitungen und können gar nichts dagegen tun.

»Soll ich gehen?«, fragte ich Kati, als wir uns eine Viertelstunde lang oder so angeschwiegen hatten. »Willst du vielleicht alleine sein?«

»Musst du nicht ... ich meine, wie du willst. Ich komm schon klar.«

»Ich helfe dir«, sagte ich, »musst du nur sagen, wir finden den Typen«, aber Kati antwortete nicht und dann bin ich irgendwann tatsächlich gegangen. Keine Ahnung. Nicht weil ich gehen wollte, das wollte ich nämlich gar nicht. Sondern weil ich keinen Grund hatte zu bleiben. Und weil ich mir vorkam wie ein Idiot. Und dann auch noch mein Versprechen, nach diesem Typen zu suchen. Was, wenn wir ihn fänden und sie ihn tatsächlich umbringen würde? So idiotisch, das alles.

18 Zu Hause hab ich dann erst mal das Foto von Katis Schwester und ihrem Typen bei Facebook eingestellt und darunter geschrieben: »Wer kennt diesen Mann? Bitte teilt das Bild mit euren Freunden. Jeder Hinweis ist wichtig. Es geht um Leben und Tod.«

Den letzten Satz hab ich dann aber wieder gestrichen und geschrieben: »Helft mir, die große Liebe zu finden.«

Ich hatte nur zweiundfünfzig Facebook-Freunde zu dieser Zeit, und ehrlich gesagt gab es in meiner Klasse keinen, der noch weniger hatte, aber das Bild verbreitete sich trotzdem wie die Grippe. Nach einem Tag war es schon 1.027-mal geteilt. Darunter standen dann Kommentare wie: »Alter, bist du jetzt schwul oder was?« Oder: »Wie groß brauchst du's denn? Meiner ist 22 cm.« Ein echter Hinweis war nicht darunter.

Am Abend bin ich mit meinem Foto dann wieder zum Bahnhof gefahren, um Sascha zu suchen. War diesmal zum Glück nicht so ein Akt, weil ich ihm schon auf dem Vorplatz direkt in die Arme lief.

Er wirkte nicht so nervös auf Entzug wie in der Bürohausruine und nicht so breit wie auf dem Parkdeck, sondern irgendwie ganz normal. Gesund und sportlich. Er trug wieder seine weißen Klamotten und hatte geföhnte Haare und knabberte an einer Minipizza herum. Die gab's hier für zwei Euro sechzig direkt am Eingang, neben dem Reisezentrum.

»Ich muss dich sprechen« sagte ich. »Bist du wieder frisch im Kopf?«

»Puh, war 'n bisschen viel in der letzten Zeit«, antwortete Sascha. »Ich glaub, ich muss mal kürzer treten.«

»Und das geht so einfach?«

»Wenn du keine Pausen machst, drückst du dir das Zeug irgendwann in die Vene.«

»In der Schule sagen sie, dass jeder so endet.«

»Die haben auch voll den Plan in deiner Schule.«

»Also, stimmt's nicht?«

»Alter, ich hab Prinzipien.«

Ehrlich gesagt wusste ich nicht, was ich davon jetzt halten sollte. Ich meine, in der Drogenaufklärung im Unterricht war Heroin das schlimmste Zeug überhaupt, und Junkies durfte man gar nichts glauben, weil sie sogar die eigene Mutter verraten würden für dieses Zeug. Und wenn man einmal damit angefangen hatte, kam man auch nie wieder los davon. Außerdem war ja auch gerade erst dieser amerikanische Schauspieler dran gestorben.

Allerdings hatte der Schauspieler vorher ganz normal damit gelebt und keiner hatte irgendetwas gemerkt und das war ja auch gegangen irgendwie. Ich meine, dass dieses Zeug nicht das ganze Leben bestimmte. Angeblich hatte es den Schauspieler auch nur erwischt, weil er dazu noch einen Haufen anderes Zeug eingeworfen hatte, was sich dann irgendwie gegenseitig multipliziert hat.

»Nimmst du auch noch Tabletten?«, fragte ich.

»Wird das hier 'n Verhör oder was?«

»Du hast gesagt, dass du mir die Wahrheit zeigen willst.«

Sascha sagte aber nichts mehr dazu, sondern zog mich über den Platz auf die andere Seite der Straße und dort in ein Hotel mit staubigen Grünpflanzen im Fenster und verfleckten Tischtüchern aus Wolle, und darüber waren noch welche aus weißem Leinen gelegt. Alles irgendwie gediegen und schäbig und alte Schule. Auch der Kellner hatte ein verbrauchtes Gesicht und trug eine schwarze Fliege über dem weißen Hemd und würdigte uns keines Blickes. Wahrscheinlich hielt er sich für was Besseres, weil er manchmal einen Geschäftsmann bediente.

»Hallo«, sagte Sascha, »dürfen wir auch mal bestellen«, aber der Kellner sortierte in aller Ruhe seine Salzstreuer zu Ende und kam dann langsam an unseren Tisch. Kein »Sie wünschen, bitte«, nur eine abschätzig hochgezogene Braue.

Sascha bestellte »einen heißen Kakao«, und ich tat dasselbe, obwohl ich so was seit meinem zweiten Lebensjahr nicht mehr getrunken hatte.

Nach einer halben Stunde kam der Kellner zurück mit zwei abgestandenen Bechern. Die Haube aus Sprühsahne war schon komplett verlaufen darauf.

Sascha sagte: »Die Schokolade ist kalt.«

Der Kellner sagte: »Die Schokolade ist nicht kalt.«

Da stand Sascha auf und brüllte den Kellner zusammen, dass sich der Mensch am Nebentisch in seine Tasse duckte. Eine Minute später buckelte der Geschäftsführer an unseren Tisch und servierte neuen Kakao. Ich schätze, Sascha war dann doch nicht so gelassen ohne die Drogen.

Aber eigentlich war ich gar nicht hier, um mit ihm über dieses Thema zu diskutieren.

Ich fragte ihn: »Hast du das gewusst mit Katis Schwester?«

»Natürlich.«

»Und, warum hast du mir nichts gesagt?«

»Ich erzähl nix über andere ... Ist auch ein Prinzip. Wenn Kati will, dass du's weißt, wird sie dir schon was sagen.«

Ich holte das Foto heraus. »Hier, das ist die Schwester. Und das ist der Typ, den sie zuletzt gesehen hat.«

»Ehrlich? Das ist der Wahnsinn.« Sascha war sichtbar beeindruckt. »Du hast ehrlich ein Foto von diesem Typen? Weißt du, wie lange Kati nach so was gesucht hat? Die war schon komplett verzweifelt.«

»Und?«, fragte ich. »Hast du die beiden schon mal gesehen?«

Sascha schaute lange auf meinen Abzug. »Den Typen vielleicht«, sagte er, »ich bin mir jetzt nicht ganz sicher.«

»Und wie lange ist das her? Wo war das?«

»Alter, hetz mich nicht, ich muss überlegen.« Sascha nahm das Foto und ging rüber ans Fenster, wo es ein bisschen heller war, und dann verließ er das Restaurant und ging zu einer Gruppe Jungs vor dem Bahnhof, die ich nicht kannte. Die schüttelten aber alle nur mit dem Kopf, als Sascha ihnen das Foto zeigte. Dann kam er wieder zurückgeschlendert.

»Scheiße, ich kenn den Typen«, murmelte er, »ich weiß, dass ich ihn kenne … ich weiß nur nicht, woher. War irgendwas Unangenehmes, glaub ich. Bulle. Neonazi. Zuhälter. In der Preislage. Bei dem Bild hat sich in meinem Hirn irgendwas Negatives gespeichert.«

»Wie 'n Neonazi sieht er aber nicht aus«, sagte ich. Sascha überlegte. »Also, was machen wir?«, fragte ich nach einer Weile.

»Weiß ich noch nicht, keine Ahnung.«

»Sollen wir's mal bei der Polizei versuchen? Die kennen sich bei allen drei Gruppen aus.«

»Ich hab im Leben noch nicht erlebt, dass die Polizei jemandem wie mir geholfen hat. Dein Freund und Helfer ist überhaupt die größte Verarsche.«

»Also?«

»Also sollten wir erst mal bei den Zuhältern anfangen«, sagte Sascha.

Zuhälter fragen? Neonazis? Komischerweise fühlte sich

das an wie das Normalste der Welt. Also, vielleicht nicht wie das Normalste. Aber auch nicht unnormal. Obwohl mir schleierhaft war, wie man einen Zuhälter auf der Straße erkennen konnte. Ich meine, einem Dieb oder einem Vergewaltiger sah man seine Verbrechen ja auch nicht an.

Sascha behauptete aber, dass er einige von diesen Typen erkennen würde, weil sie sich manchmal in der Ausreißerszene am Bahnhof rumtreiben würden, um Frischfleisch abzugreifen für ihr Geschäft. Und das sei auch der Grund gewesen, warum er Kati hatte wegschließen müssen. Damals, als sie dann mit dem Küchenmesser auf ihn losgegangen ist. Da hätten sich nämlich ein paar Zuhälter bei ihr breitgemacht und ohne ihn wäre Kati jetzt garantiert in irgendeinem Puff in Istanbul. Sagte Sascha.

Na ja. Das klang jetzt ein bisschen nach Fernsehkrimi, fand ich, aber ich hatte trotzdem nicht viel dagegen, dass Sascha die Sache erst mal alleine anging. »Könnte gefährlich werden«, sagte er. Ich denke, das Bild vom harten Typen hat ihm richtig getaugt.

Ich gab ihm das Foto und bezahlte die Schokolade, auf den Cent ohne Trinkgeld, und dann lief Sascha in Richtung St. Georg, die Lange Reihe hinunter, und ich ging wieder rüber zum Bahnhof, weil ich bei Saturn in der Mönckebergstraße für meinen Vater noch ein Aufladekabel kaufen sollte. Bei Starbucks auf dem Südsteg lungerten ein paar Jugendliche aus der Spießerwohnung herum. Die Erste, die ich die erkannte, war Mona.

»Huhu, Professor«, rief sie schon von Weitem, als sie mich sah. Es war ein komplett anderer Mensch, der da über die Galerie wirbelte. Als hätte sie eine Feder im Rücken, die jemand bis zum Anschlag aufgedreht hätte. Sie quasselte mit allen und jedem und bewegte sich gar nicht mehr ferngesteuert und ihr Lachen war lauter als die einfahrenden Züge im Bahnhof. Dabei schlenkerte sie ihre Arme oder kratzte sich pausenlos am Hals, und es gab keine Zehntelsekunde, in der sie nicht in Bewegung war.

»Warum nennt ihr mich denn alle Professor?«, fragte ich sie.

»Hat Kati erfunden«, meinte Mona, »weil du läufst echt rum, als wär nur tonnenschweres Zeug in deinem Hirn.«

»War sie denn hier? Kati, mein ich.«

»Kati, Kati, Kati. Können Männer auch mal was anderes denken als Kati?« Sie lachte wieder, und da konnte ich sehen, dass ihr oben ein Eckzahn fehlte, aber das Lachen war trotzdem so, dass es die Seele wärmte. Erst jetzt fiel mir auf, wie groß sie eigentlich war. Angezogen hätte sie locker als Modell arbeiten können. Ausziehen oder den Mund aufmachen war dann vielleicht nicht so günstig.

»Darf ich dich was fragen?«, sagte ich.

»Frag.«

»Die Narbe an deinem Hintern, was ist das?«

»Bin ich hängen geblieben.«

»Wie kann man denn am Hintern hängen bleiben?«

»Das wüsstest du gern«, sagte Mona und lachte wieder, und dann setzte sie sich auf das Geländer, direkt über den Schienen von Gleis 7, und auch wenn zwischen Geländer und Oberleitung noch ein Schutzgitter war, konnte ich das gar nicht mit ansehen.

»Komm runter«, sagte ich, »bitte.«

»Hol mir 'n Caramel Frappuccino, dann erzähl ich dir die Geschichte von meinem Hintern«, rief sie und fuchtelte mit den Händen. »Huhu, freihändig ... muss mich gar nicht festhalten ... siehst du? Wo hast du die Kamera?«

Ich lief die wenigen Schritte rüber zu Starbucks, aber dort dauerte es ewig, weil vor der Theke eine Traube Schulmädchen klumpte, die sich nicht entscheiden konnten, ob sie lieber Vanille- oder Karamellgeschmack haben wollten auf ihrem Eiskaffee. Als ich endlich mit dem Becher erschien, hatte Mona mich schon vergessen und war mit Rico beschäftigt.

Der war wohl auch gerade erst hier aufgetaucht. Er begrüßte mich mit einem Zwinkern, als er mich sah, und dabei hatte er seine Zunge in Monas Rachen und ich stand da mit dem Frappuccino und meine Hand wurde langsam kalt von dem Eis.

Eine Weile rieb Mona ihren Unterleib gegen seine Schenkel wie so eine brasilianische Samba- oder Lamba-Tänzerin oder wie das heißt, dann löste sich Rico von ihr und begrüßte ein paar Freunde, die ich nicht kannte. Mona lief rüber zu mir. Sie nahm den Becher aus meiner Hand und wir setzten uns auf die Starbucks-Hocker.

»Damals ... ich wusste es echt nicht, dass man so was nicht macht«, sagte sie.

»Was meinst du?«, fragte ich.

»Mein Hintern. Die Geschichte, du wolltest sie doch hören.«

»Unbedingt«, meinte ich.

Sie lächelte, und das Verrückte war, dass sie beim Lächeln ein komplett anderer Mensch wurde. Wie Angela Merkel, die aussieht wie eine vertrocknete Essigpresse, aber wenn sie lacht, ist sie plötzlich zwanzig Jahre jünger und doch ein Mensch. Mona sah nicht aus wie eine Essigpresse. Mehr wie ein alter, grauer, zerkratzter Aschenbecher, in dem die Menschen jahrelang ihre Kippen ausgedrückt hatten, aber ihr Lachen wischte das ganze Elend und den Schmutz mit einem Schlag aus ihrem Gesicht.

»Also, da war ich vierzehn«, sagte Mona. »Das war noch in Dresden, und da war die total geile Party, das ganze Wochenende, also eigentlich war jedes Wochenende Party, und ich hatte schon ein paar Drops geworfen und ewig getanzt, und dann hat der Typ gesagt, also der, der die Pillen vertickt hat, dass er nichts mehr hat und dass er den Nachschub holen muss und ob ich mitfahren will, ich würde das Zeug auch umsonst bekommen, und da bin ich natürlich mitgefahren. Aber dann ist er gar nicht zu seinem Depot, sondern zu einem Trümmergrundstück, und da haben vier von seinen Kumpels gewartet und einer hat mir ein Messer an den Hals gehalten und die anderen haben mir die Hose runtergekrempelt. Aber dann mussten sie mir auch die Schuhe ausziehen dafür und da haben sie einen Moment nicht aufgepasst und ich hab mich losgerissen und bin gerannt. Also, jetzt ohne Schuhe und ohne Hose, ich meine, damals war ich noch echt derbe schnell, weil ich früher mal im Leichtathletikverein war. Auf jeden Fall war um das Grundstück so ein uralter, verrosteter Eisenzaun mit Schnörkeln und Spitzen und da bin ich dann mit meinem Hintern hängen geblieben. Ich hab das gar nicht so schlimm gespürt, weil, ich meine, ich war ja immer noch breit, erst einen Tag später dann, aber ich konnte auch nicht zum Arzt, weil ich weggelaufen war von zu Hause, und wie die Wunde hinten aussah, konnte ich auch nicht sehen. Gegen die Schmerzen hat mir mein Freund irgendwelche Pillen gegeben, keine Ahnung, der kam an alles Mögliche ran, aber dann hat das total angefangen zu stinken und da hat er mich in die Notfallklinik gefahren. Und die haben gesagt, dass es letzte Sekunde war und dass ich Gasbrand hab, und dann haben sie mir so ein Riesenstück Fleisch aus dem Hintern geschnitten.«

»Wow«, sagte ich, »ich meine, krass, heilige Scheiße. Und da warst du wirklich erst vierzehn?«

»Wieso?«, fragte sie. »Wie alt schätzt du mich denn?«

»Keine Ahnung«, antwortete ich. »Vielleicht siebzehn.«

Mona fuhr mit ihren Fingern durch meine Haare. »Weißt du ... du bist so sauber.«

»Wie jetzt, was meinst du mit sauber?« Ich glaube, ich wurde ein wenig rot dabei.

»Sauber halt, nicht so wie hier ... Ich meine, das ganze Leben ist doch irgendwie Dreck. Innen Dreck und außen Dreck, wenn du mich fragst ... wenigstens kann ich mich waschen bei Sascha. Sascha ist echt in Ordnung. Gemein, aber in Ordnung. Boah, ich schwitz vielleicht, fühl mal? Klebt überall, und dann schwitzt man den ganzen Dreck wieder raus, juckt richtig, die Scheiße ... das sind bestimmt tausend Pickel.« Sie kratzte sich wütend am Hals und dann hinten, über den Nieren, aber zum Glück hatte sie ihre Fingernägel abgekaut bis runter zum Fleisch, sonst wären an den Stellen garantiert schon ganz tiefe Wunden gewesen. Pickel hatte sie aber keine.

»Ist alles in Ordnung mit dir?«, fragte ich.

»Ich möchte so einen Freund haben wie dich«, antwortete Mona, und dann klemmte sie sich ein Bein von mir zwischen die Schenkel und rutschte darauf herum, und ich wusste überhaupt nicht, was ich jetzt machen sollte.

»Wie ... meinst du jetzt?«, stotterte ich. »Ich ... also ... ich, ich weiß nicht ... ich bin doch jetzt auch nicht anders.«

»Du bist ein Prinz«, sagte sie, und ihre Zahnlücke lächelte vor meinen Augen, dass ich überhaupt nicht wegschauen konnte. Sie tat mir echt brutal leid in diesem Moment, und etwas in mir mochte sie auch, weil sie so hilflos war und warm und irgendwie offen-verzweifelt. So, wie ich noch nie einen Menschen gesehen hatte davor.

»Mein Prinz«, flüsterte sie, und dann sah ich aus den Augenwinkeln, wie Kati über den Südsteg kam. Vom Steintorwall her. Sie hatte das Kinn gereckt und ihre Augen waren zwei gefährliche Schlitze und der Kaumuskel mahlte unter der Haut wie der Kolben in einem Zylinder.

»Biste jetzt glücklich, du blödes Scheißtier?«, zischte sie, als sie Mona erreichte.

Mona ruckte hastig nach oben. »Scheiße, tut mir leid ... da war nix, ich schwör's ... Hab ich jetzt Mist gebaut?«

Kati kam noch einen Schritt näher.

»Findest dich wohl so richtig klasse«, sagte sie, und Mona flüsterte: »Ich hab doch gesagt, dass es mir leidtut«, und da kassierte sie schon die erste Schelle. Und dann trat Kati mit ihren Doc Martens zu, ansatzlos, mit gestrecktem Bein direkt auf die Brust, dass Mona ein paar Meter nach hinten taumelte. Der nächste Tritt traf sie in den Unterleib und dann von hinten gegen die Nieren und irgendwann hing Kati an ihrem Hals und drückte zu und Mona bekam mit den Zähnen Katis Handballen zu fassen, und dafür bog ihr Kati den Mittelfinger nach hinten, bis Mona den Biss wieder lockerte und zu wimmern anfing.

Keiner aus der Clique rührte währenddessen auch nur einen Finger. Sie hatten einen Kreis um die Mädchen gebildet und Rico stand neben mir und stieß mir den Ellenbogen zwischen die Rippen. »Fotografier«, sagte er, und ich weiß auch nicht, warum ich es nicht schaffte, dazwischen zu gehen, sondern tatsächlich meine Kamera zückte.

Es dauerte dann bestimmt zwei oder drei Minuten, bis ein Passant endlich das zappelnde Bündel entwirrte. Kati hatte ein blutendes Loch in der Hand und Mona ein paar Schrammen im Gesicht und einen geschwollenen Finger. Schwer atmend standen sie sich gegenüber.

»Ehrlich, ich weiß auch nicht«, murmelte Mona noch einmal und Kati sagte: »Crack-Nutte«, und dann war irgendwie alles wieder in Ordnung und die beiden Mädchen standen einfach nur nebeneinander.

Mir klopfte das Herz bis in die Ohren. Ich schaute fassungslos rüber zu Rico.

»Was war das denn?«, fragte ich leise.

»Nix los«, antwortete er, »die haben ihr Ding geklärt und gut is'.«

Ich fand aber, dass überhaupt nichts gut war. Schlagen war in meiner Welt so ziemlich das Asozialste überhaupt.

An unserer Schule zum Beispiel würde bei so was sofort das Kollegium tagen und dann würde ein Kriseninterventionsplan entworfen und der Schläger würde einen Verweis kassieren oder gleich von der Schule fliegen. Schlimmer als schlagen ging praktisch nicht in unserem Pädagogenbiotop. Und ehrlich gesagt empfand ich das nicht viel anders, weil ich in meinem Leben auch schon einmal Prügel bekommen hatte. Da war ich vielleicht acht Jahre alt, und in der Nachbarschaft wohnte ein monsterdicker Junge, über den sich alle lustig machten und der bei den Kindern nur der »Hulk« hieß, was jetzt vielleicht nicht so nett war, aber auch ungefährlich, weil der Hulk so langsam watschelte, dass er einen im Leben nicht erwischen konnte. Hulk wohnte in den »Blocks«, was eine Insel von SAGA-Sozialbauten war, mitten in dem Meer von Villen hier. Der Weg zur Grundschule führte quer durch diesen Block. Ich glaube, Hulk war damals zwölf oder dreizehn, aber mir kam er absolut riesig vor. Irgendwann ist er dann auf die Idee gekommen, zwischen Autos oder hinter Büschen zu lauern, wenn ich aus der Schule kam. Das funktionierte natürlich auch nur am Anfang, weil ich die Stellen irgendwann kannte und einen größeren Bogen machte, aber vorher hatte er mich eben einmal erwischt.

Damals hatte er sich hinter zwei Mülltonnen versteckt und beim Vorbeigehen meinen Rucksack zu fassen gekriegt, und ich hatte es nicht geschafft, schnell genug aus den Schlaufen zu kommen. Er drückte mich dann einfach mit seinem Gewicht zu Boden und hockte sich auf meinen Bauch und schlug mir seine schwitzige Pranke ins Gesicht. »Sag, dass es dir leidtut«, befahl er, und ich bekam kaum noch Luft und keuchte: »Tut mir leid, ehrlich, ich schwör's«, aber er prügelte trotzdem weiter. Wie eine Filmsequenz, die man kopiert und zwanzigmal hintereinander schneidet. Klatsch – sag, dass es dir leidtut – klatsch – sag, dass es dir leidtut. Es hörte gar nicht mehr auf, und ich glaube, ich habe sogar geheult, und eine schlimmere Demütigung habe ich seit diesem Tag praktisch nicht mehr erlebt.

»Alter, wo lebst du?«, entgegnete Rico. »Ein Tritt is' ein Tritt un' 'n Schlag is' 'n Schlag und das is' so schnell vergessen wie der Schmerz. Aber wenn dich jemand beleidigt, und du wehrst dich nicht, Alter, dann biste für immer das Opfer.«

»Aber die Mädchen haben sich doch gar nicht beleidigt.«

»Rummachen is' ja wohl die derbste Beleidigung. Ich meine, du bist mit einem Mädchen zusammen und dann kommt einer und gräbt an ihr rum. Wenn du den Typen nich' kleinhackst, haste verloren. Da hat hier keiner Respekt vor.«

»Ich bin aber gar nicht mit Kati zusammen. Also, genauer gesagt, Kati ist nicht mit mir zusammen ... jedenfalls nicht so richtig.«

»Sieht aber anders aus«, sagte Rico.

Ich schaute rüber zu ihr. Sie hing über dem Geländer neben der Treppe und ließ die Spucke in Fäden ein Stockwerk tiefer auf den Bahnsteig tropfen. Als würde sie auf irgendwas zielen dort unten. Mich beachtete sie nicht. Und ich getraute mich nicht, sie einfach so anzusprechen. Mona lehnte ein paar Meter weiter und rieb sich den demolierten Finger und redete mit einem anderen Jungen.

»Nimmt sie echt Crack? Ich meine Mona«, fragte ich Rico.

»Mona nimmt, was sie in die Finger kriegt. Schätze mal, Crystal ... ist die übelste Hammerdroge.«

»Woher weißt du?«

»Hab auch ma' 'ne Bahn gezogen. Alter, das is' ultimativ.«

»Und dann?«

»Dann hat mich Sascha halb totgehauen dafür.«

»Versteh ich nicht. Ihr raucht doch auch Heroin zusammen.«

»Shore vom Blech is' okay. Koka is' okay. Benzos, Pep, alles okay. Shore zu drücken is' nicht okay. Basen is' nicht okay. Und Crystal sowieso nicht.«

»Und daran hältst du dich auch?«

»Ich könnte mich nie mehr am Bahnhof blicken lassen, wenn ich's nicht täte.«

»Aber warum regt sich Sascha dann bei Mona nicht auf?«

»Mona is' 'ne Nutte. Das kümmert keinen.«

19 Ich muss gestehen, dass ich das alles überhaupt nicht kapierte. Wer was wo warum machen durfte oder auch nicht und warum Mona zur Clique gehörte, aber gleichzeitig eine Aussätzige war. Ich ging wieder rüber zu Starbucks und bestellte für mich auch einen Frappuccino. Das Zeug schmeckte grauenhaft, aber es hatte den Vorteil, dass ich mich ewig daran festhalten konnte. Ich schaute rüber zu Mona. Sie hatte aus ihrer Handtasche so ein Schminkset geholt und sortierte darin die Farben. Es waren höchstens zehn verschiedene Töne, aber Mona schichtete die Kästchen vorwärts und rückwärts und betrachtete das Ergebnis von oben und dann im aufgeklappten Spiegel und fand überhaupt kein Ende.

Der Mann hinter dem Tresen hatte irgendetwas Arabisches und wollte nicht, dass ich in seinem Laden fotografierte. Also ließ ich es wieder bleiben. Als Sascha nach einer Viertelstunde auf dem Südsteg erschien, war Mona immer noch mit dem Sortieren beschäftigt.

Sascha sah aus, als wäre er direkt aus einem Hip-Hop-Video entlaufen. Er hatte diesen rhythmischen, seitlich wiegenden Gang, wie ihn auch die coolen Schwarzen haben, und die Codes seiner Begrüßung waren genauso kompliziert mit High Five und Faust gegen Faust und dann gegen die Schulter gerempelt. Er steuerte auf Kati zu und Kati klammerte sich an seinen Hals wie eine Ertrinkende und ich ließ meinen lauwarmen Frappuccino stehen und ging rüber zu den beiden. Sascha schlug mit seiner Faust leicht gegen meine. Kati tat immer noch so, als wäre ich verpestete Luft.

»War 'ne Pleite«, meinte Sascha zu uns beiden. »Den Typen auf eurem Foto kennt keine Sau. Auf jeden Fall keiner von Zuhältern oder den Dealern am Hansaplatz.«

»Und was jetzt?«, sagte ich.

»Ich frag ein bisschen auf Pauli rum.«

»Da komm ich mit«, meinte Kati.

»Aber bestimmt nicht«, antwortete Sascha. Er zwängte sich das Foto wieder in die Gesäßtasche seiner Jeans und ging den Südsteg zurück zur U-Bahn und Kati und ich lehnten weiter an dem Geländer. Sie schaute runter auf das Gewusel der Leute. Ihre Haare standen wieder nach allen Seiten, und die Jeans, die sie trug, war so eng, dass ihr Hintern von der Seite aussah wie ein rund geschliffener Kiesel. Sogar die Muskeln an den Oberschenkeln konnte man ahnen unter dem Stoff. Sie hatte vielleicht nicht so unendlich lange Beine wie Mona. Aber es waren definitiv die schönsten der Welt.

»Ich konnte echt nichts dafür«, sagte ich.

»Du musst mir gar nichts erzählen«, murmelte Kati.

»Sie hat sich aber einfach auf meine Beine gesetzt.«

»Und das ist jetzt ein Grund rumzuwimmern?«, fragte Kati. »Was bist du für 'n Lappen?«

»Darf ich das wenigstens mal erklären?«, fragte ich.

»Interessiert nicht«, sagte Kati, und dann nahm ich all meinen Mut zusammen und gab ihr einen Kuss auf den Mund, der keine Frage und keine Antwort war, sondern das schönste, tapferste, einzigste Mädchen des Universums meinte.

»Interessiert immer noch nicht«, sagte Kati und wischte sich mit dem Handrücken über die Lippen. Aber dann konnte sie das Lächeln doch nicht ganz unterdrücken und ihr Kopf kippte kaum merklich an meine Schulter. Ich hielt den Atem an und dachte: Jetzt bloß nicht bewegen.

Ich weiß nicht, wie lange wir so zusammengestanden waren. Keiner von uns hatte sich jedenfalls gerührt und irgendwann waren alle anderen um uns verschwunden, und auch wenn das jetzt reichlich vernebelt klingt, war das wirklich einer der glücklichsten Momente in meinem ganzen Leben. Kann man schwer nachvollziehen, schätze ich, aber so war es. Ein Gefühl, dass man nichts reden musste und dass es ihr Puls war, der durch meine Adern floss, und dass unsere Herzen für immer gemeinsam schlugen. Und eigentlich glaubte ich, dass es ihr ähnlich ging, weil ich ein paarmal anfing mit einem Satz, aber sie machte nur »Psst« und dann wurde ihr Kopf auf meiner Schulter ein klein wenig schwerer.

Trotzdem konnte das natürlich nicht zehn Tage so weitergehen, und deshalb machte ich nach einer Weile doch den Mund auf und sagte: »Magst du vielleicht mitkommen zu mir nach Haus?«

»Nicht gleich übermütig werden«, antwortete Kati. Und dann drehte sie sich um und hüpfte lachend davon und für mich war es mal wieder eine kalte Welle voll ins Gesicht. Jedes Mal, wenn es sich anfühlte, als ob jetzt endlich alles in Ordnung wäre, gab es die nächste Klatsche. Gehörte so was immer zur Liebe? Dass nie etwas klar war und man pausenlos über den anderen nachdenken musste? Fand ich nicht witzig, muss ich gestehen. Besonders, weil es den vollkommenen Moment zerstörte. Zumindest für mich.

Ich schaute ihr hinterher, bis sie im U-Bahn-Schacht verschwunden war, dann lief ich den Südsteg in die andere Richtung. Durch die Unterführung und die Rolltreppe hoch ans Tageslicht und links über die Straße zu Saturn, um für meinen Vater das Aufladekabel zu kaufen. Die Quittung steckte ich ein. Konnte man vielleicht noch mal gebrauchen.

Zu Hause schaute ich kurz bei meinem Vater ins Zimmer. Der Berg aus Papieren, Kaffeetassen und Wasserflaschen auf seinem Schreibtisch hatte eine beeindruckende Höhe erreicht. Mein Vater hatte diese Leere im Gesicht, die ich schon kannte an ihm, wenn er sich in ein Problem verbissen hatte und durch sein eigenes Hirn turnte und nach außen nur noch den Anschein von Anwesenheit aufrechthielt.

»Schön, schön, mein Sohn«, murmelte er, ohne mich anzusehen. Mit Mädchenproblemen musste ich ihm gar nicht erst kommen in dieser Stimmung.

»Papa, ich brauch noch Geld für was zu essen«, meinte ich.

»Sehr schön, mein Sohn«, sagte er.

Funktionierte in solchen Phasen fast immer. Ich fischte einen Fünfzigeuroschein aus dem Portemonnaie und hielt ihn meinem Vater unter die Nase. Er nickte. Wahrscheinlich konnte er sich trotzdem eine Stunde später nicht mehr daran erinnern.

Ich ging hoch in mein Zimmer und checkte als Erstes meinen Facebook-Account. Mittlerweile hatte sich das Bild über zweitausendmal verbreitet. Aber niemand hatte einen brauchbaren Hinweis. Dafür fand ich wieder eine Mail von Stanislav Kopranek in meinem Postfach: »Breaking News! Call me. Stan.«

Ich sah auf die Uhr. Wahrscheinlich hielt er bereits Hof im After-Work-Club, aber als ich die Büronummer wählte, war er doch selbst am Apparat. Ich kam überhaupt nicht zu Wort. »Megachance«, brüllte er ins Telefon, »YOURS-Award, sagt dir was, oder? Young Urban Spirit, Deichtorhallen, Hammer-Location, groovy, aber auch Zen, Alter, das ist die Champions League, Editorial, Ad, Fashion, alles da, du verstehst, was ich meine.«

»Äh, nein«, sagte ich.

»Schwing deinen Hintern ins Office, unser Creative Director will dich sehen. Ich hab ihm von deinen Fotos erzählt, mein Freund, das ist 'n Sechser. Und bring die Bilder mit.«

»Welche Bilder denn?«

»Logisch alle.«

»Und wann soll ich da sein?«

»Am besten gestern, komm in die Gänge, Genosse.«

Dann legte er wieder auf, aber ich hatte überhaupt keinen Plan, was er meinte. Die Bilder von Sascha und seinen Freunden? Meine perfekten Momente? Ich hatte auch noch nie etwas von einem YOURS-Award gehört. Also fragte ich Google.

YOURS war so ein hipper Wettbewerb, den City Slick vor ein paar Jahren erfunden hatte. Prämiert wurden die besten Nachwuchsdesigner, -grafiker und -fotografen Hamburgs und die stellten dann ihre Sachen aus, und das war dann »ein Blick in die kreative Zukunft der Stadt«, wie City Slick meinte. Oder auch: »Hamburgs Raketenstart in den Karrierehimmel«. Der Gewinner bekam nichts außer einem wichtigen Händedruck. Aber angeblich rissen sich danach alle Magazine und Agenturen um ihn. Für mich klang das erst mal nicht wie ein Sechser im Lotto. Trotzdem stopfte ich meine Festplatten in den Rucksack und sagte zu meinem Vater, dass ich noch einen Termin hätte, und er meinte »Sehr schön, mein Sohn« und schaute nicht hoch, sondern grub nach irgendwas tief unten im Berg auf seinem Schreibtisch.

City Slick hatte das Büro in einem alten Kornspeicher direkt am Wasser. Nur ein paar Meter von der alten Fischauktionshalle entfernt. Die Straßen dort waren früher mal, als ich noch klein war, eine echt coole Spelunkengegend gewesen, mit Nutten am Straßenrand und Läden, die »Haifisch-Bar« hießen oder »Bei Susi«. Aber jetzt hatte sich dort der kreative Morast breitgemacht. Nur noch Werbeagenturen und Designer-Möbel und Restaurants, in denen das Steak einhundert Euro kostete. Stan und sein Creative Director warteten im Konferenzraum auf mich. Fünfter Stock, die Stirnseite war komplett verglast. Da fuhren einem die Containerschiffe praktisch direkt durch die Kaffeetasse.

Für mich hatten sie keinen Kaffee hingestellt, sondern eine Dose Red Bull und einen Teller mit Keksen. Von der Sorte, die bei den Gebäckmischungen immer übrig bleibt, weil kein Mensch das Zeug essen will: Mürbegebäck ohne Schokolade. Und Waffeln mit Zitronencreme zwischen den Deckeln. Der Tisch, an dem die Typen saßen, hatte die Form von einem Trapez und war so groß wie drei Tischtennisplatten. Keine Ahnung, wie das Ungetüm überhaupt in den Raum gekommen war.

Ich hatte mal gelesen, dass solche Möbel gebaut werden, damit sich Leute daran mickrig und unbedeutend fühlen und alles abnicken, was man ihnen befiehlt. Keine Ahnung, ob das so stimmte. Aber bei mir hat es auf jeden Fall funktioniert. Mir rutschte das Herz durch die Hose, als ich so dasaß, und dann dachte ich daran, dass ich hier gleich meine Bilder zeigen musste, und da wurde mir erst mal so richtig schlecht. Wenn neben mir ein Eimer gewesen wäre, hätte ich direkt in den Kübel gekotzt. Stand aber nur der Keksteller rum. Da konnte ich mich dann zum Glück noch beherrschen.

»Wir haben ein Problem«, erklärte der Kreativ-Direktor vom anderen Ende des Tischs. Er sah nicht so dandymäßig behämmert aus wie der Head of Emotions. Eher der handgenähte Manufaktum-Typ, der mit Füller und Tinte schreibt und Tweedjackett trägt und einen Oldtimer fährt. »In zwei Tagen ist die Ausstellungseröffnung zu unserem YOURS-Award«, sagte er. »Und da haben wir jetzt leider einen Fotografen, also, hat echt Talent, dieser Junge, aber plötzlich kommt er mit so'm Nazi-Mist um die Ecke. Inszeniert nicht bloß blonde Fascho-Ästhetik, sondern richtig Aufruf zur Diskriminierung. Geht natürlich nicht, ist klar, die Bilder mussten wir rausnehmen, aber jetzt haben wir da zwölf Quadratmeter leere Wände. Keine schöne Geschichte. Wo kriegen wir auf die Schnelle einen Ersatz für ihn her? Da hat Stan deinen Namen ins Spiel gebracht. Tut mir leid, wenn ich das sage, aber ich habe von dir noch nie was gehört. Aber vielleicht hat er ja recht, mein Kollege.«

Der Kreativ-Direktor schaute skeptisch zu mir herüber.

»Ich hab meine Bilder aber gar nicht nach Themen sortiert«, sagte ich.

»Zeig einfach, was du die letzte Zeit fotografiert hast«, meinte das Tweedjackett. Er stöpselte meine Festplatte an einen Laptop und den an einen Beamer. Vor den Containerschiffen senkte sich eine gigantische Leinwand bis auf den Boden. Es wurde dunkel in dem Raum und das war das einzig Beruhigende an der ganzen Geschichte. Dass niemand mehr sehen konnte, wie es mir ging.

Zum ersten Mal betrachtete ich meine Bilder im Format drei mal fünf Meter. Der Beamer gab den Bildern so ein inneres Leuchten, und der Schmerz und die Liebe auf den Gesichtern waren so gigantisch, dass man richtig weggeblasen wurde. Also jedenfalls ich. Aber dann war es auch wieder total beklemmend und Furcht einflößend. Ich hatte überhaupt keine Ahnung, wie Drogen wirkten, aber so ähnlich musste das sein, dachte ich. Der totale Flash und dann wieder voll der Angst-Trip, und wenn einer von den Experten auf dem Handy rumgespielt hätte oder eingeschlafen wäre, hätte mich das sofort gekillt. Es war, als würden die Gefühle in meinem Kopf immer schneller beschleunigt, wie beim Hammerwerfen, bis ich ihre Wucht nicht mehr halten konnte und sie in den Orbit geschossen wurden.

Wie gesagt, zum Glück war es dunkel, sodass ich die Reaktionen der anderen nicht sah und die anderen mich nicht sahen, aber dann war die Vorstellung vorbei und die Leinwand bewegte sich wieder lautlos nach oben. Eine Weile herrschte die totale Stille.

»Da sind Vibrations«, sagte Stan.

»Erinnert mich an Nan Goldin«, meinte das Tweedjackett.

»Oder den frühen Juergen Teller«, sagte Stan. »Sehr roh, aber catchy.«

Juergen Teller kannte ich. Ich meine, nicht persönlich, sondern ein paar seiner Bilder. Keine Ahnung, ob das jetzt frühe Werke waren, aber auf jeden Fall hatten sie mit meinen Fotos überhaupt nichts zu tun. Weiter weg von mir ging praktisch nicht. Teller war inszenierte Mode, die auf authentisch machte. Ich fand Inszenierungen aber den totalen Mist. Ich wollte keine Welten erschaffen mit meinen Bildern. Ich wollte bloß die Welt zeigen, das war schon alles.

Ich meine, ich wollte auch nichts ausdrücken oder Gefühle in Bilder übersetzen oder schlaue Gedanken zu einem Motiv komponieren. Mich interessierte nur das Leben. Oder der Moment, und je ehrlicher und echter und von mir aus auch authentischer der war, desto lebendiger.

Allerdings hatte ich natürlich auch nichts dagegen, dass mich die Experten jetzt für einen »Juergen Teller« hielten, weil so ein Stempel auf jeden Fall besser war als »Hobbyfotograf« oder »Urlaubsknipser« oder so was. Hätten sie ja auch sagen können, zum Beispiel.

Trotzdem kam ich mir ein bisschen wie ein Hochstapler vor. Eigentlich rechnete ich sogar jede Sekunde damit, dass die Herren ihren Irrtum erkannten. Und dann war es das wieder mit der Karriererakete.

Oder meine Bilder hatten tatsächlich Kraft, aber dann lag das nur daran, dass der Beamer sie monstergroß auf die Leinwand warf. Vielleicht war es mit ihnen wie in der Musik, wo es auch Lieder gibt, die auf Zimmerlautstärke flach wie die Landstraßen in Norddeutschland sind, aber einen wegfegen, wenn man den Regler an den Anschlag schiebt.

Ich meine, selbst ich konnte in diesem Moment andere Dinge auf meinen Bildern sehen. Dabei kenne ich auf ihnen eigentlich jeden einzelnen Pixel. Zum ersten Mal konnte ich sehen, dass sich tatsächlich was geändert hatte zwischen meinen früheren Bildern und den letzten Aufnahmen von Kati und Sascha. Schon komisch, dass mir das vorher nicht aufgefallen war, dabei sprang einem der Unterschied eigentlich superdeutlich ins Auge. Meine Abschiedsbilder waren abgeklärter, sauberer, kühler. Auch technisch besser. Und die neuen Fotos waren näher und unbarmherziger und trotzdem irgendwie liebender. Ich kann das gar nicht so richtig in Worte fassen. Eigentlich ist es auch der totale Schwachsinn, dass eine Kamera merken könnte, wie man zu den Menschen steht, die man fotografiert. Aber so war es, und deshalb waren die Bilder auch schamloser, aber viel weniger voyeuristisch. Nackter. Aber viel weniger entblößend. Nicht mehr so beobachtend, sondern teilnehmend, falls jemand versteht, was ich jetzt meine.

»Technisch müssten die aber noch hart bearbeitet werden«, sagte das Tweedjackett. »Das dauert mindestens ein bis zwei Tage. Und wo kriegen wir dann noch auf die Schnelle vernünftige Abzüge her? Also, das seh ich nicht, dass das noch funktioniert.«

»Warum kann man es nicht so machen wie hier?«, fragte ich. »Kann man nicht einfach einen Raum abdunkeln und dann zeigt man die Bilder mit einem Beamer?«

Das Tweedjackett schaute mich von der anderen Seite des riesigen Tisches an. Lange und schweigend und ziemlich entgeistert. Hatte ich so den Eindruck, als hätte ich gar nichts begriffen von seinem Geschäft. Aber er sagte: »Mein Freund, das ist brillant ... Tribute to Nan Goldin ... so machen wir das, das wird Legende.«

Stan sagte: »Strike.«

Dann schauten sich die beiden meine Bilder noch zweimal an und wählten ungefähr vierzig Motive aus.

»Hast du für alle Bilder eine Einwilligungserklärung?«, meinte das Tweedjackett am Ende noch.

»Braucht man denn so was?«, fragte ich.

»Oh Gott, diese Amateure«, stöhnte er.

»Also, die meisten sind kein Problem«, beeilte ich mich zu sagen. »Eigentlich muss ich nur den Obdachlosen noch fragen.«

»Und du weißt, wie er heißt?«

»Ich weiß auch, wo er wohnt mit seiner Matratze.«

Stan sagte: »Müssen wir unbedingt plakatieren ... und natürlich Facebook, Twitter, Tumblr, Megaprojekt.«

Also, wenigstens waren es nicht bloß leere Worte. Als ich am nächsten Tag nach der Schule zum Bahnhof kam, klebten überall diese Plakate. An Telefonkästen, an Bauzäunen, neben Phil Collins. Das heißt, ich schätze mal, dass sie auch vorher schon dort gehangen haben, aber jetzt fielen sie mir zum ersten Mal auf. Es war ein Foto von einem ausgestopften Eisbärenkopf, der an einer Blümchentapete hing. »YOURS is yours« stand dort in roten Buchstaben. Und jetzt war ein neongrüner Streifen schräg über eine Ecke geklebt. »Großer Bahnhof – heute in den Deichtorhallen«.

Dabei ging es morgen erst los. Ich machte mich auf die Suche nach Sascha. Mona hing draußen bei den Strichern herum. Sie winkte von Weitem schon windmühlenmäßig zu mir herüber. Sascha hatte sie aber nicht mehr gesehen, seit er losgezogen war nach St. Pauli.

Rico fand ich dann zusammengekrümmt auf Gleis 8, neben dem Kiosk. Seine Augen tränten und der Körper zitterte trotz der Wärme und seine Pupillen waren groß wie Eineurostücke. Jede Minute wischte er sich mit dem Handrücken über die Nase. Auch er hatte Sascha schon überall gesucht. Zu Hause, bei McDonald's, draußen bei den Dealern und in den Ecken, in denen Sascha und er normalerweise die Bleche rauchten.

»Haste Kohle?«, fragte er mich.

Ich schüttelte den Kopf, obwohl ich den Fünfzigeuroschein meines Vaters in meiner Tasche hatte. Aber den wollte ich nicht für Ricos Drogen verbrennen. Sollte man ja auch nicht, hatte es in der Drogenaufklärung in der Schule immer geheißen. Sonst würden die Süchtigen nie die Kraft finden zu einem Neuanfang. Keine Ahnung, ob das so stimmte, aber ich fand eigentlich nicht, dass Rico in diesem Zustand so aussah, als hätte er überhaupt zu irgendwas Kraft. Schon gar nicht für eine radikale Veränderung. Außerdem fühlte es sich ziemlich mies an, Rico so zu belügen.

»Weißt du, ob er in der Nacht zu Hause war?«, fragte ich.

»Alter, ich schieb so den Affen, haste nicht doch irgendwo 'n paar Euro?«

»Nur 'n Fünfziger, aber da muss ich meinem Vater was kaufen für.«

»Wenn Sascha kommt, kriegste die Kohle sofort«, sagte Rico, »ich schwör's, ehrlich, er hat was organisiert«, und natürlich hab ich ihm dann den Schein gegeben, und er sagte »Warte hier« und wankte los, und danach dauerte es ungefähr zehn Minuten, bis er wieder auf den Bahnsteig geschlichen kam. Er musste sich ans Geländer krallen, um nicht die Treppe herunterzufallen.

»Komm mit«, sagte er und schleppte sich den Bahnsteig entlang, an der Rolltreppe vorbei unter die Wandelhalle. Dort kauerte er sich hinter den letzten Pfeiler, wo keine Passanten mehr hinkamen und von oben auch niemand hinschauen konnte. Er faltete seine Alufolie auf und kippte das Pulver in die Rinne, dann hielt er sein Feuerzeug darunter, aber der Bahnhof war an dieser Ecke so windig, dass die Flamme immer wieder erlosch.

»Alter, da hab ich ja gar kein Nerv drauf«, brummte Rico und faltete sein Zeug wieder zusammen, und dann schleppte er sich wieder zurück zu dem gläsernen Aufzug, der unten vom Bahnsteig hoch auf den Nordsteg fuhr.

»Stell dich mal vorne an«, sagte er, »muss ja nich' jeder sehen«, und dann breitete er sein Zeug auf dem Boden aus und fragte: »Willste auch mal?«, und ich schüttelte heftig den Kopf, weil ich wirklich die totale Panik hatte vor diesem Zeug. Allein die Vorstellung, dass in meinem Kopf irgendwas sein könnte, was ich nicht steuern kann, fand ich schon horrormäßig. Rico zuckte nur mit den Schultern und riss sich den Rauch in die Lunge und dann ruckte plötzlich der Fahrstuhl an und schlich in die erste Etage. Der Kasten fuhr echt so langsam, dass Rico praktisch schon fertig war mit dem Rauchen, als oben die Tür aufging. Davor wartete ein älterer Mann mit einem Hund. Am Ärmel hatte er eine gelbe Binde.

»Wegen Wartungsarbeiten leider außer Betrieb«, sagte Rico und drückte auf den Abwärtsknopf und lachte sich auf der Fahrt nach unten halb tot über den Typen. »Zu geil, kommt da einer her, wenn ich mir grad 'n Blech fertig mach, und dann isses 'n Blinder.«

»Was ist jetzt mit Sascha?«, fragte ich. »Hast du ihn heut schon gesehen?«

»Waren verabredet ... hier ... aber is' nich' gekommen ... der Penner.«

»Weißt du denn, ob er in der Nacht in der Spießerwohnung war?«

»Was 'n für 'ne Spießerwohnung, Alter?«

»Die von seinem Freund oder was der jetzt ist.«

»Keine Ahnung, echt nicht ... Sascha hat mich zu meiner Mutter geschickt.«

»Muss ich jetzt nicht verstehen, oder?«

»Er will halt nicht, dass ich den Kontakt zu ihr verlier. Ich glaub, weil er selbst nie 'ne Mutter hatte oder so. Da is' er superallergisch ... eigentlich muss ich immer zu Hause pennen.«

»Und wenn nicht?«

»Haut er mich tot, wenn er mich in die Finger kriegt. Hat er gesagt. Is' kein Spruch, so was macht er.«

»Sascha haut dich nicht tot, du bist doch sein bester Kumpel.«

»Alter, du hast überhaupt keine Ahnung. Wenn er so was sagt, muss er's auch tun. Sonst braucht er nicht mehr hier auflaufen. Und dann können wir alle einpacken. Mona und ich und alle anderen. Also tue ich, was er mir sagt.«

»Aber warum muss er dich tothauen, wenn er's mal gesagt hat? Versteh ich nicht.«

»Wenn du richtig hart auf Shore asselst, haste nich' viele Möglichkeiten, den Stoff klarzumachen für jeden Tag. Gehst aufn Strich oder machst Brüche oder dealst. Oder du bist voll das Arschloch und ziehst die anderen ab. Ist in jeder offenen Szene so. Wie Schutzgelderpressung. Entweder du gibst den Arschlöchern was ab oder sie hauen dir auf die Schnauze. Sascha lassen sie aber in Ruhe. Und seine Freunde auch.«

»Und warum?«

»Weil Sascha der Härteste ist. Alter, der hat mal mit 'ner Machete in der Hand so 'n Assi durch den Bahnhof gejagt. Bloß weil Sascha gesagt hatte, dass er dem Typen die Hand abhackt, wenn er ihn noch einmal anfasst. Und dann hat der Typ ihn angefasst, und dann muss er auch machen, was er gesagt hat. Das ist Gesetz bei Sascha. Sonst nimmt einen hier niemand ernst. Also ist er wie so 'n Panzer hier durchmarschiert. Sascha merkst du auch nich' an, ob er 'n Affen hat oder auf 'ner Depression hängt oder so. Bloß keine Schwäche zeigen. Oder Hilfe annehmen. Geht bei ihm auch ums Verrecken nicht.«

»Okay, versteh ich«, sagte ich, »und jetzt wart ihr heute verabredet, aber er ist nicht aufgetaucht.«

»Alter, wenn du dich weggescheppert hast, denkste nicht zwingend an 'ne Verabredung.«

»Hoffentlich ist ihm nichts passiert«, sagte ich, »ich meine, er wollte bei den Zuhältern rumfragen auf St. Pauli.«

»Der is' Unkraut«, sagte Rico, »dem passiert nix«, und dann musste er »noch was nachlegen«, und als der letzte Tropfen auf der Folie verqualmt war, kippte ihm der Kopf auf die Brust und seine Lider rutschten langsam über die Augen. In Zeitlupe, wie so zwei elektrische Garagentore.

Ich bekam echt die Panik in diesem Moment, obwohl ich gar nicht wusste, ob man sich beim Rauchen eine Überdosis einfangen kann, und deshalb rüttelte ich immer wieder an Ricos Armen, und er öffnete auch jedes Mal wieder die Lider und sagte freundlich: »Wassis?«, aber was anderes war dann nicht mehr aus ihm herauszukriegen. Also stellte ich ihn auf seine Gummibeine und schleifte ihn aus dem Aufzug rüber zur Rolltreppe und hievte ihn bei Starbucks auf einen Hocker. Ich selbst setzte mich als Stütze daneben. Sonst wäre er einfach umgekippt. Dabei hatte ich keine Ahnung, wie lange so ein Zustand eigentlich dauerte. Ich durchwühlte seine Hose, in der Hoffnung, dass noch etwas übrig war von meinen fünfzig Euro.

»Ey ... nimm mal die Hand raus da ... ich bin nich' schwul«, lallte er. Außer ein paar mageren Münzen war auch nichts mehr zu finden. Sie reichten gerade noch für einen Eiskaffee.

Kaffee ist immer gut für seinen Zustand, dachte ich. Aber er nuckelte nur an dem Strohhalm, ohne dass das Glas dabei leerer wurde. Dafür füllte sich der Südsteg langsam mit Saschas und Ricos Freunden.

Auch Kati kreuzte irgendwann auf. Sie sah seriöser aus als sonst, mit einer hellblauen Bluse und straff nach hinten gezwängten Haaren, die in einem Pferdeschwanz endeten, und selbst die Doc Martens hatte sie gegen ein Paar New Balance getauscht. Als müsste sie zu einem Vorstellungstermin.

»Was ist denn mit dir?«, fragte ich und deutete auf ihre Klamotten.

»War arbeiten«, antwortete sie, und bevor ich noch etwas sagen konnte, meinte sie: »Willst du nicht wissen, also frag nicht.«

Ich erzählte ihr von meiner Angst wegen Sascha. Schien aber kein Grund zu sein für Kati, sich Sorgen zu machen.

»Ihm geht's gut«, sagte sie.

»Woher weißt du?«

»Ich hab ihn heute gesehen.«

»Wie das denn?«

»Ich hab doch gesagt, das willst du nicht wissen.«

»Und? Hat er was rausgefunden auf Pauli?«

»Sieht nicht so aus. Meine Schwester hatte wohl nichts zu tun mit der Zuhälterszene. Und der Typ auf dem Foto auch nicht.«

»Und was machst du jetzt?«

»Ich krieg ihn trotzdem. Irgendwann. Das kannst du glauben.«

Sie schnappte sich Ricos Eiskaffee und zwängte sich neben mich auf meinen Hocker.

Ich erzählte von Stan und der Ausstellung in den Deichtorhallen.

»Boah, du wirst berühmt«, sagte sie, als ich geendet hatte.

»Ihr werdet berühmt«, antwortete ich. »Wer kennt schon den Namen des Fotografen?«

»Ich kenn einen«, Kati lachte. »Albert Cramer. Der totale Lauch. Aber macht jetzt Karriere.«

»Du bist so blöd«, sagte ich, und dann rutschte Kati vom Hocker und zog mich den Südsteg entlang bis zum Anfang der Unterführung. Dort war auf der linken Seite eine Glastür und daneben ein silbernes Schild: »Raum der Stille« stand da. In Deutsch und Englisch. Hinter der Tür saß ein Mann mit braunen Sandalen und kurzärmligem Hemd und roter Krawatte. Seine Backen hatten auch so eine gesunde Farbe.

»Willkommen an unserem Ort der Hoffnung, wie schön, dass ihr den Weg hierher gefunden habt«, sagte er und lächelte so unbeholfen nett, dass ich ihm jedes Wort und seine ganze Freundlichkeit glaubte. Wahrscheinlich hielt er uns für ein frommes Pärchen. Ich meine, ich sehe ja sowieso immer ein bisschen katholisch aus. Und Kati ging in ihrer Bluse auch als höhere Tochter durch.

»Wo kommt ihr denn her?« Der Freundliche lächelte.

»Äh ... Wuppertal?«, sagte ich. Kati schaute mich fragend an. Wie kam ich auf Wuppertal? Ich war nie in Wuppertal. Vielleicht weil meine Mutter früher, wenn sie etwas bezahlen musste, immer gejammert hatte: »Das schöne Geld, da geht es über die Wupper.« Und als Kind hatte ich mir dann vorgestellt, wie auf der anderen Seite der Wupper unvorstellbare Mengen Geld lagerten, auf riesigen Halden, wie die Kohle im Kohlehafen, die man sieht, wenn man über die Köhlbrandbrücke fährt.

»Das Wunder der Liebe wohnt überall«, sagte der Mann, als wäre es das größte Wunder von allen, dass es die Liebe sogar bis nach Wuppertal geschafft hatte, was vielleicht wirklich ein Wunder war. Ich war – wie gesagt – noch kein einziges Mal dort.

»Muss man da christlich sein, wenn man in den Raum der Stille will?«, fragte ich.

»Aber nein, uns ist jeder willkommen«, antwortete der Freundliche und öffnete uns die Milchglastür in seinem Rücken.

Dahinter befand sich eine kleine Kammer ohne Fenster mit schwarzem Linoleum und fünf hölzernen Hockern. Lang hielt man es auf ihnen garantiert nicht aus. So unbequem, wie sie aussahen. An den Wänden war irgendwelche Holzimitatpaneele und dazwischen hingen zwei Bahnen

Stoff. Auf einer stand: »Wenn die Sonne nicht scheint, wird sie von den Wolken verdunkelt.«

Der andere Satz lautete: »Ich bin hinabgestiegen in den Nussgarten, um die Knospen im Tal zu sehen.«

»Sind bestimmt Bibelsprüche«, sagte ich.

»Oder was Sexuelles«, flüsterte Kati und griff nach meiner Hand und legte sie sich zwischen die Beine. Sie lehnte sich gegen die Wand, und ich sagte: »Was ist, wenn jemand reinkommt?«, und sie meinte: »Pssst, das ist ein Raum der Stille«, und dann klammerte sich ihre Hand in meinen Nacken und ihre Augen waren tief und klar und ein verschlingender Strudel. Dagegen gab es überhaupt keine Rettung.

Irgendwann glitt Kati dann an der Wand herunter und kauerte sich auf den Boden und ich setzte mich auf einen der Hocker, und sie lehnte sich an meine Knie und bettete ihren Kopf in meine Hand. Eine kleine Ewigkeit saßen wir so zusammen, und wenn überhaupt so etwas wie Sinn oder Glück existiert, dann war es in diesem Moment.

Als wir den Raum Hand in Hand wieder verließen, fragte der freundliche Mensch: »Haben Sie die belebende Kraft der Stille gespürt?«

»Wie neugeboren«, antwortete Kati, und der freundliche Mensch lächelte glücklich und wünschte uns »Gottes Segen und einen erfüllten Tag«. Dann traten wir raus in die Unterführung.

Saschas weiße Klamotten leuchteten schon von Weitem über den Südsteg. Auch Rico stand wieder senkrecht und zündete gerade zwei Zigaretten an. Eine schob er Sascha zwischen die Lippen.

Irgendwie fühlte sich Händchenhalten auf dem Bahnhof an wie Milchtrinken im Millerntor-Stadion. Oder Häkeln auf einem Heavy-Metal-Konzert. Zögernd ließ ich Katis Hand wieder los und dachte gleichzeitig, was ich doch für ein Lappen war, und dass panzermäßiges Durchmarschieren anders aussah, aber Kati schien mein Verhalten nicht tiefgreifend zu irritieren. Sie lief rüber zu Sascha, und dann drehten sich die beiden ein bisschen weg, weil sie wahrscheinlich nicht wollten, dass jemand hören konnte, was sie da miteinander besprachen.

Wobei: Eigentlich war es nur Sascha, der redete, und Kati schüttelte die ganze Zeit ihren Kopf, und manchmal schauten beide zu mir. Als wäre ich das Thema ihres Gespräches. Also stellte ich mich auch zu beiden.

»Was geht?«, fragte Sascha und klopfte mir auf den Rücken, und ich sagte: »Perfekter Tag«, und Sascha schaute zu Kati und grinste und legte seinen Arm auf meine Schulter:

»Alter, ich brauch dich heut Nacht, ist aber jetzt nicht hundert Prozent legal.«

»Nicht mal zehn Prozent«, meinte Kati.

»Kann aber überhaupt nichts passieren«, behauptete Sascha.

»Und was ist es jetzt?«, fragte ich.

»Fahrradfahren.«

»Ehrlich? Wieso denn Fahrradfahren?«

»Heute Nacht. Wir treffen uns um halb eins hier an der U-Bahn nach Niendorf. Aber pünktlich ... die letzte Bahn fährt 0:37.«

»Dann muss ich jetzt los«, antwortete ich und erzählte von der Ausstellung und dass ich meine Fotos noch bearbeiten musste, und man konnte richtig sehen, wie Sascha um ein paar Zentimeter wuchs.

»Scheiße, wie geil ist das denn? Ich hab's dir gesagt, Alter, du hast es drauf, ich hab's gewusst. Sag, dass ich's gewusst hab.«

»Einen Scheiß hast du gewusst«, sagte ich. »Das Ganze ist der totale Zufall.«

»Aber wir sind da auch eingeladen, oder?«

»Denke schon«, antwortete ich, weil Sascha schließlich

der Vater des ganzen Projektes war. Irgendwie. Ohne ihn hätte es ja kein einziges Nan-Goldin-mäßiges Foto gegeben.

Zu Hause bastelte ich dann an der Schärfe der Bilder herum und drehte Farben raus und wieder rein und wählte Ausschnitte, die ich dann wieder verwarf. Man konnte irre werden an dieser Arbeit. Welcher Ausschnitt war besser und passte besser zu welcher Farbtemperatur, und je länger man sich damit beschäftigte, desto mehr verschwamm alles zu Brei mit Soße. Irgendwann wusste man gar nichts mehr und dankte Gott und Photoshop, dass jemand die Taste F12 erfunden hatte, mit der man zurückkam zur letzten Version. Außerdem schaute ich alle zehn Minuten zur Uhr.

Am Ende entschied ich, die meisten Bilder doch so zu lassen, wie sie waren, weil alles Nachschärfen nur dazu führte, dass die Bilder vielleicht bessere Bilder wurden, aber immer weniger zu tun hatten mit dem Moment. Tribute to Nan Goldin. Die hatte noch analog fotografiert und auch nicht die Möglichkeit gehabt, stundenlang an ihren Bildern zu schrauben.

Um kurz vor Mitternacht machte ich mich wieder auf den Weg zum Bahnhof. Bei meinem Vater brannte noch Licht und man konnte ihn durch die geschlossene Tür beim Wälzen der Bücher hören. Diesmal hielt ich es für keine schlaue Idee, noch mal Bescheid zu sagen. Er glaubte mich garantiert schon im Bett. Und würde auch nie das Gegenteil bemerken, wenn ich vor acht Uhr morgens wieder zu Hause war.

Kati und Sascha traf ich dann an der Haltestelle am Hauptbahnhof. Die letzte U-Bahn war schon dort rappelvoll, und am Schlump drückten noch einmal tausend Leute oder so in den Zug, die wahrscheinlich alle vom Feiern kamen. Auf jeden Fall hatten die meisten Siebzigerjahre-Klamotten an und trugen bunte Perücken und Brillen wie Klodeckel oder waren als Blume oder Biene Maja oder so was verkleidet.

»Was geht denn hier ab?«, fragte Sascha eine verwelkte vierzigjährige Sonnenblume.

»Schlagermove«, trällerte die Frau, »so grell ... ein Bett im Kornfeld ... juhu ... jetzt schau nicht so finster, mein Hübscher.« Dann zerrte sie Sascha von seinem Sitz für einen Foxtrott oder Tango oder so was im U-Bahn-Wagen.

»Alter, die sind ja alle auf Schub«, sagte Sascha.

»Stört doch nicht wirklich«, meinte ich, weil ich solche Feierfrauen schon von meiner Mutter kannte, wenn sie sich mit ihren Freundinnen traf. Dann knallten sich die Damen zwar mit Amaretto oder Baileys zu und nicht mit Pillen. Aber irgendwann fingen auch sie an zu singen und sagten »Hübscher« zu mir und fassten mir in die Haare. »Hübscher« war immer so die Grenze. Ab ein Promille aufwärts oder so hieß ich für sie nicht mehr Albert.

»Wenn die halbe Stadt Es geschmissen hat, stochern die Bullen garantiert auch überall rum«, sagte Sascha. »Kann ich grad nicht so gebrauchen.«

Nach drei Stationen stiegen wir aus und mit uns fünfzig lärmende Frauen und deshalb gingen wir erst mal links rum die Einkaufsstraße hinunter. Sie bestand praktisch komplett aus Friseurgeschäften und Fahrradläden und Biomärkten. Und alle hatten so bedeutungsschwere Namen. Die Friseure hießen »Haar-scharf« und »Scherenschnitt« und »Haargenau«. Am schlimmsten fand ich noch »Haarmonie«. Und die Fahrradläden klangen auch nicht viel besser. Da gab es das »Radhaus« und »Rad und Tat« und »Die Rad-Mutter«, die nur Damenräder im Schaufenster hatte. Wir bogen in eine Seitenstraße, und dort war überall gediegenes Wohnen mit schmiedeeisernen Zäunen davor, an denen die Fahrräder mit armdicken Schlössern befestigt waren. Tonnenweise Fahrräder. Wo man hinschaute. Kein Straßenschild und kein Schutzbügel für Bäume, an denen die Dinger nicht hingen wie Lametta an einem Weihnachtsbaum. Wir liefen durch die Seitenstraße, bis auf der linken Seite ein Park kam, und dort führte ein Spalier von gestutzten Bäumen zu einer Skateboard-Bowl. Wir hockten uns auf eine der Bänke und warteten. Mit den Füßen auf der Sitzfläche und dem Hintern auf der Lehne.

Eigentlich hatte ich schon gedacht, dass Sascha Fahrräder klauen wollte. Auf der anderen Seite hatte er nicht mal einen Seitenschneider oder eine Akku-Flex oder ein Brecheisen dabei. Nur einen Zimmermannshammer. So einer mit einem spitzen und einem stumpfen Ende. Für Fahrradschlösser jetzt nicht so geeignet. Hätte ich gedacht. Allerdings hatte ich auch mal gelesen, dass man Schlösser mit Eisspray einsprühen kann und dass sie zerspringen, wenn man dann mit dem Hammer draufhaut. So richtig glauben konnte ich das aber nicht. Ich meine, wenn es so einfach wäre.

»Und was machen wir hier?«, fragte ich.

»Warten«, antwortete Sascha und zündete sich eine Zigarette an. Immer wenn er daran zog, tauchte die Glut sein Gesicht in so ein lagerfeuermäßiges Rot. Ich legte meinen Arm auf Katis Schulter. Allerdings muss ich sagen, dass sich das immer ein bisschen seltsam anfühlte, wenn Sascha in der Nähe war. Als ob ich ihm etwas wegnehmen würde oder er die älteren Rechte hätte oder so.

Sascha schien es aber nichts auszumachen. Er rauchte und schwieg und schnippte irgendwann den glühenden Stummel in die Skateboard-Bowl. Eine Leuchtspur wie bei einem Kometen. »Bin gleich zurück«, sagte er und verschwand hinter dem Baumspalier. Ich schaute rüber zu Kati.

»Macht sich bestimmt ein Blech«, meinte sie.

»Woher weißt du?«

»Du meinst, weil er's nie vor meinen Augen macht? Find ich echt süß von ihm, aber ich bin ja nicht blöd im Kopf.«

»Und was ist mit dir?«

»Das fragst du jetzt nicht im Ernst.«

»Mir ist alles ernst bei dir.«

»Ich rühr so was nicht an, musst du keine Angst haben ...«

Dann machte Kati eine längere Pause.

»... also, wenigstens deshalb nicht«, sagte sie noch.

»Was meinst du?«, fragte ich.

»Ich meine, dass nicht alles so toll läuft bei mir«, und dann erzählte sie doch noch die Geschichte, die ich angeblich gar nicht wissen wollte: wie sie sich heute Morgen sauber angezogen und gescheitelt hatte und mit Sascha bei einem Juwelier in Altona aufgetaucht war. Und dort hatte Sascha gesagt, dass er seiner Freundin ein goldenes Armband schenken wollte und dass es ruhig was kosten dürfte, und dabei hatte er sein Portemonnaie gezeigt, in das er ein ganzes Bündel Hunderter gefaltet hatte. Die Verkäuferin hatte dann immer neue Ketten angeschleppt, und Kati hatte sich eine nach der anderen umgelegt und sich damit immer wieder im Spiegel betrachtet und »ja, sehr hübsch ... hach, ich weiß nicht« gesagt, und als nichts mehr ans Handgelenk passte, hatte Sascha noch ein paar Stücke vom Samttablett gegriffen und dann waren beide einfach aus dem Laden gerannt. Einer nach rechts und der andere links. So einfach wie Schnürsenkelbinden.

»Aber die Geschäfte sind doch alle kameraüberwacht«, sagte ich. »Dann weiß die Polizei jetzt, wie du aussiehst.«

»Wird nur zum Problem, wenn du mal in der Kartei bist. Solange sie nur ein Gesicht haben und keinen Namen, kann dir überhaupt nichts passieren.«

»Aber irgendwann landest du in dieser Kartei und dann haben sie dich und können dir ganz viele Diebstähle nachweisen.«

»Schon möglich.«

»Und warum machst du's trotzdem?«

»Hat tausend Gründe.«

»Sag mir nur einen.«

»Weil sowieso alles egal ist. Und weil Sascha wahnsinnig viel getan hat für mich ... und weil ich ihm damit was zurückgeben kann ... und weil es überhaupt ein geiles Gefühl ist. Wirst du sehen. Vielleicht nicht besser als Sex. Aber auf jeden Fall in die Richtung.«

Das konnte ich mir aber gar nicht vorstellen. Ich meine, ich war nach dem einen (und dem halben) Mal vielleicht nicht der Experte, aber ich fand, dass Sex eher so wie ein warmer Mantel war. Oder von mir aus auch wie ein heißer Ofen, in dem man sich die Finger verbrennt und für immer zusammenbackt und die Besinnung verliert. Mit Flucht und rennen, bis die Lungen brennen, hatte Sex aber nichts zu tun. Fand ich.

21 »Wollen wir?«, sagte Sascha, als er auf der anderen Seite der Bowl wieder durch die Büsche brach. Er sah energiegeladener aus als vorher. Kräftiger, stolzer, irgendwie runderneuert. Wir liefen denselben Weg zurück, den wir gekommen waren. Die Straßenuhr an der Ecke zeigte zehn Minuten vor zwei.

»Guck dir die Läden an«, sagte Sascha. »Alles geiler Hamburger Altbau. Kein Sicherheitsglas, keine Alarmanlage. Aber Fünftausendeuroräder im Fenster. Alter, das ist Selbstbedienung. Die wollen das echt nicht anders.«

Er hatte eine Fahrradlampe zum Anklemmen dabei und leuchtete damit in jeden Laden, an dem wir vorüberkamen. »Also, erstens müssen die Räder komplett montiert sein«, erklärte er. »Zweitens dürfen die nicht abgeschlossen im Laden stehen. Gibt's auch manchmal. Und drittens lohnt sich ein Rad nicht, dass weniger als eintausend Euro kostet.«

Am Ende fiel seine Wahl auf einen Eckladen, der ungefähr so groß war wie eine Bankfiliale. Aber im Verkaufsraum standen nur zehn oder zwölf Fahrräder rum, so genau konnte man das von außen nicht sehen. Zwei Single-Speed-Räder. Ohne Gangschaltung, ohne Bremse, aber mit orangefarbenen Felgen. Für dreitausend Euro. Und dann gab es drei futuristische Designer-Räder und der Rest waren

Rennräder aus Titan mit dreihundert Gängen, an denen überhaupt keine Preisschilder hingen. »Bike & Style« hieß das Geschäft.

»Für den Eppendorf-Spinner«, meinte Sascha. »Der fährt hier zum Einkaufen garantiert mit dem Porsche vor.«

Das Seltsame war, dass ich überhaupt keine moralischen Zweifel hatte. Ich meine, ich hätte jetzt nie selbst die Scheibe von dem Geschäft einhauen können, obwohl das für mich gar kein Diebstahl war, sondern nur die Hilfe für einen Freund, aber das hätte vermutlich jeder Richter anders gesehen. Sechzehn Jahre Erziehung komplett für die Tonne. Das waren die harten Fakten.

»Ihr wartet draußen«, sagte Sascha. »Ich geb euch die Räder raus, und dann fahren wir zu den Hochhäusern Richtung Hagenbeck, dann denken die Bullen, dass wir irgendwo aus diesem Getto sind. Die können gar nicht anders denken, das ist bei denen genetisch so programmiert. Und für den Fall, dass irgendwo Blaulicht und Sirene losgehen: Dann trennen wir uns und fahren hinter den Hochhäusern in die Schrebergärten, an der U-Bahn entlang, jeder für sich, da gibt's hundert verschiedene Wege und auf keinem kann uns ein Auto folgen. Und dahinter kommen dann ein paar Parks und dann noch mehr Schrebergärten. Das ist alles safe. Gibt nur zwei große Straßen, die müssen wir überqueren, und da müssen wir halt vorher gucken, aber das ist echt schon alles. Wenn die Bullen keinen Hubschrauber haben, kriegen sie uns nicht. Und wenn sie einen haben, kriegen sie uns auch nicht, weil hinter den Schrebergärten kommt der Wald, und da sehen sie uns von oben auch nicht mehr. Wir treffen uns dann seitlich am anderen Ende. Rückseite von Mercedes in der Kollaustraße. Wenn wir uns trennen müssen. Ist alles klar so weit?«

Kati nickte. Das heißt, es war mehr so ein Nicken mit den Augen und nur eine ganz knappe, angedeutete Bewegung des Kopfes. Sah höllisch profimäßig aus. Mir rutschte zum ersten Mal das Herz in die Hose. Sascha holte den Hammer aus der Bauchtasche seines Hoodies und ballerte ihn gegen die Scheibe, mehr so am Rand, aber das ging so schnell, dass ich gar nicht sehen konnte, ob er jetzt die stumpfe oder die spitze Seite benutzte. Auf jeden Fall stand danach das komplette Viertel senkrecht im Bett. Würde ich sagen. Dabei waren nur wenige Glasstücke auf den Boden geschsppert. Der größte Teil der Scheibe stand noch im Rahmen und war noch nicht mal zersplittert. Nicht so wie bei einer kaputten Autoscheibe zum Beispiel. Und selbst dort, wo das Fenster zersprungen war, hingen die meisten Scherben noch am Kitt. Sascha stieß sie mit dem Ellenbogen nach innen, bis das Loch groß genug war für ihn und ein Fahrrad. Und bei jedem Stoß schepperte es wieder ohrenbetäubend und eigentlich musste spätestens jetzt eine Polizeisirene ertönen oder wenigstens überall in den Fenstern das Licht angehen.

Passierte aber überhaupt nichts in dieser Richtung. Sascha kletterte durch die Lücke und schaute sich jedes Fahrrad mit seiner Klemmlampe an. Er setzte sich probeweise auf eines der Rennräder und zog an der Bremse und dann fischte er ein Werkzeug aus dem Regal und verstellte damit den Sattel.

Mir wurde draußen gleichzeitig heiß und kalt. »Beeil dich mal«, flüsterte ich, beziehungsweise wollte ich flüstern, aber aus meinem Mund kam überhaupt kein Ton mehr heraus. Also, Eile sah auf jeden Fall anders aus.

In aller Ruhe klipste Sascha noch eine Lampe an und dann noch ein Rücklicht und dann reichte er das Rennrad nach draußen. Kati bekam ein Designer-Rad aus lackiertem Bambus, weil es das einzige niedrigere Damenrad war, und er selbst nahm ein Teil mit einem geschraubten Titanrahmen, der so edler Purismus war, dass er nicht einmal einen Namen hatte.

Ich hätte gewettet, dass die ganze Aktion mindestens eine Stunde gedauert hatte. Aber als wir zu dritt an der Straßenuhr vorbeischossen, war es erst fünf Minuten nach zwei. Und eines muss ich an dieser Stelle mal sagen: Solche Spinner sind die Eppendorf-Spinner gar nicht. Das Fahrrad fuhr sich absolut geil. Mehr als geil. Tour-de-France-geil. Col-de-la-Madeleine-mäßig geil. Oder wie die Königsetappe da heißt. Wir kachelten die Straße hinunter, und als es wieder hochging, waren wir kein bisschen langsamer. Wir ballerten durch die Hochhaussiedlung und dann durch die Schrebergärten, und wenn es auch nicht wie Sex war, fühlte sich die Nacht trotzdem absolut großartig an. Erhaben irgendwie. Falls jemand versteht, was ich meine. Ein besseres Wort fällt mir leider nicht ein. Königlich. Erhaben. Von der Polizei war weit und breit nichts zu sehen.

Auf den Waldwegen war es dann nicht mehr so geil mit meinen rasiermesserscharfen Zehn-Bar-Hochdruckreifen. Aber eigentlich war es auch egal. Sascha führte uns im Zickzack durch den Wald, sodass ich überhaupt keine Orientierung mehr hatte, und ich vermutete, dass er auch keine hatte, obwohl er an jeder Gabelung ohne Zögern checkermäßig die Richtung vorgab. Als wir die ersten Straßenlaternen sahen, befanden wir uns tatsächlich auf der Rückseite des Mercedes-Gebäudes.

Dort wartete ein weißer Mercedes Sprinter. Genauer gesagt waren da ganz viele Mercedes Sprinter, aber nur in einem saß jemand und rauchte.

Der Typ öffnete sofort die Tür, als Sascha vor seinem Auto bremste. Er war so groß, dass sein Fahrzeug beim Aussteigen bestimmt zehn Zentimeter aus den Federn ging. Er hatte einen goldenen Schneidezahn und einen Bizeps, dem ich jetzt nicht freiwillig widersprochen hätte. Irgendwie sah er weißrussisch aus, fand ich, obwohl ich ehrlich gesagt keine

Ahnung habe, wie ein Weißrusse aussieht. Ich wusste nicht mal, wo das Land genau liegt und was an Weißrussland weißer ist als an Russland, weil mehr Schnee als in Sibirien geht praktisch nicht, und das gehört nun mal zu Russland. Vielleicht war das Land ja auch Weltmarktführer für Kreide. Oder es war so, dass der Typ mich irgendwie an den Weißen Riesen erinnerte, nur halt weniger freundlich, und ich deshalb gleich an Weißrussland dachte, als er aus seinem Sprinter stieg. Auf jeden Fall verdrehte er sofort die Augen, als er Katis Fahrrad sah.

»Was soll isch den Scheiß«, brummte er. »Bambusfahrrad ... Alter, bin isch Dschungel oder was?«

»Das Teil ist locker fünftausend wert«, meinte Sascha.

»Und? Hundert Prozent ist Einzelstück. Zu heiß ... keine Chance.«

»Deine Leute in Moskau fahren auf so was ab. Garantiert.«

»Weil du bist ... zahl isch hundert.«

»Unter zwölfhundert geht gar nichts«, antwortete Sascha.

»Zwölfhundert ... Alter, machst du Lagerfeuer mit zwölfhundert ... nehm isch nur Rennrad un' Alubike.«

»Mach mal die Augen auf, Ivan, das ist Titan ... und entweder alle drei oder gar keins.«

So ging das noch eine ganze Weile. Am Ende holte der Weiße Riese eine Geldrolle aus seiner Hosentasche, die mindestens so dick wie ein Marmeladenglas war. Wie in einem schlechten Mafia-Film. Von der Rolle schälte er dann achtzehn gelbe Zweihunderteuroscheine. Kati schob in der Zwischenzeit die Fahrräder in den Transporter.

Dann rauschte der Typ mit seinem Gefährt aus der Parkbucht und wir standen allein da. Zu dritt, nachts um drei, im Nirgendwo. »Hier«, sagte Sascha und hielt Kati und mir einen Anteil hin. Kati fischte sich aber nur einen einzigen Schein aus dem Bündel. Und ich konnte schon mal gar nichts annehmen, weil das für mich irgendwie den Unterschied machte zwischen einer coolen Nacht und einem Verbrechen. Sascha zuckte nur mit den Schultern und schob sich die Scheine in die eigene Tasche.

Zusammen schlenderten wir durch die milde, klare Nacht Richtung Kollaustraße. Da fuhr der Nachtbus durch, glaubte Sascha. Kati hatte nach meiner Hand gegriffen und hüpfte über die Straße und zog und zerrte an mir. »Und, war das geil?«, lachte sie, »gib zu, dass es geil war!« Sascha lief auf der anderen Seite von mir und quasselte auch ohne Pause. Totaler Laber-Flash.

»Pass auf«, sagte er, »auf jeden Fall brauchste 'n Abnehmer, vorher musste gar nicht erst nachdenken über 'n Bruch. Mit gestohlenem Zeug rumlaufen und 'n Kunden suchen dafür, Alter, das is' Kamikaze, irgendwann erwischen sie dich, ich meine, ich bin auch schon ein paarmal gefilzt worden, aber ich hab halt nie was dabeigehabt. Früher hab ich's mit 'nem Schließfach gemacht und den Schlüssel hatt' ich in 'nem Versteck im Park auf St. Georg, weil den darfste natürlich auch nicht dabeihaben, wenn du vor den Bullen den Adler machen musst. Genauso das Handy, mit dem du die Deals klarziehst: Nie was dabeihaben, erste Regel. Ich hab mein Zeug also früher nach dem Bruch immer sofort ins Schließfach am Bahnhof, da gibt's welche, die sind groß genug für fünf Koffer. Und dann hab ich einen Kunden gesucht. Manchmal auch direkt gegen Shore getauscht. Aber dann haben sie angefangen, jeden Winkel an den Schließfächern mit Kameras abzuscannen. Das war nach irgend so 'ner U-Bahn-Bombe, glaub ich, und da konnt ich natürlich nicht mehr hin mit meinen Sachen. Deshalb mach ich jetzt nichts mehr ohne Abnehmer. Brechen, Ware zum Kunden, fertig, ein Abwasch. Am besten geht natürlich Gold, wenn du was kriegen kannst. Klein, hoher Wert, keine Seriennummer, bekommst du an jeder Hausecke los. Früher waren auch Lederjacken und Parfum und so was gut. Teure Designer-Scheiße. Gab's gutes Geld für, aber jetzt nich' mehr so. Heute kriegst du für 'ne Armani-Jacke vielleicht noch fünfzig Euro. Völlig egal, ob die im Laden jetzt hundert oder zweitausend kostet. Sind einfach zu viele gute Fälschungen aufm Markt. Die machen uns auch die Preise kaputt.«

»Und was ist mit Dealen?«, fragte ich.

»Der totale Stress. Ich meine, ich mach 'n Bruch, der dauert vielleicht 'ne Stunde, mit Verticken maximal zwei, und dann hab ich 'n Tausender oder manchmal auch das Zehnfache, kommt halt drauf an. Aber wenn du Shore verkaufst, stehst du zwölf Stunden am Tag auf der Straße und dann brauchste noch 'n vernünftigen Kundenstamm und am Ende haste vielleicht zweihundert Euro verdient und 'n Zivilfahnder an der Backe. Da musst du schon Fünfzig-Gramm-Pakete verkaufen, dass sich das lohnt. Aber dann biste auch gleich wieder in 'ner Liga mit Albanern und Russen und da legst du dich besser nicht an mit denen. Ich sag dir, wenn du mit 'ner Clique bist, ist ein Luxusbike echt cool. Macht sonst niemand, superentspannt, kein Stress, und ich hab 'n festen Abnehmer für. Kannst halt schlecht mehr als ein Bike pro Mann mitnehmen, das ist der Nachteil. Was denkt ihr? Wollen wir noch mal zurück zu ›Bike & Style‹, ich meine, vielleicht hat ja niemand die Bullen gerufen und wir holen die anderen Räder auch noch raus?«

Für mich war an dieser Stelle aber das Kapitel zu Ende. Wir fuhren noch zusammen mit dem Nachtbus nach Altona und dort nahmen Kati und Sascha den Bus Richtung Eimsbüttel und ich fuhr nach Blankenese. Als ich um vier Uhr zu Hause war, wurde es bereits langsam hell. Bei meinem Vater brannte immer noch Licht. Aber vielleicht war er auch einfach nur eingeschlafen vor seinem Schreibtisch. Das passierte ihm öfter.

Ich schlich mich hoch in mein Zimmer und vergaß natürlich, den Wecker zu stellen, und im Traum habe ich, glaube ich, mit Kati in einem Schließfach gewohnt, und dann haben wir irgendwie Sex gehabt, bis jemand von außen zugesperrt hat oder so ähnlich. Sicher bin ich mir aber nicht, ob ich mich da richtig erinnere.

Was ich dagegen sicher weiß, ist, dass ich erst wieder aufwachte, als es sich nicht mehr lohnte, in die Schule zu gehen. Also bin ich gleich zum Bahnhof gefahren, weil ich von dem Obdachlosen noch die Einwilligung für die Fotos brauchte. Von seiner Matratze und der Bananen-Bücher-Kiste war aber nichts mehr zu sehen. Auch die anderen Schlafsäcke neben Saturn waren alle verschwunden. Wahrscheinlich gab es mal wieder einen Staatsbesuch oder einen Kirchentag oder so was und die Stadt wollte ihren Besuchern einen glänzenden Anblick bieten.

Ich musste dann trotzdem nicht lange nach Filbinger suchen. Er stand wie immer mit seinem Pappbecher auf der Ostseite des Bahnhofs.

»Ich grüße Sie, junger Herr«, sagte er, als er mich sah.

Die Erlaubnis, sein Bild bei der Ausstellung zu verwenden, gab er mir für »die Überlassung eines unbedeutenden Scheines« aus meinem Portemonnaie.

Leider waren dort keine Scheine mehr, seit ich Rico die fünfzig Euro meines Vaters geliehen hatte. Herr Filbinger schien davon allerdings nicht erschüttert zu sein, soweit ich das erkennen konnte. Aber war natürlich auch nicht so einfach, in dem zugewachsenen Gesicht überhaupt eine Regung zu sehen.

»Diese Veranstaltung«, sagte er. »Ist das für die Kulturschaffenden in der Stadt und wird möglicherweise auch Wein gereicht? In diesem Falle würde ich auch eine Eintrittskarte akzeptieren wollen, wenn dies unter Umständen möglich ist.«

»Braucht man Eintrittskarten für so was? Also, keine Ahnung, die hab ich auch nicht«, antwortete ich.

»Dann könnten Sie vielleicht veranlassen, dass man meinen Namen auf der Gästeliste platziert.«

Ich versprach, mich darum zu kümmern, und dann brachte ich die Festplatte mit den bearbeiteten Fotos zu City Slick, damit sie die technischen Abläufe ausprobieren konnten.

Stan war wie immer im Starkstrom-Modus. »Den Leuten fliegt das Dach weg, wenn sie die Fotos sehen«, rief er. »Ist die Megainstallation. Mark my words. Das Publikum wird dich feiern.«

»Was denn für 'ne Installation?«, fragte ich, weil ich das Wort bisher nur von unserem Klempner kannte.

»Du weißt schon, Slideshow, Urban Atmosphere, Station-Setting, wird so mind-blowing, ich schwör's.«

Ich fragte dann noch nach einer Gästeliste und Stan telefonierte nach seiner »Assistentin«, und die verdrehte genervt die Augen, weil ich von Herrn Filbinger nur den Nachnamen und von Kati und Sascha nur die Vornamen kannte. Ich hab dann wenigstens noch meinen Vater genannt, damit sie auch einen kompletten Namen zum Aufschreiben hatte.

Danach bin ich wieder zurück zum Bahnhof gefahren. Kati und Sascha fand ich bei McDonald's, auf diesen Plätzen, auf denen man direkt vor der Scheibe sitzt und runterschaut auf die Gleise.

Sascha war immer noch mächtig sauer, weil die Polizei gestern Nacht schon ihr Flatterband vor der kaputten Scheibe gespannt hatte, als er mit Kati dort ein zweites Mal erschienen war. Und dann hatte er auch noch im Internet gesehen, dass so ein Bambusrad neuntausendfünfhundert Euro kostete.

»Und wir schieben ihm das für achthundert in den Sprinter«, schimpfte er. »Ich wette, er hat's gewusst. Hat uns einfach nur sauber verarscht, der Penner.«

»Ist doch egal, dein Geld reicht doch locker für diese Woche«, sagte Kati.

Sie strahlte und roch wahnsinnig gut nach billigem Apfelshampoo und die Haare standen ihr wild vom Kopf. Ich schätzte mal, sie hatte heute Morgen bei Sascha geduscht und sich dann mit nassen Haaren noch ein paar Stunden aufs Ohr gelegt.

Saschas Stimmung hellte sich auch nicht auf, als er sich aufs Klo verzog, um »einen Beutel zu rauchen«. Danach gingen wir raus in die Wandelhalle und verdaddelten die nächsten Stunden mit Schubsen und Beinstellen, bis es Zeit war, die wenigen Schritte runterzugehen zu den Deichtorhallen.

Der Parkplatz davor war mäßig gefüllt. Vorzugsweise

Saab-Cabrios und Lancias und alte Alfa Romeos und was Kreative sonst noch so fahren. Von innen sah das Gebäude aus wie ein Bahnhof, nur ohne Gleise und ohne Geschäfte. Stattdessen hatte jemand überall in der riesigen Halle weiße Zwischenwände gezogen und der Boden war auch weiß angemalt, und an diesen Zwischenwänden hingen dann großformatige Bilder: Werbekampagnen, Zeitschriften-Layouts, Foto-Kunst, und da kann man sagen, was man will, aber das meiste war extrem kreativ.

Eine Zwischenwand war zum Beispiel voll mit Fotos von Pferdeköpfen, denen jemand Damenschlüpfer über die Ohren gebunden hatte. Oder BHs vor die Augen. Oder einen Strumpfhalter um den Hals. Es gab auch eine Fotoreportage über die Helden des Kriegs in Syrien, schön ausgeleuchtet und nachgeschärft in Schwarz-Weiß mit hochgedrehten Kontrasten. Und gegenüber hing eine Serie mit Babys, in deren Gesichtern berühmte Bärte klebten: Lenin-Bart, Friedrich-Nietzsche-Bart, Adolf-Hitler-Schnauzer. Karl-Marx-Matte. Manche Bärte waren auch nicht so berühmt, wie das Hipster-Gestrüpp, das man im Moment überall auf der Straße sah. Oder der Filbinger-Filz. Ich schaute ratlos durch den Raum. Pferde-BHs? Babys mit Bärten? Aber irgendwie gab es außer mir keinen, der nicht ehrfurchtsvoll vor den Bildern erstarrte.

Überhaupt Filbinger. Den hatte ich fast vergessen. Nicht dass die Kontrolle ihm den Einlass verweigerte, weil er die Geruchsprobe nicht bestand. Ich lief zum Eingang. Tatsächlich stand er dort etwas geduckt vor einer breitbeinigen Uniform und diskutierte. Er trug immer noch drei Jacken übereinander, aber er hatte sich die Krümel aus dem Bart gekämmt.

»Werter Herr«, sagte er, »Sie sehen doch, mein Name befindet sich auf der Gästeliste.«

»Interessiert mich nicht. Für dich ist hier Endstation.«

»Könnte es nicht sein, dass Sie möglicherweise im Moment Ihre Kompetenz geringfügig überschreiten?«
»Willst du argumentieren?«, sagte die Uniform. »Das kannst du gerne haben, mein Freund.« Ich tippte ihm auf die Schulter. »Entschuldigen Sie bitte, aber Herr Filbinger gehört zu uns«, sagte ich.
»Und was bist du für 'n Zwerg?«
»Ich bin einer der Künstler.«
»Schön für dich. Aber seh ich so aus, als ob mich das interessiert?«
Da baute sich Kati vor seinen Pupillen auf, dass sich ihre Wimpern beinahe berührten. »Vielleicht hast du ja eher Interesse an einer bleibenden Erinnerung«, sagte sie freundlich. »Kann ich dir jederzeit organisieren. Ein einziges falsches Wort genügt.«
Der Uniformtyp trat erschrocken einen Schritt zurück und versuchte, seine Gedanken neu zu sortieren. Konnte man richtig sehen, wie es in seinem Hirn rotierte. Normalerweise hätte er wahrscheinlich sofort zugeschlagen. Aber ein Mädchen? Das sich stark machte für einen verfilzten Berber? Sein Blick fiel auf Sascha, der neben uns stand und mit seinen Gelenken knackte.
Habe ich schon erwähnt, dass ich Gewalt grundsätzlich ablehne? Aber praktisch war es schon, wenn man einen pitbullmäßigen Blick hatte wie Sascha, dass die Leute gleich mal Respekt hatten und sich um ein angemessenes Verhalten bemühten. Lernen kann man den Blick aber nicht, schätze ich. Da musste man schon ein paarmal zugehauen haben im Leben, dass das glaubwürdig rüberkommt. Die Uniform trat jedenfalls noch einen Schritt zurück. »Ihr bleibt hier stehen und rührt euch nicht von der Stelle«, sagte der Typ und stapfte los, und Kati meinte: »Dann mal rein in die gute Stube.« Sie winkte einem der Kellner und sagte: »Acht Gläser Champagner, bitte.«

»Wieso acht?«, fragte der Kellner. »Ihr seid doch nur vier.« Er hatte auch so ein Hipster-Gestrüpp im Gesicht.

»Vier für unseren durstigen Freund«, sagte Kati. »Und vier für mich. Die beiden Jungs trinken Orangensaft. Wenn's recht ist.«

Der Kellner kam nicht wieder zurück. Dafür tauchte die aufgeregte Uniform wieder auf. Im Kielwasser schwamm Stanislav Kopranek.

»Das geht schon klar«, sagte er, als er mich erkannte. Er begrüßte jeden von uns mit Handschlag, auch Herrn Filbinger. Zu Sascha meinte er: »Und du bist also der Junkie auf unseren Bildern.«

Sascha sagte: »Wenn ich einem Arschloch zuhören will, geh ich furzen.«

Dann drehte er sich um und steuerte auf einen Kellner zu, der auch auf einem Tablett Wein und Champagner balancierte. Er nahm sich vier Gläser herunter und brachte Filbinger zwei davon, dann ertönte ein Gong und alle Leute strömten in den hinteren Teil der Halle, wo eine Bühne aufgebaut war und vielleicht hundert Tische. In Kontrast zum weißen Ambiente trugen fast alle Leute Schwarz. Vor allem die Kellner. Schwarzes Hemd, schwarzes Jackett, schwarze Krawatte. Dafür hatten sie farbige Schuhe an. Ich schätze mal, um zu zeigen, dass das hier kein Begräbnis war. Sie schleppten bergeweise Schiefertäfelchen herum, auf denen farbiges Essen dekoriert war. Rote Fischrogen, lila Kartoffeln, gelbes Curry. Wirklich geschmackvoll.

Oben auf der Bühne stand das Tweedjackett, diesmal nicht in Tweed. Er redete bestimmt eine halbe Stunde, aber meine Erinnerung daran ist ziemlich lückenhaft, weil es dann doch nicht so einfach ist, sich auf »Urban Look« und »Transgender Vision« zu konzentrieren, wenn man die Nacht zuvor auf einem geklauten Rennrad durch den Forst geradelt ist. Auf jeden Fall bekamen am Ende die Pferdebilder in der Disziplin »Fashion« den Preis für die »verstörende Stringenz, mit der das Thema Mode versus Natur ironisch gebrochen wurde.«

»Muss einem aber auch mal gesagt werden«, meinte Kati. »Alleine kommt man auf so was ja gar nicht.«

In der Disziplin »Life« räumte der Kriegsfotograf ab. Ich bekam keinen Preis. Aber ich bekam eine Erwähnung.

»Verehrte Freunde«, sagte das Tweedjackett zum Schluss, und seine Stimme klang dabei ziemlich feierlich, »ganz besonders ans Herz legen möchten wir von City Slick Ihnen eine Präsentation, die wir im weißen Kubus neben dem Eingang für Sie installiert haben. Dieser Beitrag läuft außerhalb der Konkurrenz, weil wir die Bilder leider erst vor zwei Tagen bekommen haben. Und da hatte unsere Jury, wie Sie wissen, bereits getagt. Trotzdem haben uns diese Bilder so überzeugt, dass wir sie Ihnen nicht vorenthalten wollen. Die Serie heißt »Central Station«. Fotografiert wurde sie von dem jüngsten Teilnehmer, den wir je auf unserem YOURS-Award präsentieren durften. Nageln Sie mich bitte fest auf das, was ich Ihnen jetzt sage: Dieser junge Mann wird in zehn Jahren auf der ganzen Welt ein Begriff sein. Glauben Sie mir. Sein Name ist Albert Cramer.«

»Bravo«, rief Filbinger, so laut er konnte, und das Tweedjackett sagte: »Genau, klatschen Sie ruhig«, und dann musste ich auf die Bühne kommen und die Menschen unten klatschten tatsächlich, nur Filbinger klatschte nicht, weil er in jeder Hand ein Schiefertäfelchen hielt.

Oben stellte mir Mister Tweed ein paar Fragen zu meinen Bildern. Es waren auch garantiert schlaue und wichtige Fragen, aber mir fiel keine einzige vernünftige Antwort ein. Welche optischen Vorbilder ich hätte? Welche kompositorische und philosophische Bedeutung auf meinen Bildern die Schatten hätten? Ob sie in Korrelation stünden zu meinem Thema? Ob ich mich bei meiner Lichtführung an

Rembrandt orientieren würde? Und wie es mir überhaupt gelungen sei, diese bedrückende Intimität und Nähe auf meinen Bildern herzustellen?

»Ehrlich gesagt hab ich überhaupt nichts hergestellt«, antwortete ich. »Weil die Menschen auf den Bildern haben mir das einfach geschenkt. Die Nähe, mein ich. Ich kann da eigentlich gar nichts für.«

»Bravo«, rief Filbinger noch einmal. Die Menschen an den Stehtischen klatschten jetzt nicht mehr so. Aber ganz am Rand des Saals winkte jemand heftig mit seinen Armen. »Albeeeeer«, rief die Gestalt, »huhu«, und dann drehte sich die Gestalt nach allen Seiten und sagte zu ihren Nachbarn: »Mein Junge, das ist mein Junge.«

Als ich von der Bühne stieg, kam sie dann auch gleich angerollt wie eine mächtige Welle. Sie trug ein wallendes schwarzes Kleid und ihre Haare hatten einen Stich ins Rote, wie bei den meisten Frauen, die »so jung sind, wie sie sich fühlen«. An ihrer Seite hatte sie einen Mann, den ich nicht kannte. Ich schätze mal, der wichtige Theaterregisseur war jetzt doch nicht mehr ganz so wichtig.

»Mein Junge, ich bin ja so stolz«, rief sie und drückte mich an ihren wogenden Busen, »ich wusste ja gar nicht, dass du so richtig fotografierst, lass dich anschauen, mein Güte, du bist ja ein richtiger Mann geworden, und dann auch noch dieses Lob, ist das nicht fantastisch, da darfst du dir ruhig was einbilden drauf, dieses Online-Portal versteht was von modernem Design, seit wann trinkst du denn Alkohol, dass die hier so was überhaupt ausschenken dürfen für Kinder, na ja, ist ja auch ein besonderer Anlass, aber immer vorsichtig mit dem Zeug, man weiß nie, wo das endet, das ist übrigens Herr Brenner, sag mal Guten Tag, Albeeer, also, Herr Brenner verwaltet den Ernst-Barlach-Nachlass, eine sehr verantwortungsvolle und kreative Aufgabe ...«

»Und bestimmt auch sehr wichtig«, sagte ich.

»… natürlich auch sehr wichtig, aber erzähl mal, wie geht es deinem Vater, immer noch zwischen Zahlen und Buchdeckeln eingepresst, wer ist denn das hübsche Mädchen an deiner Seite? Sehr apart, mein Sohn, wo sind denn nun deine Bilder, ich muss unbedingt deine Bilder sehen.«
»Guten Tag, gnädige Frau«, sagte Filbinger. »Dürfte ich Sie zur Präsentation der Bilder begleiten?« Er hielt ihr den gewinkelten Arm hin, damit sie sich an der Armbeuge festhalten konnte, und man kann über meine Mutter sagen, was man will, aber in solchen Situationen scheißt sie sich gar nichts, sondern schritt opernballmäßig mit Filbinger am Arm zum weißen Kubus.

Ihr Herr Brenner tat in der Zwischenzeit so, als würde er nicht dazugehören. Wie ich meine Mutter kannte, bekam er in den nächsten zehn Tagen garantiert eine schwere Zeit.

City Slick hatte das übrigens wirklich cool gemacht mit dem Kubus. Links neben dem Eingang war eine gebogene Metallkonstruktion aufgebaut und darüber war weißer Stoff gespannt, und auf den hatten sie dann die Stahlkuppel eines alten Bahnhofs projiziert, sodass es aussah, als würde man einen echten Bahnhof betreten. Als Eingang diente unser Flugblatt in Lebensgröße. »Wer kennt dieses Paar? Ist das die wahre Liebe?« Keine Ahnung, wie sie das alles so schnell organisieren konnten.

»Ich bin ja total gespannt«, sagte meine Mutter und hatte schon ganz rote Backen. Dann betrat sie mit uns den Kubus. Innen war alles mit schwarzem Tuch ausgeschlagen, damit kein Lichtstrahl von außen das Leuchten der Fotos verschmutzte. Die Bilder liefen in Endlosschleife über eine riesige Leinwand. Alle fünfzehn Sekunden ein neues Bild. Praktisch bahnhofsgroß. Wie die Ritter-Sport-Werbung, die am Bahnhof immer zwischen den Gleisen hängt. Nur dass die Bilder nicht quadratisch waren. Kati, Sascha, Filbinger und meine Mutter setzten sich in die erste Reihe. Ich konnte mir das nicht noch mal geben, so mit den anderen da zu sitzen und meine eigenen Bilder zu sehen, also hielt ich lieber draußen die Stellung.

Als Erstes kam meine Mutter wieder nach draußen geschossen. Ich würde sagen, das hatte nicht länger als drei Minuten gedauert. Ihre roten Backen gingen jetzt eher ins Fleckige. Sie schnappte hörbar nach Luft.

»Um Gottes willen«, stieß sie hervor, »das ist ja furchtbar, mein Junge, seit wann kennst du denn solche Leute? Bist du auch drogensüchtig? Oh Gott, ich helfe dir, versprochen, wir finden ganz bestimmt einen Ausweg.«

»Nix los, Mama, ich hab nur fotografiert«, sagte ich, aber das drang irgendwie nicht zu ihr vor. »Ohgottohgott ohgottohgott«, stammelte sie ohne Komma, »ohgottohgott, was hab ich nur falsch gemacht, bestimmt war es die Scheidung, ich weiß, dass es die Scheidung war.«

Gegen so was hat man als Sohn keine Chance. Ist meine Erfahrung. Dass die Mütter mal dem eigenen Kind mehr glauben als sich selbst, ist irgendwie nicht programmiert in ihren Genen. Sie glauben sogar eher den Lehrern, wenn die was erzählen, auch wenn der Lehrer zum Beispiel die größte Niete ist, die das deutsche Bildungssystem jemals gesehen hat. Wie Herr Kussmann zum Beispiel, von dem ich hier nur erzähle, weil die Sache auch direkt was mit meiner Mutter und den Drogen zu tun hat.

Herr Kussmann war in der Fünften unser Biolehrer und sah überhaupt nicht so aus, wie er hieß, beziehungsweise wenn er so geheißen hätte, wie er aussah, wäre sein Name vielleicht Parodontose gewesen oder Pferdegebiss. Herr Kussmann machte gerne Unterricht im Freien, und sein tollster pädagogischer Einfall war die Konstruktion einer »Kräuterrampe«, was quasi ein schräges Beet war, das ungefähr wie eine Sprungschanze aussah. Weil Wasser immer nach unten läuft, war es in diesem Beet oben am trockensten und unten ganz feucht, und jeder Schüler sollte dann irgendwo auf der Schräge seine Kräutersamen zusammen mit seinem Namensschild einpflanzen, und am Ende des Schuljahrs würde sich zeigen, wer das beste Gespür für das Grünzeug hatte.

Eigentlich hatte ich damit gerechnet, dass neben meinem Namen überhaupt nicht wuchs, weil Gärtnern für mich auch zu Hause schon Höchststrafe war, das hatte ich wohl von meiner Mutter, aber dann wuchsen bei mir die Stängel so brutal, dass sie alles drum herum in den Schatten stellten. Wortwörtlich. Ich sah mich schon als Kräuter-Klassen-Champ, bis zu dem Tag, als ich in den Unterricht kam und auf dem Lehrerpult ein Haufen Blätter lag. Dahinter stand Kussmann mit ernster Miene.

»Weiß jemand, was das ist?«, fragte Kussmann zu Beginn der Stunde.

Niemand aus der Klasse meldete sich.

»Was ist mit dir, Albert? Kannst du etwas beitragen dazu?«

»Äh, nein, wieso ich«, antwortete ich, weil ich wie gesagt von Botanik nicht viel mehr wusste, als dass es dort grüne Blätter gab und manchmal auch eine bunte Blüte.

»Es sind deine Pflanzen, Albert«, sagte Kussmann.

»Wenn Sie das sagen«, antwortete ich, weil ich sie mir ehrlich gesagt bisher nicht so genau angeschaut hatte. »Sind riesig geworden, oder?«, meinte ich, und möglicherweise grinste ich dabei auch ein wenig.

Jedenfalls sagte Kussmann: »Hier gibt's überhaupt nichts zu grinsen«, und sein Blick wurde dabei tatsächlich auch immer grimmiger. »Bei diesen Pflanzen handelt es sich um Cannabis indica«, sagte er zur Klasse. »Bei uns in getrockneter Form bekannt als Marihuana. Und jetzt frage ich dich, Albert, wie kommt dieses Marihuana auf meine Kräuterrampe? Und zwar direkt neben deinem Namen.«

»Keine Ahnung«, antwortete ich wahrheitsgemäß, weil auf meiner Samentüte tausendprozentig »Salvia officinalis« gestanden hatte. Den Namen hatte ich mir ganz hart eingeprägt, weil ich mir schon gedacht hatte, dass ich den noch mal brauchen konnte.

Die Einzigen, die mir glaubten, waren leider nur die anderen Schüler, weil sie mir so eine Heldentat sowieso nicht zutrauten und weil mit Sicherheit einer von denen dafür verantwortlich war. Herr Kussmann hielt mich dagegen für überführt und deshalb wurden meine Eltern in die Schule zitiert und ich musste zwanzig Stunden das Treppenhaus fegen.

Seitdem hielt mich meine Mutter für »charakterlich labil und latent drogengefährdet«. Und da waren meine Fotos natürlich Nahrung für ihre Paranoia. Hätte ich mir auch denken können.

Als Nächstes kamen Sascha und Kati aus dem Kubus. In Saschas Gesicht konnte ich nichts erkennen. Er sagte: »Groß«, und das war das Einzige, was er sagte, und mir war nicht klar, ob er jetzt die Leinwand meinte oder die Art meiner Fotografie. Kati wirkte dagegen ziemlich erschüttert. Ich glaube, ihr waren sogar ein paar Tränen heruntergelaufen, weil ihre Eulenaugen irgendwie verschleiert aussahen. Damit hatte ich nicht gerechnet. Ich wusste auch nicht, ob das jetzt ein schlechtes oder ein gutes Zeichen war. Und ob sie sauer war auf mich. Oder ob ich sie trösten sollte.

»Was ist denn mit dir?«, fragte ich hilflos.

»Is' nichts«, sagte Kati mit stockender Stimme, »ich weiß nicht ... ist nur ... wenn man sich selbst mit fremden Augen sieht ... und die andern und das ganze Unglück ... und dass es eigentlich nichts gibt, was sie retten kann. Und dann sieht man auch, dass man sie alle gern hat ... und dass du sie mit deinen Fotos auch irgendwie gern hast ... und was das für ein großer Mist ist, mit Sascha und Rico und Mona ... und dass alles den Bach runtergeht, dann ist das eben sehr traurig. Ich kann das gar nicht ausdrücken so richtig … dass auf den Fotos alles irgendwie zart ist und auch wieder so brutal hoffnungslos. Und dass das die Wahrheit ist … Deshalb bin ich halt traurig.«

23 So stand Kati da. Neben dem Eingang, wie eine einzige Wunde. Pausenlos kamen andere Menschen aus dem Kubus und schauten sie an und tuschelten oder zeigten verstohlen mit dem Finger auf sie oder Sascha. Kati kreiste in ihrem eigenen Universum, aber Sascha war richtig anzusehen, dass er kurz davor war, den Leuten eine zu ballern oder wenigstens aus der Halle zu stürmen. Ich schätze, er kam sich vor wie ein Affe im Zoo. Dann stolperte auch Filbinger aus dem Zelt. Keine Ahnung, wie viele Gläser er schon getrunken hatte, aber seine Bewegungen waren schon wieder ein bisschen zu groß und der Gang war langsam und tastend und hatte die Würde des Alkohols.

Er stellte sich zu uns und sagte: »Werter Freund, darf ich mich dem Lob des Veranstalters anschließen, Sie haben einen sehr aufmerksamen Blick für andere Menschen.«

»Das ist aber nett«, antwortete ich.

»Wenn Sie erlauben, würde ich mich gerne für Ihre Einladung revanchieren. Ich könnte Ihnen zum Beispiel helfen, falls Sie immer noch auf der Suche sind nach jener Liebe, die Sie auf ihrem Plakat zitieren. Der abgebildete Mann ist mir leider bekannt.«

»Interessiert doch keinen«, brummte Sascha.

Für Kati war das aber wie so ein Erste-Hilfe-Schocker, der ein kollabiertes Herz wieder schlagen lässt. Baammm, schon stand sie senkrecht. »Doch, doch, doch«, rief sie, »wer ist es, kennen Sie ihn, woher kennen Sie ihn, ich muss alles wissen.«

»Es wird Sie aber möglicherweise nicht erfreuen, was ich zu sagen habe«, meinte Filbinger. »Dieser Mensch ist ein unangenehmer Zeitgenosse. Ich werde Ihnen natürlich alles erzählen. Aber zuerst bräuchte ich vielleicht noch etwas zu trinken. Wenn es bitte schön möglich wäre.«

Kati spurtete sofort los und kam mit einer ganzen Flasche Wein wieder zurück, und dann hockten wir uns in eine Ecke, nur meine Mutter machte sich auf die Suche nach ihrem Nachlassverwalter, woran man schon sehen konnte, dass die Panik vor meiner Drogenkarriere ihr dann doch keine schlaflosen Nächte machte.

Filbingers Geschichte klang dann ein wenig abenteuerlich, muss ich zugeben, aber ich zweifelte keine Sekunde, weil die Sache mit der Aufmerksamkeit ja überhaupt sein Ding war und er deshalb wissen musste, was er sah. Außerdem stand er ja tagein, tagaus am Bahnhof herum und hielt seinen Pappbecher in den Strom der Passanten. Und so viel sprang dabei auch nicht heraus, dass er sich jeden Tag weglöten konnte mit Doppelkorn. Ich schätze mal, dass er fast noch mehr vom Bahnhof wusste als Sascha, weil er ja auch schon ein paar Jahre länger zum Inventar dort gehörte.

Und in den vergangenen Jahren war es dann so gewesen, dass es vielleicht ein Dutzend Bettler gegeben hatte, die sich über die guten Stellen verteilten, bis irgendwann dieser Typ vom Plakat aufgetaucht war. Er versprach, die »Verdienste zu optimieren«, und bot »Schutz« und gab angeblich Schulungen im Krückenlaufen und für eine glaubwürdige Show als Taubstummer oder Blinder, und wenn sich einer weigerte, konnte er am nächsten Tag tatsächlich nichts mehr sehen, weil er zwei blaue Augen hatte. Meistens stand dann auch gleich ein anderer Bettler auf seinem Platz. Das »Management der Finanzen« übernahm der Berater gleich mit. Für das Rundum-Sorglos-Paket kassierte er erst mal den Pass und dann fünfzig Cent von jedem verdienten Euro.

Es waren vor allem die Rumänen und Bulgaren und Roma, die er »betreute«. Bei Filbinger hatte er es auch schon einmal versucht. Aber Filbinger hatte sich gegen den Service gesträubt, weil er fand, dass er sowieso schon mitleiderregend genug aussah und keine Krücken brauchte, und da hatte der Typ versucht, Filbinger das Geschäft mit ein paar »handgreiflichen Argumenten schmackhaft zu machen«, aber Sascha war gerade in der Nähe gewesen und hatte den Kerl dafür aus den Schuhen gehauen. Seitdem machte der Typ um Filbinger immer einen größeren Bogen.

Ich schaute Sascha an. »Und an so was kannst du dich nicht erinnern? Gibt's doch nicht.«

»Jetzt wo er's sagt«, meinte Sascha. »Is' so, wenn ich auf Benzos unterwegs bin, da mach ich leicht mal Ärger, an den ich mich später nich' mehr erinner. Aber ich hatte ja so 'n Gefühl, irgendwo kam mir der Typ bekannt vor.«

»Und wie heißt jetzt das Arschloch?«, fragte Kati. »Oder wo finde ich ihn?«

»Mit dieser Auskunft kann ich Ihnen leider nicht dienen«, antwortete Filbinger. »Aber mir sind einige Kollegen bekannt, die am Bahnhof für ihn arbeiten müssen. Eigentlich ist es nur nötig, diese Personen zu observieren, und schon haben Sie ihn.«

»Genauso machen wir das«, sagte Kati, »jetzt gleich«, aber Sascha wollte »nichts überstürzen«, und Filbinger hatte auch nicht vor, »die Örtlichkeit zu verlassen, solange die Küche noch Reserven vorhielt«. Außerdem stand um diese Zeit sowieso kein Bettler mehr auf der Straße.

Also ließen wir Filbinger in seinem Paradies zurück und Sascha wollte auch noch was organisieren und dann standen Kati und ich allein und zusammen vor den Deichtorhallen. Ihr Gesicht sah aus wie freigeblasen und die Jagd leuchtete aus den Augen, und das war natürlich schön, aber auch wieder blöd, weil ich gerne noch ein bisschen länger der Held gewesen wäre für sie. Ich meine, es ist schon ein ziemlich geniales Gefühl, wenn einem alle auf die Schulter klopfen, wobei es dann auch gleichzeitig wieder nicht so genial ist, weil ich ja wie gesagt immer dachte, dass der ganze Schwindel gleich auffliegen würde. Aber vor Kati hätte ich gerne noch ein bisschen den Star gegeben.

Stattdessen sagte sie: »Ich hab's gesagt, dein Foto ist eine verdammte Lüge.«

»Abwarten«, antwortete ich, obwohl es natürlich klar war, dass sie recht hatte. Arschlochtypen können gar keine perfekte Liebe haben und auch keinen perfekten Moment, das geht schon mal prinzipiell nicht. Oder es war alles falsch, an was ich in meinem Leben glaubte.

»Zu mir?«, fragte ich, und diesmal lachte Kati und sagte: »Klar, von mir aus«, aber dann war es doch wieder ein Fehler, weil mein Vater schon in der Küche stand, als wir nach Hause kamen.

Wie sich herausstellte, hatte meine Mutter mit ihm bereits telefoniert. Er war jetzt nicht sauer über meine Zeit am Bahnhof und er machte sich auch keine wirklichen Sorgen wegen der Drogen, aber dass ich nichts von der Ausstellung erzählt hatte, fand er einen »Verrat«.

»Wir sind eine Familie, in dem man voneinander weiß«, sagte er, »und auf keinen Fall sind wir ein Stundenhotel«, und deshalb durfte Kati auch nicht in meinem Zimmer schlafen, sondern bekam das ehemalige Zimmer meiner Mutter, das seit ihrem Auszug nur eine Besenkammer und ein Gummistiefelraum war.

»Papa, ich bin schon sechzehn«, sagte ich.

»Eben.« Da ließ mein Vater nicht mit sich reden, und das war extrem entwürdigend, muss ich sagen, vor Kati so be-

handelt zu werden, als wäre man praktisch noch ein Kind. Ich meine, da hatte ich mit Kati Sex gehabt und sogar in der Öffentlichkeit, jedenfalls so ein bisschen, und ich war von den Hamburgern als Entdeckung gefeiert worden und hatte sogar einen Einbruch mitgemacht, und dann das.
»Wir gehen wieder«, sagte ich.
Kati schaute mich ungläubig an. Noch ungläubiger schaute mein Vater, weil das mathematische Genie wahrscheinlich mit allem rechnete, aber nicht damit, dass ich den Aufstand machte. Die Erfahrung hatte er mit mir ja auch noch nie gemacht.
»Ich find es aber nicht schlimm mit dem Zimmer«, sagte Kati leise, aber darum ging es ja nicht, und außerdem war es natürlich schon zu spät, um jetzt noch mal auf die Bremse zu treten. Ich griff nach Katis Hand und zog sie aus dem Haus, und mein Vater rieb sich die Augen, als wollte er nachprüfen, ob er nicht vielleicht doch nur träumte. Wir fuhren dann zum Bahnhof und liefen über die Gleise bis zu ihrem Boot, aber dort stand der Rottweiler schon am Zaun und bellte das ganze Viertel wach, weil er Kati vor mir beschützen wollte. Schätze ich mal. Ich meine, mit Chance gab es in diesem Viertel nachts gar keine Menschen, die wach werden konnten, aber verlassen wollte man sich ja auch nicht darauf, und deshalb traten wir am Ende doch wieder den Rückzug an.
Wir kehrten zurück zum Bahnhof und von dort liefen wir in Richtung Alter Elbtunnel, und auf dem Weg kamen wir bestimmt an zehn Schiffsausrüstern vorbei, die alle dieselben gestreiften Fischerhemden im Fenster hatten und Schirmmützen, die hier Elbsegler heißen, und solchen Quatsch. Kati suchte sich denjenigen Laden raus, der das hässlichste Kapitänsjackett mit goldenen Knöpfen in der Auslage hatte, und warf das Schaufenster mit einem Pflasterstein ein. Die lagen tonnenweise herum, weil der

Straßenbelag gerade erneuert wurde. Dann nahm sie zwei dicke Segeljacken heraus, weil es mittlerweile doch kühl geworden war, und danach liefen wir so lässig wie möglich weiter, was echt nicht einfach ist, wenn man sich mal vornimmt, lässig zu gehen. Aber wir waren megalässig. Würde ich sagen. Und megaerwachsen. Wir kamen durch das Viertel mit den tausend portugiesischen Restaurants, wo es auf den Straßen selbst jetzt noch nach Knoblauch roch, und gingen dann über eine Brücke auf den riesigen asphaltierten Anleger, an dem normalerweise die Touristenbarkassen festmachen und auf dem es Stände und Fressbuden gibt. Jetzt war aber kein Mensch mehr zu sehen. Die Bänke am Ende waren auch komplett vollgeschissen von den Möwen und deshalb benutzten wir eine von den Jacken als Unterlage und für die andere rückten wir eng zusammen und legten sie uns wie eine Decke über die Schultern. Das Hafenwasser gluckste ölig gegen die Mauer und der Anleger schwankte ganz leicht hin und her und so war es doch noch eine wahnsinnig schöne Nacht.

Allerdings war sie auch ziemlich kurz, weil die erste Barkasse schon um vier Uhr morgens ablegte. Das waren aber keine Touristen, sondern Arbeiter, die rüberfuhren zu Blohm + Voss. Keiner von den Männern redete deutsch. Die meisten redeten überhaupt nicht. Gab ja auch nichts zu reden, wenn man in einem fremden Land hauste und jeden Morgen um vier zum Arbeiten über das Wasser fuhr und abends wahrscheinlich noch einen zweiten Job hatte, um die Familie durchzubringen, die vielleicht in Kasachstan lebte oder Syrien oder so. Dachte ich. Kati schenkte einem von den Schweigern die saubere Segeljacke. Und die vollgeschissene bekam er als Bonus obendrauf. Dann gingen wir zum Bahnhof und warteten, dass Filbinger endlich erschien.

War aber noch zu früh für die Bettler. Oder vielleicht gar

nicht ihr Tag, weil sich einfach überhaupt keiner hier blicken ließ. Nicht um zehn Uhr, nicht um elf, nicht um Mittag. Auch Sascha tauchte nicht auf.

Als Filbinger endlich erschien, war es schon kurz vor zwei. »Puh«, sagte er, »das war aber ein langer und sehr erfreulicher Abend. Es tut mir leid, wenn Sie ein wenig gewartet haben sollten auf mich. Aber einen derart exquisiten Rausch sollte man nicht vorzeitig unterbrechen. Ich hoffe, Sie haben dafür Verständnis.«

»Wo sind denn die ganzen Bettler hin?«, fragte ich. »Kein einziger zu sehen, schon den ganzen Vormittag nicht.«

»Das ist kein Problem, mein Herr«, sagte Filbinger, »die Kolonne, die zurzeit an der Ampel vor dem Bahnhof die Fenster der Autos wäscht, arbeitet auch für unsere Zielperson. Sie müssen wie gesagt nur observieren. Ihre Mutter ist übrigens eine sehr anregende und gebildete Person. Wenn mein optischer Zustand ein klein wenig ansprechender wäre, hätte ich ihr durchaus Avancen gemacht.«

»Doch«, sagte ich, »ist bestimmt eine prima Idee«, und dann gingen wir raus auf den westlichen Vorplatz und da konnte man den Waschtrupp schon flitzen sehen.

Es waren insgesamt fünf Leute. Drei Frauen, die die Fenster putzten, und ein Mädchen, das um den Lohn bettelte, und ein Typ, der auf dem Mittelstreifen stand und das Geld von dem Mädchen entgegennahm. Sahen aus wie Rumänen oder Roma oder so was. Am besten hätte sich der Trupp beobachten lassen, wenn man bei den Punks hätte abhängen können, die nur ein paar Meter weiter am Eingang zur U-Bahn saßen. Aber nach meinem letzten Erlebnis traute ich mich nicht zu fragen. Kati genügte ein einziges Lächeln, dann gehörten wir schon dazu.

»Wieder die Kinderpolizei unterwegs, haha«, sagte der Idiot vom letzten Mal zu mir. »Aber die Braut haste ja klargemacht.«

»Die Braut haut dir gleich was aufs Auge«, sagte Kati. Sonst waren die Punks aber ganz in Ordnung. In ihrem Gettoblaster schepperte cooler Old-School-Punk, und sie teilten ihr Bier und die Kohle, die sie von den Passanten schnorrten. Das Einzige, was nervte, war, dass sie sich selbst für was Besseres hielten als Filbinger oder die Waschkolonne unter der Ampel.

Die Frauen dort arbeiteten sich wirklich einen Wolf. Pro Ampelphase schafften sie fünf oder sechs Autos, und von denen fuhr ungefähr ein Viertel weg, ohne etwas zu zahlen, aber wenn jeder von den anderen nur fünfzig Cent gab, verdiente der Trupp ungefähr vierzig Euro die Stunde. So hübsch und jung und unschuldig, wie das Mädchen aussah, war es wahrscheinlich noch deutlich mehr. Nur unser Mann vom Foto ließ sich bis zum Abend nicht blicken.

Es war Punkt sechs, als der Trupp seine Schwämme und Wischer zusammenpackte und rüber zum ZOB lief auf der anderen Seite des Bahnhofs. Kati und ich folgten der Truppe in kurzem Abstand. Auf dem Busbahnhof standen noch mehr Waschtrupps herum. Es gab auch Leute mit einem Kissen und welche, die eine Krücke hatten, ohne dass sie jetzt wirklich hinkten. Der Mann mit dem Geld war irgendwo dazwischen verschwunden.

Ich fragte die Frauen von unserem Ampeltrupp, wohin sie denn fahren würden, aber keine verstand ein Wort Deutsch. Das Mädchen kannte immerhin »bidde scheen, danke scheen«. Egal, was man sie fragte: wo sie denn schlafen würde, wer ihre Eltern seien, ob der Mann mit dem Geld nett zu ihr sei. »Bidde scheen, danke scheen.« Kati schob ihr einen Fünfeuroschein unter den Ärmel. »Nicht den anderen zeigen«, sagte sie. Da legte das Mädchen den Finger auf die Lippen und sagte »pssst«. Ich schätze, das Mädchen war nicht älter als zwölf.

Dann kam ein Bus und sammelte die komplette Belegschaft ein. »Wir können da ja schlecht mitfahren«, sagte ich. »Was sollen wir machen?«

»Trotzdem mitfahren«, antwortete Kati.

»Funktioniert nie. Die kennen sich doch alle untereinander«, meinte ich.

Da war Kati aber schon in den Bus gestiegen. Der Fahrer nickte nur abwesend, als Kati sich gleich in die erste Reihe hockte. Notgedrungen stolperte ich hinter ihr her. Es war irgendein städtischer Bus, glaube ich, aber bezahlen musste keiner für den Transport. Auf dem Display über der Windschutzscheibe stand »Leerfahrt«. Dabei waren so gut wie alle Plätze belegt. Sehr mulmige Sache. So in der ersten Reihe zu sitzen und die Blicke aller anderen im Kragen zu spüren. Der Bus fuhr tief in den Hamburger Osten. Durch Hamm, an alten Fabrikgebäuden und modernen Speditionen vorbei bis nach Billstedt. Zum Schluss stoppte er vor einem rostigen Wellblechtor. Es stand einen halben Meter weit offen und durch den Spalt strömten die Leute, einer nach dem anderen, bis alle verschwunden waren. Dann fuhr der Bus wieder weg und wir standen allein auf der Straße. Eine Wache gab es nicht. Wir schauten hinter die Tür.

Keine Ahnung, welchen Zweck das Gelände früher mal hatte, aber jetzt war da nur ein staubiger Hof und dahinter war eine riesige, alte Halle mit lauter Wohnwagen und zwischen den Wohnwagen wuselte das Leben. Wäscheleinen, Mülltonnen, Tische, Stühle. Und tausend Kinder. Von unserem Waschtrupp war nichts mehr zu sehen.

»Vielleicht ein Flüchtlingslager oder Auffanglager oder wie so was heißt«, sagte Kati.

Das war aber auch keine Erklärung, warum die Wohnwagen so eng an dicht in der Halle standen und nicht draußen, wo viel mehr Platz für alles war. Auf jeden Fall konnten wir uns dort frei bewegen.

»Also, wenn du mich fragst, hatte der Typ auf dem Bild jetzt nicht gerade die billigsten Klamotten an«, sagte ich. »Und wahrscheinlich macht er auch richtig viel Asche. Ich schätze mal, der wohnt irgendwo ganz woanders.«
»Weißt du doch gar nicht«, sagte Kati.
»Aber du willst jetzt nicht in jeden Wohnwagen schauen?«

»Doch«, sagte Kati, aber dann kam zum Glück der Mann vom Mittelstreifen wieder zurück, und da war es natürlich schlauer, ihm erst einmal nachzugehen. Er hatte ein zackiges Tempo drauf, sodass wir manchmal joggen mussten, um ihn nicht zu verlieren. Er lief durch eine Hochhaussiedlung, die Steigung hoch, und oben war eine Hauptstraße mit lauter Geschäften, die auch schon mal bessere Tage gesehen hatten. Dönerbuden, Spielhallen, Internetshops. Der Mann steuerte auf einen Laden für Sportwetten zu und verschwand hinter der blickdichten Tür. Auch die Schaufenster waren abgeklebt, sodass man nicht sehen konnte, was dahinter passierte. Kati stürmte in den Laden, als hätte sie überhaupt keine Angst. Drinnen hingen tausend Fernseher an den Wänden, auf denen Fußball lief, aber es gab auch welche mit Pferderennen und Hunderennen und Tennis-Davis-Cup. An einigen Tischen saßen Männer und tranken Kaffee. Kati war die einzige Frau im ganzen Raum. Ich glaube, es gab keinen einzigen Mann, dessen Augen nicht in ihre Richtung ruckten.

Katis Blick wanderte von einem zum nächsten. Der Geldmensch saß schon mit dem Rücken zu uns an einem Tisch. Ihm gegenüber hockte ein Mann, der tatsächlich Ähnlichkeit hatte mit meinem Foto.

»Da ist ja das Schwein«, flüsterte Kati und marschierte auf ihn zu, aber schon nach den ersten Schritten versperrte ihr ein fettiger Kerl den Weg. Er trug eine Schürze, wahrscheinlich war es der Wirt.

»Jugendliche unter achtzehn haben hier keinen Zutritt«, sagte er. »Sind leider sehr strenge Auflagen, an die wir uns halten müssen.« Mit seinem massigen Körper schob er uns beide in Richtung Tür.

»Finger weg«, schrillte Kati und machte einen Aufstand, als würde man sie wegsperren wollen. Sie versuchte, an dem Wirt vorbeizukommen, und schlug um sich, als er sie festhalten wollte, und dabei schrie sie: »Verdammt noch mal, lass mich los, ich muss den Mann dort sprechen.«

»Aber nicht hier«, meinte der Wirt.

»Wichser«, sagte Kati.

Da bugsierte der Wirt uns endgültig aus seinem Wettgeschäft.

»Prima gelaufen«, meinte ich, als wir draußen vor dem Laden standen. »Jetzt weiß jeder, was wir hier wollen.«

»Und? Wen stört's?«, sagte Kati. »Kann ruhig jeder wissen, is' mir egal.«

Da hatte sie auch wieder recht. Eigentlich machte es keinen Unterschied, und weil es keinen Unterschied machte, rannte Kati bestimmt noch fünf- oder sechsmal in das Geschäft und wurde fünf- oder sechsmal wieder rausgeschmissen, bis der Typ vom Foto endlich selbst nach draußen kam.

»Was wollt ihr von mir?«, fragte er. Er war ein bisschen älter als auf dem Bild, fand ich, aber sah schon auch irgendwie gut aus, also irgendwie männlich und gleichzeitig freundlich und auf jeden Fall nicht so bubimäßig wie ich. Er trug einen teuren Anzug, soweit ich das beurteilen konnte, und ein freundliches weißes Hemd und hatte sauber gekämmte Haare. Für meinen Geschmack war der Gürtel aus Schlangenleder ein bisschen zu protzig und er hatte einen Knopf zu viel offen an seinem Hemd und sein Blick gierte auch die ganze Zeit auf Katis Ausschnitt. Mich schaute er kein einziges Mal an.

»Also?«, fragte er noch einmal. »Was wollt ihr von mir?«
»Mit Ihnen reden«, sagte Kati.
»Bitte. Ich bin ja jetzt da.«
»Das dauert aber länger.«
»Dann gehen wir am besten in mein Büro.«
Es befand sich im selben Haus, ein Stockwerk höher. »Dr. Cornelius, Rechtsanwalt« stand auf dem Messingschild an der Tür.
»Rechtsanwalt?«, murmelte Kati. »Wirklich? Und auch noch Doktor?« Auch in meinem Kopf warf das erst einmal alles über den Haufen, was ich mir bisher zusammengereimt hatte.
Wir folgten ihm in sein Büro. Das sah schon ein bisschen abgewrackter aus als sein Anzug. Aber immer noch mit Sekretärin am Empfang und Flachbildschirm an der Wand und einem Schreibtisch aus dunklem, wahnsinnig teurem Holz. Nicht dass ich wüsste, welches Holz teuer ist. Aber das hier sah richtig edel aus. Es gab auch einen Tresor in der Wand hinter dem Schreibtisch.
Der Typ hängte sein Jackett über die Lehne seines Chefsessels. So, dass die Schultern abstanden wie kleine Flügel. Dann lehnte er sich chefmäßig zurück und faltete die Hände vor seinem Bauch.
»Stimmt es, dass Sie Bettler und Asylanten beklauen?«, fragte Kati.
Da lehnte sich Dr. Cornelius nicht mehr zurück.
»Sagt wer?«
»Sagen wir«, meinte Kati und nickte zu mir herüber, und da schaute der Kerl auch zu mir, und eins muss ich zugeben: Wer so schauen kann, dem würde ich wahrscheinlich auch freiwillig die Hälfte von meinen Euros geben. Alter Falter. Das war ein Kettensägenblick, der sich einmal quer durch die Hirnschale fräste.
»Jetzt hört mal zu, ihr kleinen Klugscheißer«, sagte der

Anwalt. »Ich weiß nicht, was ihr mit dieser Anschuldigung bezweckt, und es interessiert mich auch nicht, aber ...«

»... Wir können damit auch gerne zur Presse gehen«, unterbrach ihn Kati.

»... aber diese armen Menschen kommen nach Hamburg und verstehen von unserer Welt nicht das Geringste. Sie beherrschen die Sprache nicht, sie kennen ihre Rechte nicht, sie sind der Willkür unserer Behörden auf Gedeih und Verderben ausgeliefert. Ich helfe diesen Menschen, sich bei uns zurechtzufinden. Ich helfe ihnen bei der Wahrnehmung ihrer Interessen. Ich helfe ihnen, die Unterstützung zu bekommen, die ihnen von Rechts wegen zusteht. Ich zeige ihnen, wie sie sich vor Ausweisung schützen. Welche Möglichkeiten sie haben, hier trotz ihres Status ein wenig Geld zu verdienen. Wie sie an ein eigenes Konto kommen.«

Ich sagte: »Und warum behalten Sie dann die Pässe?«

»Die Pässe dienen allein der Legitimation gegenüber den Behörden und Banken. Ich muss ja irgendwie dokumentieren können, dass ich beauftragt bin, im Namen dieser Menschen zu sprechen.«

»Bullshit«, sagte ich, »nur weil ich keinen Zweitausendeuroanzug trage wie Sie, bin ich nicht blöd im Kopf.«

Kati sagte: »Wir sind aber gar nicht wegen Ihrer Methoden hier. Das ist nur für Ihren Hinterkopf. Ich meine, dass wir zur Polizei gehen könnten oder zur Presse. Eigentlich interessiert uns dieses Mädchen hier.«

Kati schob mein Foto über den riesigen Schreibtisch.

»Was haben Sie mit ihr gemacht? Was ist nach diesem Foto passiert?«

Der Anwalt schaute sich den Abzug lange und gründlich an. In seinem Gesicht bewegte sich nichts. Also jedenfalls nichts, was ich gesehen hätte. Aber ich bin wie gesagt auch nicht gerade ein Weltmeister im Gedankenlesen.

»Warum sollte ich darauf antworten?«, sagte der Anwalt

schließlich. »Ich rede nicht über meine Klienten. Das geht nur mich und dieses Mädchen was an.«

»Falsche Antwort«, entgegnete Kati.

Der Anwalt schaute in ihre finsteren Augen, und dann konnte sogar ich sehen, wie plötzlich eine Erkenntnis sein Gesicht flutete und sich der Mund zu einem breiten Grinsen verzog.

»Ist nicht wahr«, lachte er, »du bist Lucys Schwester, nicht wahr? Jetzt seh ich die Ähnlichkeit. Hat mir viel erzählt von dir, deine Schwester. Und jetzt kommst ausgerechnet du an und willst wissen, was mit deiner Schwester geschehen ist. Das ist der Treppenwitz der Geschichte.«

»Ich lach aber gar nicht«, sagte Kati.

»Gibt ja auch keinen Anlass. Schlimm genug, was passiert ist.«

»Also?«, sagte Kati und trommelte mit den Fingern auf das teure Holz des Schreibtisches, was aber doch nicht so teuer war, glaube ich, weil es gar nicht massiv war, sondern ziemlich hohl klang beim Klopfen. Passte ja auch zu diesem Typen. »Also, was ist jetzt mit meiner Schwester passiert?«, fragte sie.

»Du hast keine Ahnung, warum Lucy damals so plötzlich nach Hamburg geflohen ist? Nicht wahr? Sie konnte dich nicht mehr ertragen, das ist passiert. Dein ewiges Bemuttern. Deine Ich-weiß-schon-was-gut-für-dich-ist-Attitüde. Dein Recht-haben-Müssen. Sie hat es gehasst. Du hast ihr die Luft zum Atmen genommen. Deshalb ist sie gegangen.«

»Das ist eine Lüge«, sagte Kati.

»So hat sie es mir erzählt, warum sollte ich dich belügen?«

»Weil ... weil ... ich weiß nicht ... weil Sie ein böser Mensch sind.«

»Die Frage ist doch nicht, warum Katis Schwester nach Hamburg gekommen ist«, sagte ich. »Die Frage ist: Warum hat sie sich vor den Zug geworfen?«

»Woher soll ich das denn wissen?«, sagte der Anwalt.
»Weil dieses Foto hier zwei Tage vor ihrem Tod entstanden ist.«
»Ihr werdet von mir darauf keine Antwort bekommen«, sagte der Anwalt.
»Ich muss es aber wissen«, sagte Kati mit zitternder Stimme, »bitte ... ich bitte Sie«, und da verschwand plötzlich alles Kratzige aus ihrem Gesicht und sie saß wie ein Schulmädchen da und schaute mit großen Augen rauf zu diesem schleimigen Typen. Wenn ich es nicht gesehen hätte, ich hätte es nicht geglaubt. »Irgendwie habe ich es geahnt«, flüsterte sie. »Ich meine, dass sie nicht nur aus dem Heim fliehen wollte. Sondern auch weg von mir. Nicht gewusst, aber geahnt hab ich es. Ich wollte meine Schwester doch nur beschützen ... ich hab sie so sehr geliebt.«
Dabei schaute sie den Anwalt so grauenhaft hilflos an, und der Anwalt schaute jetzt auch triefend zurück und hatte das totale Verständnis, dass ich fast im Strahl gekotzt hätte bei diesem Anblick.
»Kati, meine Arme«, ölte er, »ich weiß doch, wie tapfer du bist. Es gibt niemanden, der dir einen Vorwurf macht für das, was passiert ist. Und du solltest das auch nicht tun. Du solltest die Vergangenheit ruhen lassen und ein neues Leben beginnen. Du hast schon genug gelitten bisher.«
»Ich muss aber die Wahrheit wissen«, sagte Kati. »Verstehen Sie das? Ich muss. Wollen Sie das für mich tun? Mir die Wahrheit erzählen.«
Könnte sogar sein, dass sie dabei eine Träne verdrückte. Sicher bin ich mir aber nicht. Auf jeden Fall kam der Anwalt um den Tisch gelaufen und Kati stand auf und drückte sich an ihn, und ich hätte gleich noch mal kotzen können, so widerlich fand ich das. Dann ging der Anwalt zurück und rollte seinen Chefsessel rüber, sodass er Kati nicht mehr gegenübersaß, sondern schräg neben ihr an der Stirnseite

des Tisches. Von dort konnte er nach ihren Händen greifen, während er redete, und manchmal tätschelte er ihren Handrücken oder strich ihr mitfühlend über den Arm. Was in Katis Gesicht passierte, konnte ich nicht mehr sehen, weil sie ihn die meiste Zeit anschaute, sodass ich nur noch ihren Hinterkopf sah. Dafür konnte ich das verständnisvolle, zur Seite geneigte Gesicht des Anwalts betrachten und wie er mit einer extrasamtigen Stimme erzählte, und das hier ist jetzt seine Geschichte. Angeblich war es so passiert: Da hatte der Anwalt Katis Schwester an einem ewig kalten Dezemberabend ganz alleine und ganz verfroren auf einer Bank am Bahnhof gefunden, und dann hatte er sie mit nach Hause genommen, damit sie sich wenigstens aufwärmen konnte für eine Nacht. Außerdem war es auch keine gute Idee für ein Mädchen, nachts allein auf dem Bahnhof zu sein. Fand er. Manchmal trieben sich da nämlich schlimme Gestalten herum. Junkies und ähnlicher Abschaum zum Beispiel. Hat er gesagt, der Herr Anwalt:»Abschaum.« Nur damit man mal weiß, wie dieser Typ so drauf war. Zu Hause hatte er dann Lucy angeblich etwas zu essen gemacht und das Bett im Gästezimmer bezogen und Lucy hatte zwölf Stunden am Stück geschlafen und dann nichts anderes gemacht, als Fernsehen zu schauen. Eine Woche lang alle Programme, vor und wieder zurück, bis sie langsam auftaute, und natürlich war der Anwalt in der ganzen Zeit an ihrer Seite gewesen wie ein Bruder, weil er schließlich kein »Kinderficker« war. Auch so eine Vokabel. Irgendwann nach dieser Woche hatte Lucy dann begonnen, von Kati und dem Heim zu erzählen und dass sie nie wieder zurückgehen würde in dieses Leben, das wie ein Schraubstock für sie gewesen war.

»Aber warum hat sich meine Schwester dann vor den Zug geworfen?«, fragte Kati.

»Ich weiß es nicht«, sagte der Anwalt, »ganz ehrlich, ich weiß es nicht. Einen Monat lang hat sie bei mir gelebt, dann war sie plötzlich verschwunden. Einfach weg, ohne etwas zu sagen. Und ein paar Tage vor eurem Foto rief sie plötzlich noch einmal an und wollte sich mit mir am Bahnhof treffen, und da hat sie sich dann bedankt und gesagt, dass sie Hamburg wieder verlassen würde. Ich schaffe es nicht alleine, hat sie gesagt, ich gehe zurück zu meiner Schwester. Und zwei Tage später war sie tot. Habe ich aus der Zeitung erfahren.«

Wer's glaubt. Also, ich glaubte ihm jedenfalls nicht. Ich schätze, er hatte ihr vielleicht die große Liebe versprochen und mit ihr Sex gehabt und dann hatte er sie wieder abserviert. Oder sogar in den Tod getrieben, weil sie erst fünfzehn war. Irgend so was Schlimmes oder Trauriges in der Art.

Kati verabschiedete sich von ihm trotzdem so schmalzig, dass ich sie am liebsten geschüttelt hätte, damit sie endlich mal aufwachte. »Du kannst dich jederzeit bei mir melden, wenn du Hilfe brauchst«, sagte der Anwalt noch. Dann standen Kati und ich wieder auf der Hauptstraße in diesem abgewrackten Viertel mit den abgewrackten Männern, die in die Spielhallen eilten.

»Was war denn mit dir?«, fragte ich.

»Wieso?«, sagte Kati.

»Ich bitte dich. Dieser Schleimbeutel? Wie kann man denn zu so einem Typen freundlich sein?«

»Ich hab meine Gründe.«

»Und die wären?«

»Geht dich nichts an«, sagte sie, und ich sagte: »Du bist eine hohle Nuss«, und dann gingen wir zur nächsten U-Bahn-Station und zwischen uns lagen mindestens fünf Meter Bürgersteig und wir hatten uns logischerweise nichts mehr zu sagen. Dabei gab es tausend Sachen, die mir jetzt auf der Seele brannten: Ob es wirklich sein konnte, dass Katis Schwester nichts mehr zu tun haben wollte mit ihr. Ob Kati dem Anwalt tatsächlich glaubte. Und wie es überhaupt funktionieren konnte, dass Kati sich von einem Augenblick zum nächsten so sehr veränderte und ihr der Idiot von Anwalt plötzlich sympathisch war.

Schweigend fuhren wir zurück zum Bahnhof und dort stand Kati noch eine Weile unschlüssig auf dem Bahnsteig herum und ich stand genauso unschlüssig neben ihr.

»Was machst du denn jetzt?«, fragte ich irgendwann.

»Nichts«, sagte Kati.

»Wie, nichts?«

Da gab sie überhaupt keine Antwort mehr, und mir blieb nichts anderes übrig, als zurück nach Blankenese zu fahren.

24 Zu Hause hat mir mein Vater dann erst einmal ein »Bahnhofsverbot« erteilt. »Das geht nicht, mein Sohn«, sagte er, »mich hier abends einfach so stehen zu lassen und über Nacht zu verschwinden. Nur weil dir nicht passt, was ich entscheide.«

»Seh ich ein«, antwortete ich. »Wie lange?«

»Ja, also, ich weiß nicht, vielleicht eine Woche«, meinte er, und ich sagte: »Geht klar«, weil es auch klar war, dass er die Strafe spätestens nach einem Tag schon wieder reduzieren würde. Darauf konnte man sich verlassen bei ihm. Mein Vater hasste es zu bestrafen. Das kleinste Zeichen von Einsicht ließ ihn sofort weich werden wie warme Knete.

In der Zwischenzeit suchte ich im Netz nach Informationen zu »Dr. Cornelius, Rechtsanwalt«. Google fand 159.000 Einträge. Die meisten waren aber von Rechtsanwälten, die nur mit Vornamen Cornelius hießen. Aber auch unser Anwalt aus Billstedt tauchte ein paarmal auf. Da ging es dann darum, dass er anderen Leuten ein paar Hundert Euro abgeknöpft hatte, weil sie auf ihrer Internetseite vergessen hatten, ein Impressum zu schreiben. Oder weil sie auf eBay Bilder benutzt hatten, die nicht selbst fotografiert waren, sondern aus irgendwelchen Katalogen stammten. Wo genau das Verbrechen war und warum dieser Anwalt das Geld selbst einstecken durfte, kapierte ich nicht. Aber es gab sogar schon einen Verein, der sich gegen »die Abmahnpraktiken des Dr. Cornelius« wehrte. »Abzocker-Anwalt« hieß er auf deren Internetseite. Dagegen hatte der Anwalt noch keine Abmahnung verschickt.

Es gab auch einen Zeitungsartikel, in dem er so hieß, weil ihm offenbar diese alte Fabrikhalle mit den Wohnwagen gehörte und weil ihm die Stadt für jeden Mieter pro Monat 169 Euro überwies. Allerdings war die Unterbringung von Bedürftigen an anderen Stellen noch sehr viel teurer. Hatte der Anwalt in einem Leserbrief auf den Artikel behauptet.

Und dann fand ich noch einen Bericht über einen Prozess, in dem der Anwalt ein dreizehnjähriges Mädchen vertreten hatte, weil sie im Internet in einem Chatroom mit hartem pornografischem Inhalt gelandet war, der nicht zuvor mit einer Altersfreigabe vor dem Öffnen gewarnt hatte. So ganz verstand ich auch diese Geschichte nicht. Auf jeden Fall hatte das Mädchen am Ende zehntausend Euro Schadensersatz von dem Portal bekommen. Diese Plattform hieß »SecretChat« und war immer noch online. Die Chatter, die sich gerade dort unterhielten, hießen »Blasebalg« und »Libido666«. Sie redeten über Dinge, die ich noch nie im Leben gehörte hatte, und während ich noch überlegte, in welchem Online-Lexikon ich vielleicht eine Übersetzung finden könnte, stand plötzlich mein Vater im Zimmer. Ich hatte ihn gar nicht kommen gehört, vermutlich wegen der Musik, die bei mir immer lief. Ich klickte sofort die Seite weg, obwohl ich mir sicher war, dass er was mitgekriegt hatte, aber er sagte nur: »Du hast Besuch. Sitzt in der Küche.«

Kati, dachte ich und stürzte die Treppe hinunter, aber dann war es nur Sascha, der am Küchentisch hockte. Er wirkte gehetzt und seine Miene hatte sich hart verdunkelt. »Alter, was haste dir bei dem Schwachsinn gedacht?«, bollerte er, als mein Vater den Raum wieder verlassen hatte. »Zu blöd, um scheißen zu gehen.«

»Was soll das denn jetzt«, stotterte ich. »Von was redest du?« So brutal sauer hatte ich ihn noch nie gesehen.
»Meinst du wirklich, ich würde diesen Anwalt nicht kennen?«, fragte er. »Alter, ich kenn den länger, als ich Kati kenne. Seit sie mir zum ersten Mal ein Foto von ihrer Schwester gezeigt hat, weiß ich, dass sie genau dieses Arschloch sucht.«
»Warum hast du dann Kati nichts von ihm erzählt?«
»Weil ich nie was erzähle. Erste Regel vom Bahnhof. Wenn du hier überleben willst, kümmerste dich nur um deinen eigenen Scheiß.«
»Aber du kümmerst dich doch auch um Rico oder Mona und was weiß ich noch alles.«
»Alter, das ist Familie, natürlich kümmer ich mich um die.«
»Dann hättest du Kati ja was erzählen können.«
»Kati ist ein Pitbull ... Wenn Kati sich in was verbissen hat, lässt sie nicht wieder los ... ich schwör's dir, sie hätte sich das Leben kaputt gemacht wegen diesem Arschloch, hundertprozentig, das ist mal Fakt. Und deshalb zieh ich seit einem halben Jahr diese Show ab, damit Kati ihm nicht begegnet, aber du musstest sie natürlich gleich mal auf direktem Weg zu ihm führen.«
»Woher soll ich das denn wissen?«
»Du kennst Kati doch auch mittlerweile. Für sie hat das nur einen einzigen Zweck, dass sie am Bahnhof ist: Sie will den Grund wissen für den Tod ihrer Schwester. Und dieser Typ ist ein Grund, das ist mal sicher.«
»Weißt du denn irgendetwas über den?«
»Ich weiß, dass er das größte Arschloch ist, das hier rumläuft. Ich kann dir einen Haufen Sachen erzählen. Die Geschichte von Grigorji zum Beispiel. Willst du sie hören? ... Also, Grigorji ist irgendwo aus dem Osten, frag mich nicht, Moldawien, Georgien, irgend so 'n Land, das keiner kennt.

Grigorji war brutal jung, als er hier auftauchte, höchstens vierzehn oder fünfzehn Jahre alt, und er sah auch so aus. Ganz schmal und blond und kein einziges Haar am Körper. Ein Klappspaten, aber zart. Meistens stand er vor dem Osteingang rum und hat auf Freier gewartet. Grigorji hat Geld gemacht ohne Ende, so wie er aussah. Bis sich dieser Anwalt an ihn geklemmt hat, wie so 'ne Klette, aber immer im Hintergrund, und wenn dann ein Freier mit Grigorji abziehen wollte, hat sich der Anwalt den Mann gegriffen. Paragraf 182 Strafgesetzbuch, sexueller Missbrauch von Jugendlichen, die ganze Palette. Die meisten Freier haben freiwillig gleich mal 'ne Art Verwarnungsgeld rausgetan an den Anwalt. Für die Auslagen, die der angeblich hatte. Und wenn jemand nicht zahlen wollte, hat er die Polizei gerufen. Immer schön auf der Seite des Gesetzes. Aber Grigorji war ihm dabei völlig egal. Ich meine, er hätte ihn ja auch von der Straße holen können oder so was. Hat er aber nicht. Und nach zwei Monaten hatte sich das rumgesprochen und Grigorji hatte überhaupt keine Kunden mehr, und da hat sich der Anwalt dann nur noch einen Scheiß für interessiert, was mit Grigorji passiert.«

»Und? Was ist mit ihm passiert?«

»Ist komplett weggeschmiert. Hat angefangen, Koka zu drücken, Alter, das ist das Ende. Dagegen haste mit Shore ein lässiges Leben. Sah nach 'nem halben Jahr schon aus wie ein Totenschädel, so eingefallen an den Backen und die ganzen Arme blau und das Blut ist rausgesuppt und richtig ekelhaft. Irgendwann hat er in Barmbek einen Kioskbesitzer niedergestochen, um an Kohle zu kommen. Ganz ehrlich, ohne diesen Anwaltsschmarotzer wär er im Leben nicht dort gelandet. Der is' so ein Arschloch, der Anwalt, um den wär's nicht schade, kannst du glauben. Aber wenn Kati sich ihr Leben wegen so einem Wichser ruiniert, Scheiße, das wär die Katastrophe.«

»Aber die beiden haben sich echt super verstanden, als wir dort waren. Ich meine, Kati und dieser Anwalt.«

»Alter, du bist wirklich zu blöd zum Kacken. Natürlich tut Kati alles, damit der Arsch keinen Verdacht hat und sich mit ihr noch mal trifft. Wie soll sie sonst an Informationen kommen?«

»Und du meinst, dass sie sich dann rächen will? Wenn sie weiß, was da gelaufen ist mit ihm und Lucy?«

»Nicht einfach bloß rächen ... das mein ich.«

»Du spinnst doch. Kati bringt den Typen doch nicht um. Vielleicht redet sie so, ich meine, ich weiß, dass sie so redet ... aber ... also, das ist hier doch nicht die Mafia.«

»Ach ja?«, sagte Sascha. »Du weißt natürlich Bescheid.«

So hatte ich Sascha noch nie gesehen. So ernsthaft und mutlos und fast verzweifelt. Er hatte seine Ellenbogen auf die Tischplatte gestützt und das Gesicht in seinen Händen vergraben. »Wir müssen irgendwas tun«, murmelte er in einem fort, »wir müssen was tun, wir müssen was tun ... wenn man nur irgendwas tun könnte.«

»Und du hast keine Idee?«, fragte ich.

»Jede andere würd ich einsperren. Oder aus der Stadt bringen oder so was. Aber kannste ja alles nicht machen mit Kati.«

»Dann müssen wir halt den Anwalt wegsperren. Also, ich meine, irgendwas finden, damit ihn die Polizei einkassiert.«

»Oder ihn ins Krankenhaus prügeln. Dass er ein halbes Jahr nicht mehr aufstehen kann.«

»Da mach ich aber garantiert nicht mit.«

»Sonst kriegst du den nicht. Der Typ is' Anwalt. Der weiß, was er machen darf und was nicht. Das is 'n Verbrecher, das is' klar, aber der tut garantiert nichts Verbotenes. Ich wette, bei dem findet sich überhaupt nichts Illegales.«

»Wir können ja trotzdem mal suchen.«

»Und wo, bitte schön?«

»Zum Beispiel in dieser Wohnwagenanlage, in der wir waren. Die gehört ihm, hab ich im Netz gelesen. Und die Flüchtlinge da betteln ja auch irgendwie in seinem Auftrag. Vielleicht entdecken wir irgendwas. Was Menschenhandelmäßiges oder so.«

»Wenn du meinst«, sagte Sascha, »dann lass uns mal los.«

Dagegen stand dummerweise noch das Bahnhofsverbot, aber mein Vater hasste es wie gesagt zu bestrafen, und eigentlich war er dankbar, wenn er einen Grund hatte, es nicht zu tun.

»Papa, ist jetzt echt kein Spruch«, sagte ich in seinem Arbeitszimmer zu ihm, »aber diesmal geht es wirklich um Leben und Tod.«

»So dramatisch?«, fragte er, und ich sagte: »Danke, du bist der Beste«, und dann fuhren Sascha und ich zu diesem alten Fabrikgelände mit den Wohnwagen in der Halle. Das alte Eisentor stand exakt so weit auf wie beim letzten Mal, wahrscheinlich war es festgerostet oder so, es war noch früh am Nachmittag und viele Menschen waren diesmal nicht zu sehen. Nur ein paar Kleinkinder und ein paar Alte, die in der Halle vor ihren Wohnwagen auf billigen Plastikstühlen saßen. Wie Campingurlaub, nur eben in einer Halle. Es gab kein einziges Gesicht, das uns nicht anstarrte, als wir das Gelände betraten.

Was für 'ne blöde Idee, dachte ich, als wir vor einem der Opas stehen blieben. Es war ein kleines, vertrocknetes Männlein mit gebeugtem Rücken und weißen Haaren, die ihm sogar aus den Ohren und aus der Nase wuchsen. Er hatte sich rasiert, aber ich schätze mal, ohne Spiegel, weil er ein paar einzelne Inseln mit weißen Borsten vergessen hatte.

Ich zeigte ihm meine Fotografie und fragte: »Kennen Sie diesen Mann auf dem Bild? Schon mal gesehen? Was über ihn gehört?«

»Foto gut«, sagte der Opa.
»Und was ist mit dem Mädchen?«, fragte ich.
»Mädchen gut«, sagte der Opa.
»Und die Halle? Die Wohnwagen? Auch alles super?«
Der Opa lächelte freundlich. Hinter den Lippen waren ihm nur noch ein paar wenige goldene Zähne geblieben. Sie standen nicht so richtig nebeneinander wie in einem normalen Gebiss, sondern einzeln wie die Metallzinken von einer Baggerschaufel. »Du gut«, sagte er und zeigte auf Sascha und mich, und dann stemmte er sich aus seinem Plastikstuhl und kletterte in seinen Wohnwagen und kam nach einer Weile mit zwei weiteren Stühlen wieder heraus. Er deutete zuerst auf uns und dann auf die Sitze, und das tat er immer energischer, bis wir uns schließlich auf seine Stühle setzten. Dann tippelte er wieder in den Wagen und schleppte eine verkorkte Glasflasche ohne Etikett und ein Einmachglas mit eingelegten Pilzen nach draußen. Er stellte sie vorsichtig auf den Campingtisch, als wären sie das Wertvollste, was er besaß. Wahrscheinlich hatte er sich das Zeug auch jahrelang aufgespart für diesen Moment. So verstaubt waren die Sachen.

Er öffnete das Glas und fischte mit den bloßen Fingern einen schleimigen Pilz aus der trüben Soße und ließ ihn in seinen Rachen glitschen. Dabei ging in seinem Gesicht quasi die Sonne auf. »Manatarcii ... Muntii Karpati« oder so ähnlich schwärmte er. Voll der Stolz in seiner Stimme. Er entkorkte die Flasche und nahm einen männlichen Schluck und dann reichte er beides an Sascha weiter.

Schleimige Pilze? Und irgendwas Selbstgebranntes aus einer vollgesabberten Flasche? Sascha griff sich trotzdem so ein Schleimmonster aus dem Glas und spülte mit dieser Flüssigkeit hinterher, und was immer es war, sprechen konnte er danach jedenfalls nicht mehr. Immerhin schaffte er es, nicht zu husten. Sah aber ein bisschen so aus, als stün-

den seine Augen jetzt unter Wasser. Aber beschwören kann ich das nicht. Eine ganze Weile kämpfte er mit seinem Atem, bis er wieder in der Lage war, ein Lächeln auf seine Lippen zu quälen. Er zeigte dem Opa den erhobenen Daumen und schob wortlos Flasche und Einmachglas zu mir herüber.
Heilige Scheiße. Schlimmer als Pilze ging bei mir praktisch nicht. Hatte ich jedenfalls immer gedacht. Aber da kannte ich die eingelegten Pilze noch nicht. Eingelegte Pilze schmeckten ... boah, alter Falter ... ungefähr noch zehnmal beschissener.
Eigentlich hatte ich mir vorgenommen, die Flasche mit der seltsamen Flüssigkeit im Leben nicht anzurühren. Aber diese Schleimspur auf der Zunge war so widerlich, dass ich überhaupt gar nicht anders konnte, und da explodierte dann praktisch sofort der Kopf und das Zeug knipste den Verstand aus, und so ein glühender Lavastrom rollte die Speiseröhre herunter, dass man auf den Millimeter sagen konnte, wo sich die Glut gerade befand.
Der Opa schaute mich erwartungsfroh an. Ich konnte aber auch nicht mehr sprechen. Denken sowieso nicht. Nach einer Weile breitete sich in der Mitte so ein warmes Gefühl aus, und da war der Opa plötzlich überhaupt ein ganz prima Kerl und auch egal, dass er kein Wort Deutsch verstand und dass immer alles »gut« war in seinem Leben.
Irgendwann nahm ich sogar noch einen zweiten Schluck, und dann hatte wahrscheinlich draußen der Stadtbus wieder gehalten, weil plötzlich ein ganzer Schwall Leute zu den Wohnwagen strömte. Der Opa kniff die Augen zusammen, als würde er jemanden suchen, und rief irgendwann »Ilena ... vino odata« oder so, und da kam das Mädchen gelaufen, dem Kati fünf Euro zugesteckt hatte.
Sie drückte dem Alten einen Kuss auf die Stirn. Zu mir sagte sie: »Ich dich kennen ... mit schöne Mädchen mit Geld.«

»Ilena ... german gut«, sagte der Opa.

»Seit wann sprichst du denn Deutsch?«, fragte ich. »Ich dachte, du kannst nur bitte und danke.«

»Mann sagen ... bitte, danke, mehr Geld.«

»Was denn für 'n Mann?«

»Nette Mann ... immer helfen.«

»Vielleicht dieser hier?« Ich schob mein Foto über den Campingtisch.

Ilena nickte, und dann sagte der Opa irgendwas, und sie übersetzte, dass dieser Mann den täglichen Bus-Shuttle in die Stadt für die Menschen hier organisierte und dass der Opa in seinem ganzen Leben noch nie eine so moderne Dusche wie hier in der Halle gesehen hatte. »Immer Wasser und immer heiß ... und mit Umstellen auf Massage.«

»Ja ... und hat er immer Geschenke«, erzählte Ilena noch.

»Welche Geschenke?«, fragte ich.

»Farbe für Lippen ... Bluse ... schöne Geschenk.«

»Und was musstest du dafür tun?«

»Hat er nix verlangt ... nur einmal ... wollen Foto machen.«

»Was denn für Fotos?«

»Ganz normal Foto. In Bluse vor Computer ... nix nackt, wenn du denkst.«

»Kannst du mir das Foto vielleicht mal zeigen?«, fragte ich.

Ilena schüttelte den Kopf, aber dann hüpfte sie zu einem der anderen Wohnwagen, und als sie zurückkehrte, trug sie ein weißes Hemd vor sich her wie die geweihte Fahne bei einer Prozession. Sah aus wie die Bluse von einer Kellnerin oder so. Ich schaute ratlos rüber zu Sascha. Was wollte der Anwalt mit einem Foto in dieser Bluse? Aber Sascha zuckte auch nur mit seinen Schultern.

»Was war mit dem Computer?«, fragte ich sie.

»Laptop von Apple ... kenn ich mich aus«

»Ich meine, war der Computer an? Hatte er eine Kamera? Hast du mit jemandem reden müssen?«
»Nix reden.«
»Und was ist mit Chatten? Schreiben? Irgendwas?«
»Hat er geschrieben ... nix ich.«
»Weißt du vielleicht, wie die Seite hieß, auf der ihr wart? Wie sie aussah? Damit ich sie im Netz vielleicht wiederfinde.«
»Stand da anonymous ... ganz sicher bestimmt.«
»Das ist ja immerhin mal ein Anfang«, meinte ich.
»Für Anfang fünf Euro«, sagte Ilena.
Ich hatte aber nur noch zwei Euro dreißig.
»Bitte scheen, danke scheen«, strahlte sie, und natürlich verabschiedete ich mich dann ohne einen Cent in der Tasche. Eine Weile fragten wir noch herum, aber außer Ilena fanden wir niemanden mehr, der mit uns reden wollte. Oder konnte. Das wusste man nie so genau. Danach fuhr Sascha wieder zum Bahnhof, um noch mal nach Kati zu suchen. Und ich vergrub mich zu Hause sofort in meinem Computer.

Anonymous war leider das letzte Scheißwort für eine Suche im Netz. Es gab Anonyme Alkoholiker und anonyme Magersüchtige und Spieler und Schuldner und Bestattungen und Geburten und natürlich die politische Netz-Bewegung. Jeder, der in einem Forum seine Identität nicht preisgeben wollte, nannte sich so. Fast zweihundert Millionen Einträge. Völlig hoffnungslos. Ich probierte »anonymous chat« und »anonymous teen«, aber da gab es immer noch neunzig Millionen Treffer. Ich suchte nach »anonymous« und »Dr. Cornelius«, und da stand tatsächlich auf der Seite der Hamburger Morgenpost ein Artikel über unseren Rechtsanwalt, weil die Hacker von Anonymous mal seine Webseite lahmgelegt hatten. Aus Rache für seine Abmahnorgien. Aber aktuell war der Artikel nicht.

Auf derselben Seite stand aber, wenn man herunterscrollte, noch ein Bericht über Amanda Todd. Diese Schülerin war in meiner Klasse schon mal Unterrichtsstoff gewesen. Thema Medienkompetenz. Amanda Todd war quasi das erste und bekannteste Cybermobbingopfer der Welt, weil sie sich vor zwei Jahren das Leben genommen hatte, nachdem sie mit blanken Fotos von sich im Netz erpresst worden war. Begonnen hatte die Tragödie damals auf anonym-IB.com. Das war eine Plattform, auf der jeder anonym irgendwelchen Schmutz posten konnte. Ursprünglich hatten dort Hacker ihre Tipps ins Netz gestellt. Aber dann war die Seite überrollt worden von Nacktbildern und Gewaltvideos und sogar Kinderpornografie und da war die Seite von den Behörden wieder geschlossen worden. Hatten wir so in der Schule gelernt. Keine Ahnung, warum ich mich jetzt trotzdem noch davon überzeugen musste.

Anonym-IB.com gab es tatsächlich nicht mehr. Aber es gab anonym-IB.org. Hacker waren dort aber kaum unterwegs. Und richtig üble Gewalt fand ich auch nicht. Dafür trieb sich eine Szene herum, von der in der Schule überhaupt nie die Rede war.

Im Prinzip ging es darum, Nacktbilder von fremden Mädchen zu organisieren. Das war wie eine Art Sport auf dieser Seite. So ein Bild von entblößten Brüsten nannte sich »win«, und je mehr »wins« einer schaffte und je mehr Fleisch darauf zu sehen war, desto höher stand man quasi in der Tabelle. Es gab sogar einzelne Stars, die sich brüsteten, von jedem Mädchen Nacktbilder organisieren zu können, und die nahmen dann Aufträge entgegen und ließen sich für ihre Dienste bezahlen. Das lief meistens so, dass irgendein Anonymous auf anonym-IB einen Schnappschuss von einem Schulhof oder aus einem Eissalon postete und darunter schrieb: »Wer besorgt mir Nacktbilder von dieser süßen Maus, wohnt in Frankfurt, geht auf das Goethe-

Gymnasium. Zahle bis 1.000 Euro.« Oder so ähnlich. Die Typen recherchierten dann wahrscheinlich den Namen und knüpften im Netz einen Kontakt und lotsten das Mädchen zu irgendeinem Videochat. Und dort bequatschten sie es so lange, bis das Mädchen für einen Moment ihre Brüste in die Kamera hielt. Eine Sekunde reichte schon, um davon einen Screenshot zu machen, und mit diesem Foto erpressten sie die Mädchen zu immer nackteren und immer gewagteren Bildern, und wer einmal in diesem Käfig saß, fand praktisch nicht mehr hinaus. Anonym-IB.org war offenbar so eine Art Kontakthof für diese Leute.

Eine Verbindung zu Dr. Cornelius entdeckte ich allerdings nicht. Ich fand auch kein Bild von Ilena und keines von Katis Schwester, obwohl es doch eigentlich das perfekte Geschäftsfeld für diesen Anwalt war. Überlegte ich. Könnte doch sein, dass er Lucy als Lockvogel ausgenutzt hatte, um bei den Mistkerlen abzukassieren. Oder er wollte nur bei einem Prozess verdienen. Und deshalb existierten jetzt vielleicht irgendwelche schlimmen Bilder im Netz, mit denen Lucy nicht leben konnte, und vielleicht wurde sie sogar wie Amanda erpresst oder der Anwalt war selbst der Erpresser oder Lucys Schicksal ging ihm einfach nur komplett am Arsch vorbei. Also, das war jetzt nur ein Gedanke von mir und noch nicht mal eine Vermutung und ich hatte erst recht keine Beweise, aber ich fand, dass die Theorie schon irgendwie total logisch klang. Konnte aber auch sein, dass ich halluzinierte, weil ich mittlerweile die komplette Nacht vor der Kiste gesessen hatte und draußen schon wieder die Sonne aufging.

Am nächsten Tag war dann von Hausarrest und Bahnhofsverbot keine Rede mehr. »Ich geh nach der Schule noch mal weg«, sagte ich morgens zu meinem Vater, bevor ich das Haus verließ, und mein Vater nickte nur freundlich und setzte sich wieder an seinen Rechner. In der Schule konnte ich praktisch an nichts anderes denken als an Kati und den Anwalt und meine Theorie und deshalb schenkte ich mir die letzten Schulstunden und fuhr gleich zum Bahnhof. Ich rannte die Treppen von der U-Bahn hoch, aber natürlich war weder Kati noch Sascha zu sehen. Machte es Sinn, zum Boot zu gehen? Oder zu Saschas Wohnung? Wahrscheinlich verpasste ich auf die Art beide. Also drückte ich mich am Osteingang rum und wartete, dass jemand auftauchte, den ich kannte.

Eine ganze Stunde lang kam niemand vorbei. Dann steuerte Sascha auf mich zu, das heißt, eigentlich lief er durch mich hindurch, als würde er mich gar nicht erkennen. Wie auf Hypnose. »Hey«, sagte ich, aber er eilte einfach weiter. In das Gebäude, rechts an der Bahnhofsbuchhandlung vorbei auf den Nordsteg.

»Jetzt bleib doch mal stehen, du Idiot«, rief ich, aber irgendwie hörte er nichts, sondern lief die Treppe hinunter zum Bahnsteig 12, und dort war es so voll, dass es eine Weile dauerte, bis ich ihn endlich umkurvt hatte und seinen Weg versperrte. Keine Ahnung, was da gerade los war. Fußball jedenfalls nicht. Und Kirchentag auch nicht.

»Alter, geh aus dem Weg«, sagte Sascha.

»Was ist denn passiert? Dass du plötzlich so hektisch wirst?«, fragte ich.

»Kati hat den Anwalt noch mal gesehen und sich mit ihm verabredet. Das ist passiert.«

»Und weiter?«

»Ich hab nämlich mit seiner Sekretärin telefoniert. Also, nicht ich, sondern Mona hat angerufen und so getan, als wäre sie Kati und dass sie den Treffpunkt vergessen hätte, und da hat die Sekretärin gemeint: Heute, Viertel vor drei, hier auf dem Bahnsteig ... Viertel vor drei, sagt dir das was?«

»Sollte es?«, fragte ich.

»Alter, dein Bild. Gleis 12, Viertel vor drei. Kapierst du gar nichts?«

»Ach du Scheiße«, sagte ich. »Aber wo auf dem Bahnsteig weißt du nicht?«

»Keine Ahnung«, meinte Sascha und sprang ein paarmal hoch in die Luft, aber Kati konnte er nirgends entdecken.

»Vielleicht hinter dem Südsteg, wo das Foto entstanden ist«, meinte ich.

Dann versuchten wir, uns durch die Menge zu schieben, die sich zwischen den Treppen zusammenpresste, dass praktisch überhaupt kein Durchkommen war. Man musste schon seine Arme zwischen zwei Menschen bohren bis hinter die Ellenbogen und sie dann fest nach hinten drücken, um vorwärtszukommen. Wie Brustschwimmen in der Menschenmenge. Sascha war darin tausendmal besser als ich. Oder rücksichtsloser. Dauerte nur einen Augenblick, dann hatten ihn die Massen vor mir verschluckt.

Ich kämpfte mich hinterher und suchte gleichzeitig in den Gesichtern, ob ich irgendwo Kati oder den Anwalt sah.

Kurz hinter dem Südsteg sagte die freundliche Lautsprecherstimme: »Es fährt ein ICE 680 aus München, planmäßige Ankunft 14.54 Uhr ...« Und so weiter. Keine Ahnung, warum sich die Zugnummer so eingebrannt hat in mein Gedächtnis. Auf jeden Fall hörte ich, wie der ICE in den Bahnhof rollte, immer lauter und immer langsamer, und dann tat es einen dumpfen Schlag, nicht weit entfernt und auch nicht besonders laut, wie wenn man mit der Faust auf einen Sandsack haut. Dauerte nur den Bruchteil einer Sekunde, bis die Bremsen mit einem scharfen Zischen entlüfteten, und dann fingen auch schon die ersten Menschen auf dem Bahnsteig an, hysterisch zu schreien. Ich stand ziemlich nah an der Bahnsteinkante, sodass ich das Drama praktisch hautnah sah. Nicht, was genau passiert war. Aber den Rest. Das ist das Bild, das ich immer noch manchmal in der Nacht vor meinen Augen habe, obwohl ich mittlerweile gar nicht mehr weiß, ob ich das wirklich gesehen habe. Oder es mir nur nachträglich so zusammenreime: wie sich der Triebwagen an mir vorüberschob und eine Gestalt quasi vorne auf der schrägen Schnauze hing und wie die Gestalt dann langsam nach unten rutschte, weil es noch einer von den alten Triebwagen war, die aussehen wie ein Keil. Vielleicht wäre es bei dem neueren, runderen Modell gar nicht so böse ausgegangen, weil der Körper dann zur Seite geflogen wäre. Aber es war eben ein alter Zug und deshalb rutschte der Körper auf die Schienen und unter die Räder, und der Zug kam ewig nicht zum Halten, obwohl er ja überhaupt gar nicht mehr schnell war. Wie Zeitlupe war das. Also jetzt, vor meinem geistigen Auge.

Irgendwie war mir schon im ersten Moment klar, dass die Gestalt unser Anwalt war. Und dass Kati tatsächlich gemacht hatte, was sie immer angedroht hatte. Schon als ich den ersten Schlag hörte, war das klar, und auch, dass damit alles vorüber war. Zukunft und Liebe und sie und ich und eben alles. Also, ich wusste es jetzt nicht so bewusst, mit dem Verstand, aber da war sofort ein bodenloses, schluchttiefes Entsetzen, und dann fingen die Menschen auf dem Bahnsteig plötzlich zu rennen an, keine Ahnung, ob sie helfen wollten oder nur gaffen, aber wer nicht mit ihnen rannte, wurde einfach über den Haufen gemangelt. Ich rettete mich hinter den Kiosk, der wie ein Wellenbrecher in der Mitte des Bahnsteigs stand. Es war das totale Chaos. Nur Geschreie. Gerenne. Geschiebe. Dann packte mich plötzlich Sascha am Arm.

»Hast du Kati gesehen?«, schrie ich, und er sagte ganz nüchtern: »Komm mit, wir hauen ab.« Er zog mich rüber auf die andere Kante das Bahnsteigs und sprang auf die Gleise. Ein paar Schritte, dann flankte er wieder hoch auf die gegenüberliegende Plattform. Als wäre nichts passiert, schlenderte er den Bahnsteig hinunter bis zur Treppe, die nach unten führte in den U-Bahnhof Süd. Ich stolperte wie ein Kind hinterher. Wir nahmen die U-Bahn, die dort gerade mit offenen Türen stand. »Wandsbek Gartenstadt« hieß es auf der elektronischen Tafel.

Wir stiegen aber schon an der nächsten Station wieder aus. Hier gab es nur sechsspurige Straßen und riesige Kreuzungen und dahinter begann langsam das Hamburger Industriegebiet. Sascha lief eine Weile ziellos herum, die eine Straße hoch und die nächste wieder herunter, und während der ganzen Zeit sagte er kein einziges Wort, und ich lief ihm halt hinterher, bis er sich endlich in einer Bushaltestelle setzte. Er fingerte eine Zigarette aus der Innentasche seiner Jacke, und da merkte man erst, dass er zitterte und auch ganz brutal fertig war.

»Ich versteh's nicht«, sagte ich und hockte mich neben ihn. »Ich versteh's verdammt noch mal nicht. Wie kann man das Leben einfach so wegschmeißen. Ich meine, ihr Leben und mein Leben und alles, für nichts. Ich versteh's nicht.«

»Hey, du bist nicht der Einzige, der sie geliebt hat. Nur weil du mal eine Nacht mit ihr verbracht hast, gehört sie dir nicht. Das haben andere auch am Bahnhof.«

»Ach ja, und wer?«

»Ich zum Beispiel.«

»Aber du wolltest doch nicht mehr mit ihr zusammen sein.«

»Was hat denn das mit Liebe zu tun?«

»Ist ja auch egal, wer wen geliebt hat, ich versteh's trotzdem nicht.«

»Weil du keine Ahnung von Liebe hast. Deshalb.«

»Bitte? Jemanden vor den Zug zu stoßen? Wo soll denn da Liebe sein?«

Ich sah rüber zu Sascha. Er saß vorgebeugt auf dem Plastikschalensitz, die Ellenbogen auf die Knie gestützt. Die Zigarette hatte er schon ganz nach unten geraucht und die Glut hing wie ein langer roter Stängel am Filter. So gierig hatte er an der Zigarette gezogen. Er war immer noch voll am Zittern. Vielleicht hatte ihn auch der Entzug wieder im Griff. Sein Blick klebte zwischen den Schuhen.

»Wenn du liebst, ist es egal«, murmelte er, »ist egal, was der andere macht oder was er getan hat und ob du das verstehst oder nicht verstehst. So ist Liebe. Wenn es egal ist.«

»Das ist keine Liebe«, sagte ich. »Das ist Bullshit. Ganz ehrlich. Was ist, wenn der andere zum Beispiel das totale Arschloch ist. Auch egal, oder was?«

»Der Mensch, den du liebst, ist kein Arschloch.«

»Und wenn doch?«

»Dann liebst du ihn nicht.«

»Alter, das ist unlogisch«, sagte ich.

»Ist mir egal, ob das unlogisch ist«, meinte Sascha.

Was sollte man darauf noch sagen? Ich warf wieder einen Blick zur Seite. Sascha rauchte immer noch wie ein Ertrinkender. Gerade hatte er wieder eine Zigarette verqualmt und jetzt zitterte er sich die nächste aus der Verpackung und zündete sie an der Glut des alten Stummels an. Eine Weile schwiegen wir vor uns hin. Es fühlte sich an, als würde zwischen uns eine Mauer nach oben wachsen.

»Ich hab's getan«, sagte Sascha plötzlich.

»Was hast du getan?«, fragte ich.

»… vor den Zug gestoßen … ich hab das Arschloch vor den verdammten Zug geworfen.«

»Du hast was?« Ich starrte geschockt zu ihm rüber.

»Ich hab's getan«, murmelte er, und dann verbarg er sein Gesicht in seinen Händen, und die Zigarette klemmte dabei wie ein fettes Räucherstäbchen zwischen den Fingern. Von dort stieg der Rauch kerzengerade nach oben, bis er endlich über Saschas Haaren verwirbelte. »Scheiße, ich hab's getan«, sagte er. »Ich hab's echt getan.«

Immer und immer wieder sagte er das, und da kapierte ich erst, was er damit meinte, dass in der Liebe alles egal ist und dass er Kati immer noch liebte und mehr liebte als sein eigenes Leben und dass er seines weggeworfen hatte, damit Kati ihres behielt. Oh Gott, wie furchtbar und nutzlos und traurig und alles.

»Warum denn, um Gottes willen?«, fragte ich.

»Für Kati … und auch für dich, du Penner … damit ihr ein Leben habt. Meins ist doch eh schon vorüber. Kati hätte das Arschloch umgebracht … tausendprozentig … Aber ihr beide, ihr könnt das schaffen, ehrlich, ich weiß das … Versprich mir, dass ihr das schafft.«

»Wie jetzt«, stotterte ich, »… wieso … ich meine … dein Leben … das ist doch nicht schon vorbei … was redest du denn … so ein Schwachsinn.«

»Das ist, weil du keine Ahnung hast. Jeden Morgen roll ich mich von dieser beschissenen Latexschaum-Spießermatratze und geh ins Bad und könnte in mein Spiegelbild kotzen. Jeden Tag kipp ich Shore aufs Blech, die kaum noch turnt, und suche nach einem Grund, mir das Gift nicht fett in die Vene zu ballern. Aber mir fallen keine Gründe mehr ein. In meinem Leben gibt's keine Straße, die nicht direkt in den Abgrund führt ... Ist so ... keine Brücke rüber ins sichere Leben ... so wie du eines hast.«

Es waren bestimmt zehn oder zwanzig Busse, die vor unserer Bushaltestelle hielten und deren Türen mit einem Zischen aufklappten und wieder zuklappten, bis wir es endlich schafften, in einen dieser Busse zu steigen.

»War ja wohl 'ne wichtige Sitzung bei euch«, sagte der Fahrer. »Ich komme jetzt schon zum dritten Mal hier vorbei.«

»Ging um Leben und Tod«, sagte Sascha.

Der Bus fuhr wieder zurück zum Berliner Tor. Stand über der Windschutzscheibe. Wir hockten uns auf die letzte Bank. In den ersten Reihen saßen noch zwei ältere Muttis, der Rest des Wagens war leer.

»Hast du denn Kati überhaupt noch gesehen?«, fragte ich Sascha. »Du warst ja viel weiter vorn auf dem Bahnsteig. Weil ich hab von ihr gar nichts mitgekriegt. Nur den Schlag, das war schon alles.«

»Ganz kurz«, sagte Sascha. »Dann war sie sofort verschwunden.«

»Weißt du, wohin?«

»Keine Ahnung.«

»Vielleicht zum Boot?«

»Möglich, aber die Bullen werden sie suchen.«

»Vielleicht haben sie Kati auch schon erwischt.«

»Das würde mich wundern«, sagte Sascha, und das war

heute das erste Mal, dass so etwas wie ein Lächeln in seinem Gesicht erschien.
»Ich muss jetzt wohl mal für 'ne Weile verschwinden«, meinte er.
»Aber was ist, wenn Kati Hilfe braucht?«, fragte ich.
»Musst halt du sie beschützen.«
»Und wenn ich so was nicht kann?«
»Ich weiß, dass du es kannst«, sagte er.
»Alter, du klingst so, als würden wir uns nie wiedersehen.«
»Mach dir mal nicht ins Hemd«, antwortete Sascha. Zusammen stiegen wir aus dem Bus und liefen die Treppen zur U-Bahn runter, und dort nahm er mich in den Arm, also, nicht hip-hop-mäßig und lässig und auch nicht schwul, sondern wie so der große Bruder.
»Du bist immer hier drin«, sagte er zu mir und klopfte sich mit der Faust auf die Brust. Linke Seite, über dem Herzen. Er schluckte ein paarmal und sein Blick begann zu zerfließen, da drehte er sich weg und wankte zu einem offenen Wagen der Linie 2. Richtung Mümmelmannsberg. Er schaute sich auch nicht mehr um, als der Zug die Station verließ.
So also ist Abschied, dachte ich. Es fühlte sich an wie ein schwarzes Loch, das Gefühle und Gedanken und alles verschlang, und egal, was ich früher darüber geredet hatte: Abschied war nicht der intensivste Moment. Abschied war nur betäubend und leer und eher so, als hätte mir jemand ein Brett vor den Kopf gehauen, und jetzt vibrierte der ganze Schädel wie eine Glocke und man konnte gar nichts mehr hören und denken. Nur diesen brutal lauten Ton von Leere.
Ich verpasste die erste U-Bahn in meine Richtung. Ich verpasste auch noch die zweite Bahn, weil ich überhaupt nichts mehr mitbekam. Erst die dritte brachte mich wieder zurück zum Bahnhof. Dort war der Zugverkehr immer

noch nicht wieder so richtig ins Laufen gekommen. Die Reisenden quetschten sich auf den Bahnsteigen, jeder Zug hatte Verspätung, Gleis 12 war gesperrt, nur der ICE 680 war mittlerweile verschwunden. Die wartenden Leute erzählten von einem »Schwerverletzten«. Aber es gab auch welche, die gehört haben wollten, dass »der Mann noch im Bahnhof gestorben« sei.

Ich weiß nicht, ob das jemand verstehen kann. Aber es war dieser Moment, der mich komplett aus den Schuhen kippte: Als ich oben auf dem Nordsteg stand und runterschaute auf das leere Gleis 12, und da unten war so ein dunkler Fleck auf den Schwellen und an einer Schraube auf den Schwellen hing noch ein Fetzen schwarzer Stoff, der bestimmt aus seinem Anzug gerissen war. Neben mir auf dem Stieg redeten die Leute wie über ein Fußballergebnis, aber ich hatte den Mann gekannt, und der war natürlich ein Verbrecher, aber ich war auch irgendwie schuld an allem, da hatte Sascha so was von recht. Keine Ahnung, was die Stunden vorher los war mit mir, Adrenalin oder Schock oder weil ich nicht allein war mit mir. Aber bei dem Fetzen Stoff flutete plötzlich alles tsunamimäßig zurück. Erst kilometerweit Ebbe, aber jetzt rollte die Walze heran, dass ich gar nicht mehr aufs Gleis schauen konnte, und denken konnte ich auch nicht mehr, obwohl das nicht stimmt, weil es eher so war, dass ich nur noch denken konnte: Was ist mit Kati, wo ist Kati, wie geht es Kati mit Saschas Tat und ihrer Wut und allem.

Ich muss zum Boot, dachte ich auch. Aber irgendwie konnte ich mich nicht von der Stelle bewegen. Vielleicht wollte auch irgendetwas in mir, dass das alles endlich vorüberging. Weil es war ja klar, dass mich mindestens ein Dutzend Kameras auf dem Schirm hatten an dieser Stelle.

Dauerte trotzdem mindestens eine halbe Stunde, bis mich jemand am Ärmel packte. Es war die Masse Mensch, die ich schon kannte. Immer noch dieselbe Perücke. Immer noch das hummerrote Gesicht. Diesmal folgte ich ihm, ohne mich dagegen zu wehren.

Hinter der silbernen Stahltür im Untergeschoss herrschte dann die totale Hektik. Viel mehr Leute als an den anderen Tagen. Vor jedem Schreibtisch saß jemand und wurde befragt und hinter jedem Schreibtisch saß jemand und machte sich seine Notizen.

»Weitergehen«, sagte die Masse Mensch zu mir und schob mich vor seinen Schreibtisch.

»Ich sag nichts«, flüsterte ich.

»Mein Freund«, meinte der Polizist. »Du sitzt hier nicht als Verdächtiger auf dem Stuhl, sondern als Zeuge. Du hast überhaupt kein Recht, nichts zu sagen.«

»Ich sag trotzdem nichts«, meinte ich.

»Ich will, dass du dir mal was anschaust.« Er klappte seinen Laptop auf und drehte ihn rüber zu mir und dann kam er selbst auf die andere Seite gewatschelt und setzte sich auf die Ecke des Tischs. So, dass er auch auf den Monitor schauen konnte.

Der Bildschirm zeigte ein leeres Gleis und einen Bahnsteig, der aussah wie ein Ameisenhaufen. Von ziemlich weit oben gefilmt. Der Polizist zoomte das Bild mit einer Tastenkombination heran, und die Köpfe wurden dabei größer und grober, sodass das Bild eigentlich auch nicht deutlicher war.

»Hier«, sagte der Polizist und deutete mit dem Finger auf eine Stelle.

Wenn ich nicht gewusst hätte, wer das war, hätte ich vielleicht nichts erkannt. So aber war es klar, dass da Kati und der Anwalt eng und innig und selbstvergessen zusammenstanden, und das fühlte sich verdammt noch mal richtig beschissen an, obwohl es ja nur Taktik und eine Lüge war und gar nichts Echtes. Trotz der ganzen Scheiße war es wieder fast das perfekte Bild. Kati trug sogar dieselbe alberne Hamburg-Reißverschlussjacke wie ihre Schwester. Dann schlängelte sich von unten Sascha durch das Bild. Er tat es rücksichtslos und brachial, aber der Anwalt bemerkte ihn trotzdem nicht und Kati schaute sowieso in die entgegengesetzte Richtung, aus der gleich der ICE auftauchen musste. Deshalb sah sie Sascha erst, als er sie am Arm packte und aus der Umarmung riss. Kati war zuerst wie versteinert, das konnte man richtig sehen, aber dann versuchte sie, sich aus seinem Griff zu winden, und schrie irgendwas, was man nicht hören konnte, weil das Ganze ja nur ein Stummfilm war. Sie trat ihm gegen die Beine und schlug ihm ins Gesicht, und die Menschen wichen erschrocken zurück, sodass um die beiden eine kleine freie Fläche entstand. Sascha hielt sie unbeeindruckt fest wie ein Schraubstock aus Eisen. Bis am oberen Bildrand der ICE erschien. Da ließ er Kati plötzlich los und schlug ihr mit der flachen Hand ins Gesicht, dass sie nach hinten in die Menge taumelte, weg von der Bahnsteigkante. Mit einem Satz war Sascha neben dem Anwalt und dann flog das Arschloch vor die Lokomotive.

»Was siehst du?«, fragte der Polizist auf der Tischkante neben mir.

»Weiß nicht«, stotterte ich. »Also … da streiten welche … und dann fällt ein Mann vor einen Zug … würde ich sagen.«

»Dann sage ich mal, was ich dort sehe«, meinte der Polizist. »Ich sehe einen eifersüchtigen jungen Mann, der seine Freundin gerade mit einem anderen Kerl erwischt. Ich sehe, wie sich die beiden streiten, heftig streiten, und wie der junge Mann dann seinen Rivalen vor den Zug stößt. Ich sehe ein Tötungsdelikt aus Eifersucht. Das sehe ich.«

Damit hatte er so was von recht. Ich meine, wenn man die Geschichte nicht kannte, konnte man überhaupt gar nichts anderes sehen, und wenn das nicht der Beweis war, dass

Bilder lügen, dann weiß ich es auch nicht. Der ganze Mist mit perfekten Momenten und dem wahren Leben im Bild war alles nur Blödsinn. Die ganze Fotografiererei war ein Blödsinn. Vielleicht konnte sie eigene Wahrheiten schaffen, wenn sie richtig gut war. Oder die Bilder konnten selbst anfangen zu leben. Aber mit dem Leben, das sie zeigten, hatten sie nicht das Geringste zu tun. Obwohl, das wusste ich ja schon vorher.

Also Mord aus Eifersucht. Genauso sah das aus. Wobei ich mal gelesen hatte, dass so was gar nicht Mord heißt, weil zu Mord kaltblütige Planung gehört, und auf dem Stummfilm wirkte das hier eher wie heiße Wut. Als wären in Saschas Kopf alle Synapsen getilt.

Der nächste Film, den der Polizist auf seinem Laptop hatte, zeigte Sascha und mich. Wie wir über die Schienen kletterten, rüber zum Nachbargleis, und wie wir dann in der U-Bahn verschwanden.

»So, mein Freund, die Frage ist jetzt: Wo ist der Herr Kollege?«, sagte der Polizist.

»Ich weiß es nicht«, sagte ich, und dann erzählte ich dem Mann doch, wie wir durch das Industriegebiet gelaufen waren und zwei Stunden an der Bushaltestelle verbracht hatten, und dass er das nachprüfen konnte, weil der Busfahrer sich garantiert noch an uns erinnerte. Dass Sascha danach Richtung Mümmelmannsberg gefahren war, erzählte ich nicht.

Die Wahrheit über den Mord und alles andere hätte er mir sowieso nicht geglaubt. Außerdem hätte ich damit Kati belastet und das hatte Sascha ja gerade verhindern wollen. Dass irgendein Schatten auf Katis Leben fiel. Und dann überlegte ich, dass die Wahrheit Sascha vielleicht entlasten würde. Das heißt, nicht entlasten, sondern eher entschuldigen, weil es ja eine selbstlose Tat gewesen war. Und irgendwie auch aus Liebe. Aber wahrscheinlich sah es das Gesetz ganz genau andersherum, weil er bei Eifersucht irgendwie geistig umnachtet gewesen wäre und gar nicht gewusst hätte, was er da tat.

»Was ist zwischen diesen drei Menschen passiert?«, fragte der Polizist.

»Woher soll ich das denn wissen?«, antwortete ich.

»Jetzt hör mal zu«, sagte der Polizist. »Wir wissen, dass du den Täter zehn Minuten zuvor auf dem Nordsteg getroffen hast. Ich muss dir unsere Aufzeichnung nicht vorspielen, oder? Wir wissen, dass ihr beide danach gemeinsam geflohen seid. Wir wissen mittlerweile sogar, dass du mit dem Mädchen zusammen ein paar Tage zuvor den Geschädigten aufgesucht hast. Also erzähl mir nicht, du wüsstest nichts über die Hintergründe.«

»Wenn ich doch nichts weiß«, sagte ich, und mehr würde ich auf keinen Fall sagen, und diesmal schaute ich dem Polizisten direkt ins Gesicht, damit ihm klar war, dass er mich nicht einschüchtern konnte wie bei unserem ersten Mal. Eine Weile schwiegen wir uns so an und dann brachte irgendwann ein anderer Polizist Kati herein. Sie hatte ein heftiges blaues Auge und aufgeschlagene Hände und einen Riss in ihrem T-Shirt, der vom Ausschnitt bis rüber zur Achsel reichte. Sie sah so verletzlich und schutzlos aus und nackter als nackt mit ihrem kaputten Gesicht und dem kaputten Stoff und dem Kratzer quer über den Körper. Sie starrte mich an. Ich schüttelte stumm den Kopf.

Hoffentlich kapierte sie, was ich meinte.

»Klappe halten und hinsetzen«, befahl der Polizist an meinem Schreibtisch.

»Genau«, sagte ich.

Da schaute der dicke Polizist noch etwas böser und löcherte mich mindestens noch mal eine halbe Stunde mit seinen Fragen. Warum ich den Geschädigten drei Tage zuvor aufgesucht hätte. Welches Verhältnis ich zu ihm unterhielte.

Ob Kati mit dem Täter eine Beziehung führe. Oder mit dem Opfer. Ob der Täter Freunde oder Familie hätte. Ob er da möglicherweise untergetaucht sei. Solche Fragen halt und ohne Pause, und das einzig Lässige war, dass er wusste, dass ich etwas wusste, und dass er ums Verrecken keine Chance hatte, an die Informationen zu kommen.

Am Ende hörte aber auch das mit der Lässigkeit auf. Da fing er an herumzuschreien, dass alle anderen in dem Raum erschrocken von ihren Schreibtischen aufblickten.

»Was glaubst du, was das hier ist«, brüllte er und wurde im Gesicht noch etwas röter, obwohl man gar nicht gedacht hätte, dass das überhaupt ging. »Glaubst du, das ist hier die fröhliche Fragestunde? Heiteres Täterraten? Versteckspielen mit den Idioten von der Polizei? So denkt ihr doch alle. Dass wir hier zu blöde sind, um beim Pinkeln die Schüssel zu treffen. Aber ich will dir mal was verraten. Du steckst so tief in der Scheiße, da fehlt ein Tropfen und sie kommt zu den Ohren wieder raus. Hier ist ein Mensch ums Leben gekommen. Da geht's nicht bloß um ein geklautes Fahrrad.«

»Wieso denn jetzt Fahrrad?«, fragte ich, weil mir das Herz kurzfristig in die Hose rutschte, aber ich glaube, er wusste dann doch nichts von unserem Einbruch.

»Äh ... ja ... Fahrrad«, stotterte er jedenfalls und kam mit seinem Vortrag ein klein wenig außer Tritt, aber das dauerte nur ein paar Sekunden und dann fing er wieder an mit der Schreierei. »Meinst du wirklich, wir können dir nichts, weil du nicht der Täter bist? Da täuschst du dich gewaltig, mein Freund. Anstiftung zum Mord, Beihilfe, Behinderung. Die volle Palette. Ich schwör dir, mit irgendwas kriegen wir dich. Du hängst da nicht weniger drin als dein sauberer Mörderkollege. Geht das in deinen verschissenen Schädel? Wir kriegen euch beide.«

Und dann, zack, hatte er mir eine gescheuert. Ich war erst mal völlig perplex. Das kam aus heiterem Himmel. Und ich hatte gedacht, der deutsche Polizist salutiert grundsätzlich vor Recht und Gesetz. Aber war ja auch logisch.

»Gewalt ist keine Lösung«, sagte ich.

Da kassierte ich gleich die nächste Schelle. Dann wurde der dicke Polizist allerdings weggezogen von einem Kollegen und plötzlich saßen Kati und ich alleine vor seinem Schreibtisch.

Ich suchte unter dem Tisch nach ihrer Hand. Aber Kati zuckte sofort zurück, als ich sie unter dem Tisch berührte.

»Was ist mit Sascha?«, flüsterte sie.

»Abgehauen«, sagte ich.

»Der soll sich bloß nie wieder blicken lassen bei mir. Dieses Arschloch.«

»Hörte sich auch nicht so an, als ob er das planen würde.«

»Was hat er gesagt?«

»Na ja, dass ich auf dich aufpassen soll. Das hat er gesagt.«

»Ich brauch keinen, der aufpasst.«

»Logisch«, sagte ich, und dann kam der Dicke wieder zurückgerollt an den Schreibtisch, mit einem anderen Typ, der seriöser aussah und irgendwie vorgesetzt. Zu mir sagte er: »Du kannst gehen, wir haben ja deine Adresse.«

Zu Kati meinte er: »Dich müssen wir leider hierbehalten, bis wir eine Bleibe für dich gefunden haben. Dann kommt jemand vom Jugendamt und holt dich ab.«

»Wieso das denn?«, sagte ich. »Kati wohnt doch bei uns, da können Sie meinen Vater anrufen. Der kann Ihnen das bestätigen.«

»Ach so«, meinte der Seriöse, »dann telefonieren wir mal«, und ich dachte, die Chancen stehen mindestens fünfzig zu fünfzig, weil mein Vater schon ein Blitzdenker ist, wenn er sich nicht gerade eingebuddelt hat in seine Mathematik.

Es dauerte ziemlich lange, bis der Seriöse wieder erschien. Diesmal ohne die Menschen-Masse.

»Alles geklärt«, meinte er mit einem freundlichen Grinsen, »sollen wir euch nach Hause bringen? Oder wollt Ihr lieber alleine fahren?«

»Lieber alleine«, sagte ich.

»Aber ihr seid beide morgen um zehn wieder hier, wir sind noch lange nicht fertig.«

»Morgen um zehn ist Geografie.«

»Wen interessiert das?«, sagte der Seriöse, und dann öffnete sich für uns tatsächlich die Tür.

Ich schaute unschlüssig in Katis Gesicht. »Wohin?«, fragte ich.

»Ich will zu Lucy«, antwortete sie.

Diesmal nahmen wir nicht den Weg über die Schienen, sondern kletterten erst kurz vor den Elbbrücken über den Zaun, der das Freihafengelände von den Gleisen trennt. Die Kerze im roten Friedhofslicht war heruntergebrannt und der Ast hatte sich zur Seite geneigt und die Plastikuhr war vom Ast zwischen die Steine gefallen. Lange kauerte Kati schweigend davor. Sie ordnete die Freundschaftsbänder und richtete das Holz wieder senkrecht und die Tränen liefen ihr dabei still über die Backen. Keine Regung, kein Schluchzen. Als würde sie einfach auslaufen vor der Brücke.

»Wenn du reden willst ...«, sagte ich, »... musst du nur sagen.«

Kati schüttelte den Kopf. »Ist doch alles zu Ende ...«, stammelte sie, »... der blöde Wichser ... ich war so kurz davor ... Der Anwalt hätte mir eine Antwort gegeben ... ich weiß es ... und dann schmeißt ihn Sascha vor diesen Zug ... so kurz davor ... so ein blöder, beschissener Wichser ... ich krieg nie mehr eine Antwort.«

»Er wollte dich retten«, sagte ich. »Er hat dich wirklich geliebt. Er wollte, dass du ein Leben hast. Und dass du es nicht so wegschmeißt. So jung.«

»Gibt aber kein Leben für mich. Ohne Antwort, wenn ich nicht weiß, was mit Lucy passiert ist. Warum begreift das denn keiner ... dass ich die Antwort brauche ... warum kann er mich nicht einfach in Ruhe lassen ... wo soll ich denn jetzt noch suchen?«

Einen Augenblick lang überlegte ich, ob ich irgendwas erzählen sollte von anonym-IB.org und dass da vielleicht Antworten waren in diesem Morast aus Bildern, und vielleicht würde sie sogar irgendwo Lucys Spuren finden, wenn sie nur lange genug danach suchte, aber was hätte Kati, wenn sie am Ende ihre Schwester dort fände? Irgendein Bild, das für alle Zeiten da wäre und das sie nicht löschen konnte und wo es keine Chance auf ein Vergessen gab. Eine Wunde, die die Zeit niemals heilen würde, und eine Antwort, die nur eine nächste Frage war, und es wäre auch gar kein Friede und nicht mal ein richtiger Abschied.

War das besser, als gar keine Antwort zu haben? Immer noch kauerte Kati auf dem Gleisbett und zupfte ohne Pause und ohne Sinn an den Bändern herum. Ich beugte mich zu ihr runter und griff nach ihrer aufgeplatzten, verbeulten Hooliganhand, und da klammerte sie sich so sehr an mir fest, als würde sie ungesichert über dem Abgrund hängen. Sie schaute mich an, trotzig und verletzt und von unten nach oben, und sagte gar nichts, und ich sagte auch nichts, weil ich eben auch keine Antwort hatte auf nichts, und wenn mir überhaupt irgendwas klar war in meinem Leben, dann das: Egal, was passiert, diese Hand lässt du nie wieder los.

Natürlich magellan©

Säurefreies und chlorfrei gebleichtes FSC®-Papier
Klimaneutral produziert
Dispersionslack auf Wasserbasis
Klebstoff lösungsmittelfrei
Zellophanierfolie ohne Weichmacher
Hergestellt in Deutschland

1. Auflage 2014
© 2014 Magellan GmbH & Co. KG, 96052 Bamberg
Alle Rechte vorbehalten
Umschlaggestaltung: Christian Keller
ISBN 978-3-7348-5001-1

www.magellanverlag.de